本好きの下剋上

司書になるためには手段を選んでいられません

第五部　女神の化身Ⅱ

香月美夜
miya kazuki

TOブックス

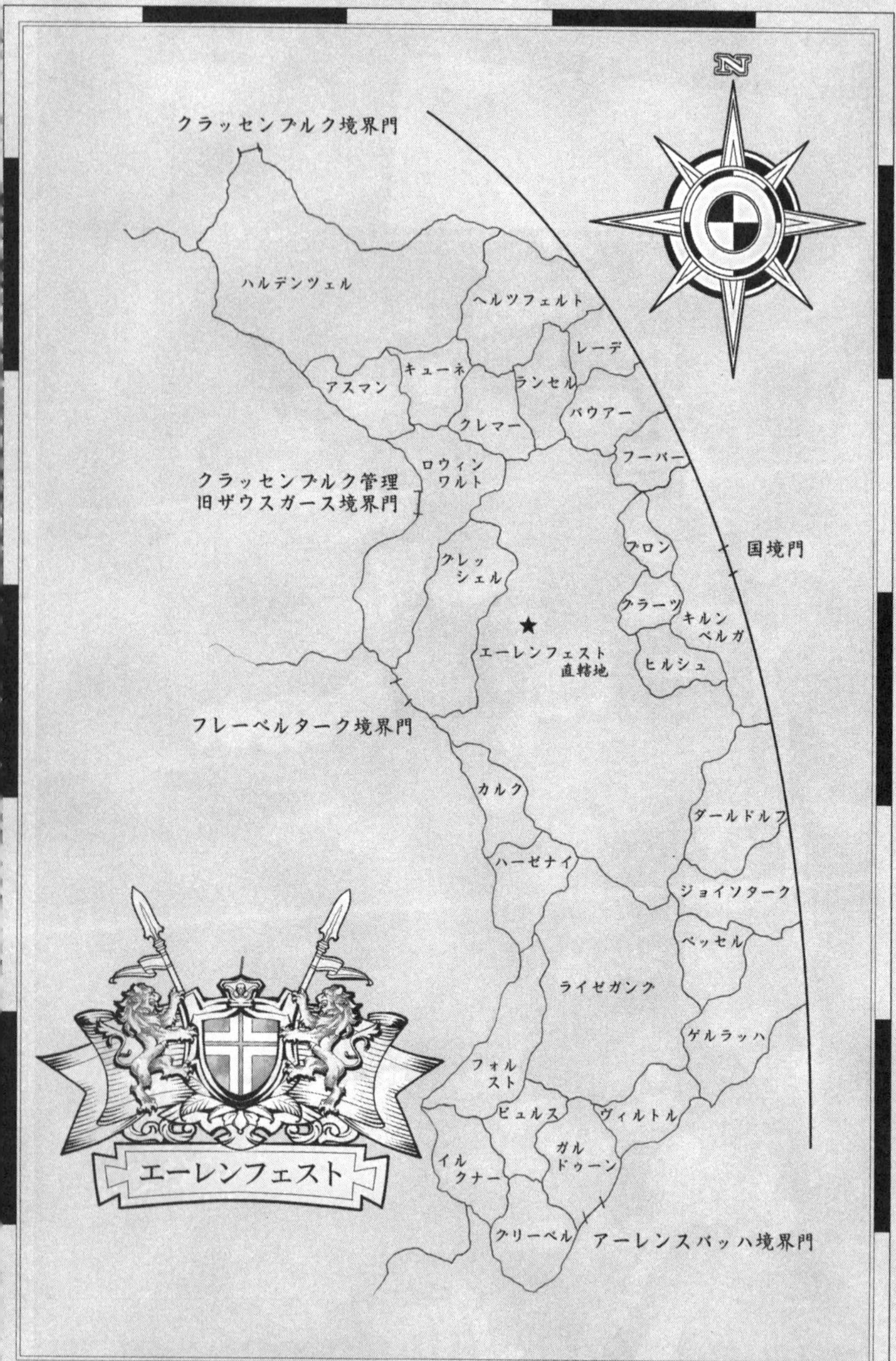

N
クラッセンブルク境界門
ハルデンツェル
ヘルツフェルト
レーデ
キューネ
アスマン
ランセル
バウアー
クレマー
フーバー
ロウィン
ワルト
クラッセンブルク管理
旧ザウスガース境界門
国境門
ブロン
グレッ
シェル
グラーツ
キルン
ベルガ
エーレンフェスト
直轄地
ヒルシュ
フレーベルターク境界門
カルク
ダールドルフ
ハーゼナイ
ジョイソターク
ペッセル
ライゼガング
ゲルラッハ
フォル
スト
ビュルス
ヴィルトル
ガル
ドゥーン
イル
クナー
グリーベル
アーレンスバッハ境界門
エーレンフェスト

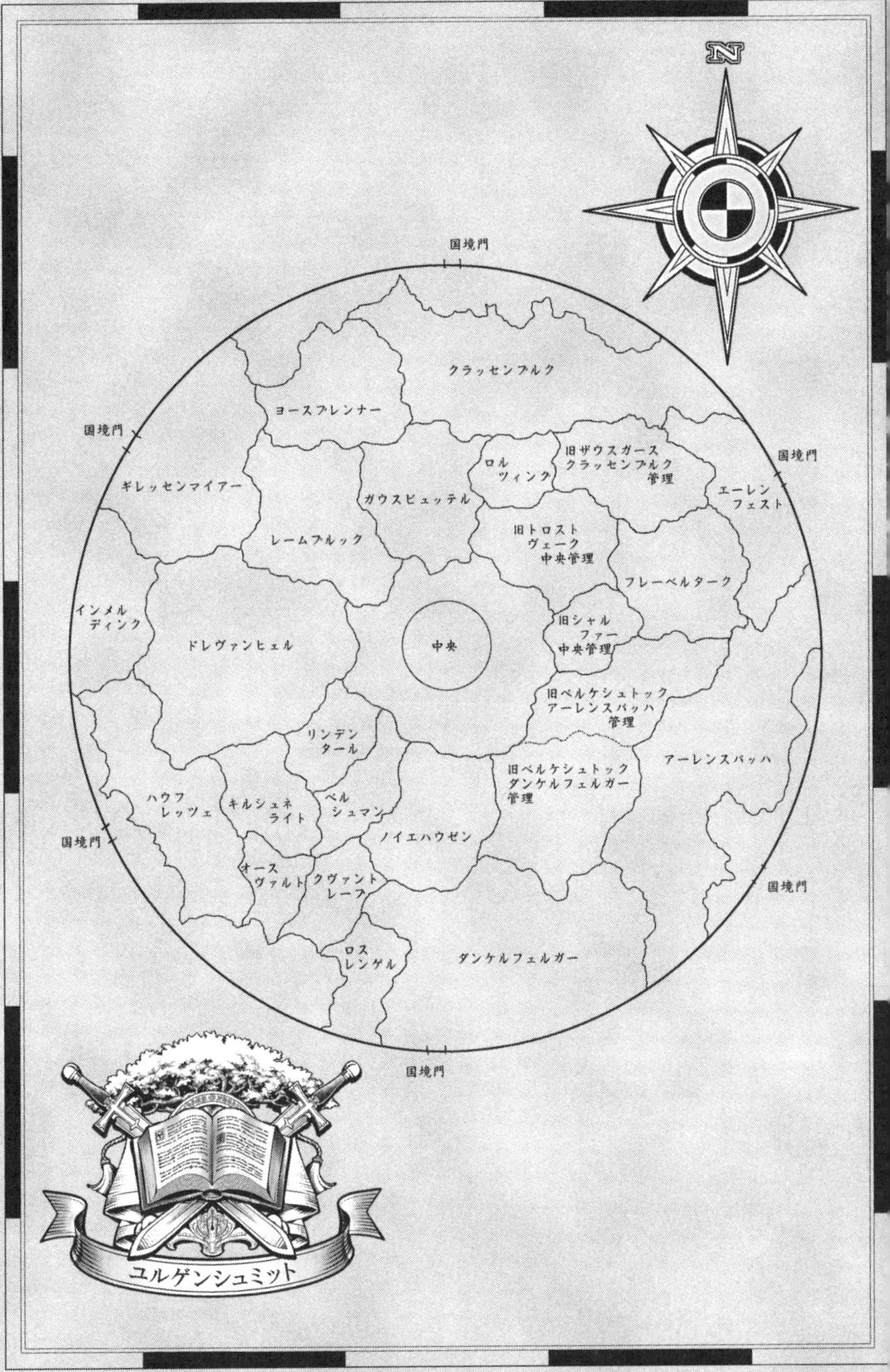
N
国境門
クラッセンブルク
ヨースブレンナー
国境門
旧ザウスガース
クラッセンブルク
管理
ロル
ツィンク
国境門
ギレッセンマイアー
ガウスピュッテル
エーレン
フェスト
旧トロスト
ヴェーク
中央管理
レームブルック
フレーベルターク
インメル
ディンク
旧シャル
ファー
中央管理
ドレヴァンヒェル
中央
旧ベルケシュトック
アーレンスバッハ
管理
リンデン
タール
旧ベルケシュトック
ダンケルフェルガー
管理
アーレンスバッハ
ハウフ
レッツェ
キルシュネ
ライト
ベル
シュマン
国境門
ノイエハウゼン
オース
ヴァルト
クヴァント
レーフ
国境門
ロス
レンゲル
ダンケルフェルガー
国境門
ユルゲンシュミット

第五部

女神の化身Ⅱ

イラスト：椎名 優 You Shiina
デザイン：ヴェイア Veia

登場人物

第四部あらすじ

貴族院におけるローゼマインは、最優秀で問題児。祝福で魔術具の主になったり、大領地とディッターをしたり、王族に恋の助言をしたり、黒の魔物を倒したり、採集場所を癒やしたり……。そんな中、フェルディナンドの出生の秘密を知る中央騎士団長の進言によって、婿入りの王命が出された。それを受け、フェルディナンドはアーレンスバッハへ旅立った。

エーレンフェストの領主一族

ローゼマイン
主人公。少し成長したので外見は9歳くらい。中身は特に変わっていない。貴族院でも本を読むためには手段を選んでいられません。貴族院三年生。

ヴィルフリート
ジルヴェスターの息子。ローゼマインの兄で貴族院三年生。

ジルヴェスター
ローゼマインを養女にしたエーレンフェストの領主でローゼマインの養父様。

フロレンツィア
ジルヴェスターの妻で、三人の子の母。ローゼマインの養母様。

シャルロッテ
ジルヴェスターの娘。ローゼマインの妹で貴族院二年生。

メルヒオール
ジルヴェスターの息子。ローゼマインの弟。

ボニファティウス
ジルヴェスターの伯父。カルステッドの父。ローゼマインのおじい様。

フェルディナンド
エーレンフェストの領主一族。王命でアーレンスバッハへ行った。

リヒャルダ
筆頭側仕え。保護者三人組の幼少期を知る上級貴族。

リーゼレータ
中級側仕え見習いの六年生。アンゲリカの妹。

ブリュンヒルデ
上級側仕え見習いの五年生。

グレーティア
中級側仕え見習いの四年生。名を捧げた。

ミュリエラ
中級文官見習いの五年生。名を捧げた。

ローデリヒ
中級文官見習いの三年生。名を捧げた。

フィリーネ
下級文官見習いの三年生。

レオノーレ
上級護衛騎士見習いの六年生。

マティアス
中級騎士見習いの五年生。名を捧げた。

ラウレンツ
中級騎士見習いの四年生。名を捧げた。

ユーディット
中級護衛騎士見習いの四年生。

テオドール
中級護衛騎士見習いの一年生。貴族院だけの側近。

ローゼマインの側近

ハルトムート……上級文官で神官長。オティーリエの息子。
コルネリウス……上級護衛騎士。カルステッドの息子。
アンゲリカ……中級護衛騎士。リーゼレータの姉。
ダームエル……下級護衛騎士。
オティーリエ……上級側仕え。ハルトムートの母。

エーレンフェスト寮

ヒルシュール……エーレンフェストの寮監。文官コースの教師。
イージドール……ヴィルフリートの上級側仕え見習い五年生。
イグナーツ……ヴィルフリートの上級文官見習い四年生。
アレクシス……ヴィルフリートの上級護衛騎士見習い六年生。
マリアンネ……シャルロッテの上級文官見習い四年生。
ナターリエ……シャルロッテの上級護衛騎士見習い五年生。
トラウゴット……上級騎士見習い五年生。ローゼマインの元側近。

他領の学生

クラリッサ……ダンケルフェルガーの上級文官見習い六年生。
ラールタルク……ダンケルフェルガーの上級騎士見習い六年生。
オルトヴィーン……ドレヴァンヒェルの領主候補生三年生。
ディートリンデ……アーレンスバッハの領主候補生六年生。ゲオルギーネの娘。
マルティナ……アーレンスバッハの上級側仕え見習い五年生。
ライムント……アーレンスバッハの中級文官見習い四年生。ヒルシュールの弟子。
フェアツィーレ……ヨースブレンナーの上級文官見習い五年生。
リュールラディ……ヨースブレンナーの上級文官見習い三年生。
ルストラオネ……ヨースブレンナーの上級文官見習い三年生。
ムレンロイエ……インメルディンクの領主候補生四年生。

レスティラウト
ダンケルフェルガーの領主候補生六年生。

ハンネローレ
ダンケルフェルガーの領主候補生三年生。

その他貴族院関係者

エグランティーヌ……領主候補生コースの教師。第二王子の第一夫人。
ルーフェン……ダンケルフェルガーの寮監。騎士コースの教師。
グンドルフ……ドレヴァンヒェルの寮監。文官コースの教師。
フラウレルム……アーレンスバッハの寮監。文官コースの教師。
オルタンシア……図書館の上級司書。
ソランジュ……図書館の中級司書。
シュバルツ……図書館の魔術具。
ヴァイス……図書館の魔術具。

他領の貴族

トラオクヴァール……王。ツェントと呼ばれる。
ジギスヴァルト……中央の第一王子。
アナスタージウス……中央の第二王子。
ヒルデブラント……中央の第三王子。
ラオブルート……中央騎士団長。
ロヤリテート……中央騎士団の副団長。
オスヴィン……アナスタージウスの筆頭側仕え。
アルトゥール……ヒルデブラントの筆頭側仕え。
コルドゥラ……ハンネローレの筆頭側仕え。
アドルフィーネ……ドレヴァンヒェルの領主一族。
ゲオルギーネ……アーレンスバッハの第一夫人。ジルヴェスターの姉。
レティーツィア……アーレンスバッハの領主候補生。
ゼルギウス……フェルディナンドの側仕え。

エーレンフェストの貴族

カルステッド……騎士団長でローゼマインの貴族としてのお父様。
エルヴィーラ……カルステッドの第一夫人。ローゼマインのお母様。
エックハルト……フェルディナンドの護衛騎士。カルステッドの息子。
ユストクス……フェルディナンドの側仕え兼文官。リヒャルダの息子。
レーベレヒト……フロレンツィアの文官。ハルトムートの父親。

その他

ヴィルマ……神殿の孤児院担当。絵師。
ロジーナ……ローゼマインの専属楽師。

第五部

女神の化身Ⅱ

プロローグ

アーレンスバッハ城にある執務室《しつむ》の一つが、エーレンフェストから来た次期領主の婚約者フェルディナンドに与えられた。そこには現在アウブ・アーレンスバッハの文官達が多く集まっている。

「こちらがアダルジーザの姫に関する資料です。夏にランツェナーヴェから使者があり、姫君の献《けん》上《じょう》について打診されました。次の領主会議で王に奏上《そうじょう》しなければなりません」

「アダルジーザの姫……」

苦々しい思いが湧き上がってくるのを感じながらフェルディナンドは小さく呟《つぶや》く。中央騎士団長のラオブルートが、アダルジーザの実という彼の特殊な生い立ちに気付いたことを思い出した。この場にも騎士団長と同じように出自を知る者がいるかもしれない。警戒する彼に気付かず、文官達はアダルジーザについて説明を始めた。

「他領の方はご存じないかもしれませんね。アダルジーザの姫はランツェナーヴェからやって来るのです。姫の受け入れについてはこちらに詳しい資料があるのでご覧ください」

次々と書類や資料を運び込んでくる彼等の任務は、フェルディナンドへの執務の引き継ぎだ。次期領主となるディートリンデは、礎《いしずえ》の魔術の染め変えを優先的に行わなければならない。そのため、執務の引き継ぎは大半が彼に任されている。

……文官達にとっても彼女より、私の方が執務に慣れているので話が進みやすいことは理解できるが、次期領主への教育も大事であろうに……。

エーレンフェストで領主の執務を手伝っていた彼と違い、ディートリンデはこれまで執務らしい執務に携《たずさ》わってこなかったようだ。それというのも、彼女は元々第三夫人だったゲオルギーネの末娘である。次期領主候補として第二夫人の息子が二人、第三夫人の息子が一人、第一夫人の孫娘でドレヴァンヒェルから譲《ゆず》り受けたレティーツィアがいたため、彼女は次期領主の地位から最も遠い領主候補生だったのだ。

ところが、第二夫人の息子は政変後の粛清《しゅくせい》に巻き込まれて上級貴族に身分を落とされ、彼女の兄が不慮《ふりょ》の事故で亡くなり、レティーツィアが成人する前にアウブ・アーレンスバッハが倒れた。そのため、ディートリンデは突然中継ぎの次期領主として担《かつ》ぎ出されることになった。領主が亡くなる直前までは、まだ幼いレティーツィアより上に立とうとしないように彼女への教育はそれほど熱心ではなかったと、文官達は教えてくれた。

……それにしても、私があの離宮へランツェナーヴェの姫君を送る立場になるとは……。

今後ずっと執務でランツェナーヴェやアダルジーザと関わらなければならない。眉《まゆ》一つ動かさないが、フェルディナンドは苦々しい気分で資料を読んでいく。

「おや、今日は冷え込むと思っていたら……。とうとう雪が降り始めたようですよ」

文官達の少しばかり弾《はず》んだような声に、フェルディナンドは資料から窓へ視線を移す。確かに少し白い物がちらちらしていた。アーレンスバッハでは珍しいのか、窓辺に文官達が集まっているが、エーレンフェストならば冬の初めに降る程度の雪だ。それを確認すると、彼は再び視線を資料へ戻そうとした。

「……同じ冬でも、エーレンフェストとは全く違いますね」

仕事に集中するのを妨げるように、ユストクスがお茶を持ってきた。休憩《きゅうけい》しろと言いたいのだろう。それを察して、仕方なくフェルディナンドはペンと資料を手放し、カップを手に取る。アーレンスバッハで彼の側仕《そばづか》えとなったゼルギウスが、ユストクスの言葉を聞き取ったらしい。興味深そうに黄緑の目を瞬《まばた》かせる。

「どのように違うのですか？」

自領と他領の違いは面白い話題なのか、その場にいた文官達はユストクスへ注目する。

「エーレンフェストでこのように雪がちらつくのは、我々が出発した秋の終わりから冬の初めにかけてなのです。今頃はもう完全に道が雪に埋まり、冬籠《ふゆご》もりを強いられていますよ」

「それに、冬の過ごし方にも違いがあります。城では社交が盛んですが、騎士達は冬の主討伐《あるじとうばつ》に向けた訓練や準備に余念がありませんでした。アーレンスバッハには冬の主討伐がありません。これはずいぶんと大きな差だと思います」

護衛《ごえい》騎士であるエックハルトの意見に「ほぅ」と声が上がった。アーレンスバッハでは冬の主討伐がないせいか、騎士達が特別に力を入れて訓練をする様子はない。

「一番の違いは子供部屋の扱いでしょうか。子供部屋が貴族院の移動期間中くらいしかまともに使われていないことに驚きました。エーレンフェストでは冬の主討伐があるため、全体的に大人が忙しいです。そのため、大人の邪魔にならないように貴族院入学前の子供達は城の子供部屋で一日を過ごしています」

アーレンスバッハでは雪が深くなる前に躍起《やっき》になって社交を行い、情報収集をする必要がない。大人に余裕《よゆう》があるのだ。そのため、貴族達が一日を城で過ごすことはほとんどなく、子供達も子供部屋で過ごすより大人の社交に連れ回されている。フェルディナンドが教育を任された領主候補生のレティーツィアも、自派閥《はばつ》の者達との関係を強化することを優先にしている。

「冬は午後にしか社交をしないことにも驚きましたね。エーレンフェストでは短い期間に社交が集中するので、冬の社交期間は本当に一日中何かしら予定が入りますから」

少し暖かくなる午後がアーレンスバッハの社交時間だ。冬の間は四の鐘が鳴る頃まで外へ出ない。昼食に誘われたら少し前に出発するが、それ以外では昼食を終えてから活動を始める。逆に、夏は日差しが強くて気温の高くなる三の鐘から五の鐘までの時間はあまり外へ出ないらしい。そういう習慣なので、フェルディナンドは午前中に執務室で引き継ぎ業務を行い、午後からはレティーツィアの教育係や次期領主の婚約者として社交をこなしている。

「だが、当初に予想していたよりも余裕のある生活だ。私としては今の内に其方等《そなたら》から教えを請《こ》いたいと思う」

到着したらすでに領主が亡くなっていたため、フェルディナンドにとって心配の種は多かったが、今のところは概《おおむ》ね順調だ。面倒で煩《わずら》わしいディートリンデは数日で貴族院へ行ったし、警戒していたゲオルギーネは夫の死を嘆《なげ》き、離宮に閉じ籠もっているようで全く社交場へ姿を見せない。驚いたことに、領主に仕えていた文官達による執務の引き継ぎにも妨害が入らないのだ。少なくとも、今のところ彼は次期領主の婚約者として、これからのアーレンスバッハで執務を行う者として、貴族達から尊重《そんちょう》されている。それに安堵《あんど》と、一抹《いちまつ》の虚《むな》しさが過《よぎ》った。

……父上が病床に伏してからのエーレンフェストとは大違いだな。

「今の内とはどういうことでしょうか？」

「其方等はアウブ・アーレンスバッハの文官だ。貴族院からディートリンデ様が戻れば、其方等は彼女の元で執務を行うであろう？　彼女が次期領主なのだから」

つまり、フェルディナンドへの引き継ぎを集中的にできるのは、ディートリンデが貴族院にいる束《つか》の間《ま》のことだ。彼等は他領出身の配偶者《はいぐうしゃ》ではなく、自領の新しい領主への教育を優先させなければならない。その言葉に文官達は顔を見合わせて、何とも言えない表情で苦笑し合う。

「ディートリンデ様の元で執務ですか？　まだまだ教育が足りませんよ。執務に行き着ける頃にはレティーツィア様が成人しているかもしれません」

「せめて、真面目《まじめ》に取り組んでくださるならば良いのですが、あの方は教育を嫌がるところが困りものです。中継ぎとはいえ、もう少し……」

次期領主を非難するような言葉が出ると、次はすぐに擁護《ようご》する発言が出てくる。

「あの方は未成年ですし、第三夫人の第三子で今まで政治的な教育を受けていません。多くを求めるのは酷《こく》でしょう」

「左様、左様。それに、レティーツィア様が成人し、ヒルデブラント様と婚姻するまでの中継ぎのアウブですよ。あまりやる気を出されても困ります。興味のないくらいが丁度良いのでは？」

……政治に興味がなくても権力欲は強いようだが……。

フェルディナンドは心の中で呟く。さすがに、この場で王命の婚約者を真顔で批判するような愚《おろ》かな真似はしない。だが、エーレンフェストやアーレンスバッハでほんの数日を過ごしただけでも、王命で婚約者になった女が頭を抱えたくなるような言動や性格をしていることがわかる。

彼は文官達が述べる意見に頷《うなず》きながら、彼等の考え方や人柄を少しでも把握《はあく》しようと努めた。意見はしない。王命の婚約者で、それなりに溺愛《できあい》しているように見せかけている相手を真顔で批判することになるからだ。身内の批判は苦笑混じりに聞いている彼等も、他領の彼から次期領主の批判をされれば反感を覚えるかもしれない。

「子供扱いをして甘やかす余裕などありません。もうじき成人するのです。未成年という言い訳は通用しません。春の領主会議ではアウブとして参加するのですから」

「中継ぎとはいえ、アウブに就任するのは大変ではありませんか。正直なところ、フェルディナンド様がいらっしゃって本当に助かりました」

「助かったといえばゲオルギーネ様ですね。素直に離宮へ移動してくださったのですから」

そこからゲオルギーネに関する話へ繋《つな》がった。文官達の話を聞きながら、フェルディナンドはユストクスが集めてきた情報と照らし合わせていく。

「小聖杯に魔力を満たして、旧ベルケシュトックを上手く味方につけていましたからね。やっと手にした権力にもっと固執するかと思っていました」

「私はエーレンフェストからの支援がなくなったと聞きましたが……」

「それはゲオルギーネ様ではなく、フェルディナンド様を通した支援に切り替わったのでは？　アウブ・エーレンフェストとの繋がりはフェルディナンド様の方が強いですから」

ユストクスがさりげなく言葉を添《そ》えると、文官達は「なるほど」と頷く。旧ベルケシュトックやエーレンフェストと境界線を接する北の方は、ジルヴェスター達の想定以上にゲオルギーネの影響力が大きいようだ。フェルディナンドは少しだけ眉を寄せた。

「同郷の領主一族とはいえ、ゲオルギーネ様と私はほとんど面識がない。こちらではもう少し交流が持てるかと思っていたが、最初の挨拶しか顔を合わせておらぬ……」

領主の第一夫人だというのに、こちらへ来てからというもの、不気味なほどにゲオルギーネの存在感がない。ユストクスのことをよく知る彼女は、彼を離宮に近付けようとしない。変装しても見破れると豪語《ごうご》されたとフェルディナンドは報告を受けた。文官達に探りを入れてみるが、彼等は夫を失った妻が悲嘆《ひたん》に暮れるのは珍しくないと考えているようだ。

文官達の口から出てくるゲオルギーネの様子を注意深く聞いていると、ノックの音がして扉が開いた。

「失礼いたします。こちらが貴族院のライムントから届きました」

側仕えであるゼルギウスが受け取り、木箱を開ける。取り出されたのは、ライムントによって改良された録音の魔術具と手紙だ。

ライムントはヒルシュールの研究室に入《い》り浸《びた》っているフェルディナンドの弟子である。アーレンスバッハでは側近として扱われているが、主従より師弟関係の方が強い。彼は魔力が少ないため、魔力節約を目的とした魔術具の改良に取り組んでいる。最初はローゼマインが彼を気に入って関係を持とうとしたので、フェルディナンドは監視的な意味合いとアーレンスバッハの情報収集のために弟子とした。だが、今では自分とは着眼点の違う弟子との研究談義や手紙での質疑応答が、彼にとって貴重な息抜きの時間になっている。

「ほぅ、これが改良型ですか？」

「録音の魔術具なのに魔石が剥《む》き出《だ》しになっていますが……」

「おや、ローゼマイン様からの手紙も入っていますね。こちらは先に確認いたしますよ」

文官達がローゼマインの手紙を手に取って確認し始める。危険な物が入っていないか、暗号などがないかを含めて検閲《けんえつ》するのだ。「構わぬ」と返事をしつつ、フェルディナンドは身構える。

……あの馬鹿者。今度は一体何を書いてきたのか。

前回届いた手紙にはヒルシュール研究室の様子が書かれていた。貴族院在学中にフェルディナンドがヒルシュールに迷惑をかけていたことや、碌《ろく》に掃除もせず食事さえ摂《と》らずに研究に没頭していたことが暴露《ばくろ》されたのである。「アーレンスバッハでも不摂生《ふせっせい》をしてはダメですよ」という注意書きに文官達は苦笑していたが、彼はその場で手紙を破り捨てたくなった。もちろん、光るインクで書かれた裏事情や報告が大事なので、そんなことはできなかったが。

文官の一人が文面を読み上げ、他の文官は暗号になりそうな規則性などがないか確認している。彼等が何をしようと光るインクが浮かび上がることはない。フェルディナンドは先に手元へ届けられたライムントの魔術具を検分しながら、読み上げられる内容を聞いていた。

彼が弟子に出している課題は、録音の魔術具の省魔力化と小型化だ。両手で持たなければならなかった魔術具を手のひらに載るくらいまで小さくできたが、「蓋《ふた》を除《の》けることができれば更に小型化できるはずだ」と再提出を命じていた。手元に届いた魔術具は、声を封じた魔石部分が剥き出しになっている。なかなか良い出来だ。

「アーレンスバッハとの共同研究ですが、ヒルシュール先生によると、わたくしの強みは魔力量と調合の腕だそうです。そのため、研究室でライムントの設計を形にする試作品係をしています」

「……あぁ、ずいぶんと早く完成したと思ったら、作製はローゼマインが担当したのか」

ライムントは魔力が少ないので、設計図を描くまでは早いが、試作品作りに時間がかかっていた。今回はずいぶんと早いと思ったが、調合をローゼマインに任せたからだったようだ。ライムントはローゼマインが欲しい物を形にしているので、作製を手伝わせることに何の問題もない。

「詳しくはフラウレルム先生経由の報告書にも書いた通りです。……おや、寮監《りょうかん》から共同研究に関する報告書が届いていたのですか？」

文官からの問いに、フェルディナンドは背後に立つ側仕え達を振り返った。

「私は知らぬが……。ゼルギウス、ユストクス、私が不在の間に誰か側近が受け取ったか？」

「いいえ。寮監からの報告書は、いくら社交などでフェルディナンド様が執務室を不在にしていても客室へ直接届けられることはございません」

ゼルギウスから当たり前の答えが返ってくる。フェルディナンドの手元に届くまでに必ず検閲があるのだ。ここにいる文官達が知らない報告書を手にできるわけがない。

「ふむ。ならば、寮監に問い合わせを。共同研究が滞《とどこお》るのも困るし、他領へ迷惑をかけることは避けたいからな」

「かしこまりました」

密告のような報告の後は、王族主催の本好きのお茶会が話題に上がっていた。あれほど王族に近付くなと釘《くぎ》を刺されていたのに、ローゼマインはうきうきと近付いていくようだ。本と図書館を前面に出されて、警戒心が飛んでいく様子が手に取るようにわかる。

「それにしても、ローゼマイン様は王族主催のお茶会に招待されるのですね。ディートリンデ様ももう少し王族と交流を持ってほしいものですが……」

下位のエーレンフェストが招かれるのに、アーレンスバッハの領主候補生が招かれないとは嘆かわしいと溜息《ためいき》を吐《つ》く者と、そこで出されたお菓子について反応する者の二つに分かれる。

「ダンケルフェルガーは手にしたレシピを基に、新しいお菓子を作り出したのですか」

「こちらでも領主会議でレシピを買い取ったので、特産の果物を使ったお菓子の作製をしましょうか。フェルディナンド様ならば、カトルカールに合う果物も見当が付くのでは？」

「さて……。ローゼマインからの手紙にあったように、私は食にさほど関心がない。アーレンスバッハの果物に詳しい料理人に任せた方が確実だ」

新しい菓子を作れと言われているようだが、フェルディナンドにやる気はない。新しいお菓子や多彩な味付けはローゼマインの食に対する妙なこだわりが作り出す物だ。そこでふと「おいしい料理を食べたかったら、自分で料理人を育てろ」という彼女の言葉を思い出した。彼女ならば、アーレンスバッハの刺激が強い料理も自分好みに変えられるかもしれない。

「中央の本や王宮図書館の本をお借りすることができました。ソランジュ先生が貸してくださった閉架《へいか》書庫の本にはシュバルツ達の研究に関する記述もあるそうです。新しい発見があったらまたお知らせしますね」

「なるほど。ヒルシュール研究室に出入りし、フェルディナンド様の弟子と認められるだけありますね。閉架書庫の書物を借りられるとは……」

意外なところでローゼマインを褒《ほ》め始めた文官達によると、閉架書庫にある貴重な書物は、司書に実力が認められていなければ「其方にはまだ早い」と貸し出しを断られるそうだ。フェルディナンド自身はそのように断られたことがないので知らなかった。

……だが、今と昔は違う。

図書館の司書は激減し、図書館の魔術具は動きを止め、本来の業務をこなせず、図書館は半ば自習室となっていた。上級司書が着任したようなので、少しは状況が改善するだろう。だが、昔のような状態へ戻るにはまだまだだ。おそらく、ここにいる文官達は図書館の状況が大きく変化していることを知らないか、あまり実感していないに違いない。

「今回は倒れて意識を失うことなく、お茶会を終えることができました。とても成長したでしょう？　フェルディナンド様がお薬を作ってくださったおかげですね。……今回はここまでですね」

ローゼマインからの手紙に暗号などの変わったところを見つけられなかったらしい文官達は、それをフェルディナンドに差し出した。彼はその手紙には触れず、軽く手を振る。

「ここで何度も読むような内容ではないし、返事は後で良い。ゼルギウス、ライムントの手紙や魔術具と共に部屋で保管しておくように。今は時間が惜《お》しい。執務を再開しよう。ユストクス、其方は茶器を下げてくれ」

休憩の終わりを告げ、フェルディナンドは再びペンと書類を手に取った。


その日の夜、フェルディナンドは自室で返事を書いた。他の側近達がいる時に書くのは、表面的な返事だ。光るインクは出せない。光るインクで書かれたローゼマインからの情報を読めるのは、側近達の大半が退出する七の鐘の後である。それも、エックハルトが不寝番《ふしんばん》の時だけだ。主の体調を心配するエックハルトがしきりに声をかけてくるので、返事を書ける時間は非常に限られる。さっと目を通して、フェルディナンドは頭を抱えた。

……よくもこれだけ次々と王族に関われるものだ……。

まず、アナスタージウス王子とエグランティーヌを祝福した者がローゼマインだと発覚し、ジギスヴァルト王子の星結びで神殿長役をするように命じられたらしい。

正式に依頼されれば、断りようがない。直前に依頼された唐突《とうとつ》なものではなく、様々な思惑《おもわく》がある以上、ローゼマインやエーレンフェストの立場では断れないことはわかる。だが、中央神殿も関わってくるし、領主会議で全領地の領主や主要な貴族から注目を集めるだろう。しかも、ローゼマインは了承《りょうしょう》した理由の一つに「フェルディナンド様とディートリンデ様の星結びの儀式をこの目で見たい」と書いている。

……止《や》めてくれ。王子よりもこちらに祝福が偏《かたよ》るだろう。

本気でフェルディナンドはそう思った。家族同然と言っていたローゼマインが感情のままに祝福すればどうなるのか予想するのは簡単だ。突然祝福の光を浴びたことで、エグランティーヌを次期王に推す者が出たと聞いている。アダルジーザの実として王位を狙っていると疑われて、アーレンスバッハに婿入《むこい》りする話を受けたにもかかわらず、フェルディナンドに最も多くの神々からの祝福があった……という状況になるなど考えたくない。

……せめて、ハルトムートだけでも同行させるか……。

ローゼマインの側近の中で、最も目端《めはし》が利くのがハルトムートだ。神官長として傍《かたわ》らにつけておけば、色々な意味で対処が多少は容易になると考えられる。

次に、図書館の鍵の管理者になったらしい。図書委員と称して頻繁《ひんぱん》に図書館へ足を運んだり魔術具に魔力供給をしたりする程度ならば「好きにせよ」と放置できた。だが、三人いなければ開かない書庫の鍵の管理者はまずい。

……あの地下書庫には、グルトリスハイトへと至るための情報が多々詰まっている。

神殿長の聖典に魔法陣と文言が浮かび上がっていたことを思い出し、フェルディナンドはこめかみを押さえる。彼自身は神殿長になったことがないので、聖典にあのような変化が起こることを知らなかった。ローゼマインはおそらく王族よりもグルトリスハイトに近い場所にいる。このまま地下書庫へ入れば、彼女は本や図書館に対する好奇心だけでそれを得る気がしてならない。

……どうすれば、アレを地下書庫に近付けずにおけるのだ？

そこまで考えたところで、「司書が確認済みの本を読ませてくれる」という一文が目に付いた。フェルディナンドは眉根を寄せる。あの書庫に入れる者は非常に限定的だ。書庫の整理は司書ではなく魔術具が担っていて、司書はただ鍵を管理するだけだった。

……新任の司書や地下に下りられぬソランジュ先生ならば知らなくても不思議ではない。だが、何故《なぜ》あそこを訪れるべき王族がそれを知らぬのだ？

粛清による司書の減少で知識を独占したのかと思っていたが、断絶《だんぜつ》が起こっていたらしい。自業自得《じごうじとく》だが、それにしても王族から失われている情報が不自然なほど多すぎると彼は感じた。王宮で誰かが情報を制限したり、存在を秘されている資料があったりする可能性は高い。

……私から情報を出すか否《いな》か。

グルトリスハイトを狙っていると疑われ、婿入りを命じられたのだ。これ以上、疑われるようなことはしたくないし、王族自体に関わりたくない。だが、不用意にローゼマインが王族や地下書庫に関わり、彼が情報を隠蔽《いんぺい》していた事実が後からわかったら今以上に疑われる。

「グルトリスハイトを持たぬとしても、儚《はかな》い平和が続くように努めることがツェントの務めだ」

アダルジーザの実であるフェルディナンドや、政変でトラオクヴァールに与《くみ》しなかったエーレンフェストが王座を狙っているのではないか。再びユルゲンシュミットが政変で荒れるという懸念《けねん》が出てきた以上、王としてその可能性を潰《つぶ》さなければならぬと言った。あれは王として必要な決断だったとフェルディナンドは思う。

……予《あらかじ》め地下書庫にどのような情報があるのかを王族に教えれば、確実にローゼマインを地下書庫から離すことができるであろう。

地下書庫の情報を送れば、ローゼマインからフェルディナンドへ情報が筒抜《つつぬ》けになっていることが王族にも伝わるはずだ。不穏分子《ふおんぶんし》と考えられているエーレンフェストの領主候補生のローゼマインは間違いなく警戒される。図書館への出入りを禁じられ、鍵の管理者から外されるだろう。彼をアーレンスバッハへ移動させた王族が、ローゼマインを地下書庫に近付けるわけがない。

……近付かなければ、それで良い。

王族でも何でも利用してローゼマインを地下書庫から遠ざけることができれば、それが一番だ。神殿長の聖典に浮かび上がった魔法陣と文言。あれを見れば、ローゼマインが自覚のないままグルトリスハイトへ近付いていることがわかる。

……資料の詰まった書庫を前にしてどれだけ我慢《がまん》できるか知らぬが、一応ローゼマインにも釘を刺しておくか。

「この情報が失われているならば王族には教えた方が良いと思うが、君は書庫に近付かぬように。また面倒なことになりそうだ」

手紙の返事を書き終えると、フェルディナンドは深い溜息を吐く。

……頼むから、これ以上関わってくれるな。

王族とローゼマインの両方にそう思った。

王族と図書館

わたしは王族に呼び出された日まで精力的に働いていた。

ダンケルフェルガーとの共同研究のために騎士見習い達への質問状を作成する。それを自分の文官達に複製させたり、回答欄を書いた紙を用意したり、アンケートの取り方を練習させたりした。

また、ヒルシュールの研究室ではフェルディナンドから合格をもらったという録音の魔術具の設計図をライムントから買い取った。これで録音の魔術具を作るのだ。手に乗るコンパクトのような形で、蓋を開けて声を聞いていた魔術具は、最終的に蓋を開けなくても魔石を撫《な》でれば聞けるようになっていた。しかも、一つではなく、複数の言葉を録音できるという。

「ただ、録音したい言葉の数だけ、風と土と命の属性が強い魔石が必要になりますよ」

「それは大丈夫です」

今のエーレンフェストの採集場所はわたしが頻繁に癒《いや》しているせいか、土地の魔力が豊かだ。騎士見習い達の報告によると、薬草の品質が上がった分、寄って来る魔獣《まじゅう》も強くなっているらしい。現在はダンケルフェルガーとの共同研究のために行うディッターの訓練として、騎士見習い達が連日採集場所で狩りをしている。必要な魔石は買い取れば良い。

「くっ、簡単に魔石が手に入る状況が羨《うらや》ましいです」

「ライムントもそのうち買えるようになりますよ。この設計図に描かれた魔術具を他の方も欲しがれば、情報料の一割を払いますから」

著作権と同じように設計図にも上乗せ分を順次払っていくという話をしたら、ライムントは意味がよくわからないというように目を瞬いた。

「え？　ローゼマイン様が買い取られた設計図ですよ？　上乗せ分とは何ですか？」

「……広く使われる価値がある設計図でしたら、その分上乗せが必要でしょう？　設計図を買い叩《たた》いていては、やる気のある良い研究者は育たないと思うのですけれど」

わたしの言葉にライムントとヒルシュールが「ローゼマイン様のお考えは素晴らしいと思います」と目を輝かせた。どうやらこれまでは買い叩かれていたらしい。

ライムントの説明を受けながら、わたしは魔石をガンガン投入して録音の魔術具を完成させた。

「これをぬいぐるみの中に入れて、お腹《なか》や額を撫でると声が聞こえるようにできるかしら？」

「この魔石の部分に触れられるようにすれば大丈夫だと思いますが、ぬいぐるみに入れることに何か意味があるのですか？」

ライムントが不可解そうに首を傾《かし》げる。その隣でリーゼレータが「ぬいぐるみを撫でたら声が聞こえるなんて、とても可愛《かわい》らしいではありませんか」と濃い緑色の瞳を輝かせて賛成してくれた。

「そうですよね？　ですから、わたくしらしくレッサー……」

「やはりシュミルでしょう。それが一番可愛らしいと思います」

リーゼレータがうきうきとした様子で「ぬいぐるみを作るのでしたら、わたくしにお手伝いさせてくださいませ」とわたしを見つめる。どちらかというと針仕事が得意ではないわたしは「レッサーパンダも可愛いと思います！」という言葉を呑《の》み込んで、シュミルを作ってもらうことにした。

……レッサーパンダは可愛いけど、一人で立体に作るのが難しいから仕方がないんだもん。

そうして過ごす内に王族からの呼び出しの日となった。今回はお茶会ではなく、呼び出しなので、手土産《てみやげ》程度のお菓子を準備しただけである。荷物は軽いが、気は重い。

「こんなに短期間にまた離宮へ足を運ぶことになるとは思いませんでしたね」

わたしの言葉に、ブリュンヒルデとリヒャルダが苦笑した。

「黙秘《もくひ》することもできたでしょうに、お知らせすると決めたのはローゼマイン様ですよ」

「アウブ・エーレンフェストも頭を抱えている、と報告がありましたね。けれど、王族の方々にとって少しでも助けになる情報でしたら、出し惜しみをするべきではございません。姫様の判断は素晴らしいと思いますよ」

わたしの側近達は、本好きのお茶会の前にアナスタージウスから王族の苦労を聞かされた。王としての教育を受けていないのに王座に就《つ》くことになり、身を削るようにして魔力供給をしている今の王にとても同情している。神殿育ちで貴族としての教育を受けていないのに、領主の養女や神殿長になって身を削るように魔力供給をしているわたしの立場と被《かぶ》って見えるからだそうだ。

……わたしは王様達ほど苦労していないと思うけど。

情報が足りなくて何をすれば良いのかわからない王族と違って、わたしは向かう方向を示してくれる人達が大勢いる。周囲に恵《めぐ》まれていると思う。

「王族からの呼び出しですけれど、アナスタージウス王子ですから多少は気が楽ですね」

エグランティーヌとのあれこれで本音を語りすぎたり、目の前でぶっ倒れたり、すでに色々とまずいことをしてしまったが、アナスタージウスは鷹揚《おうよう》に許してくれている。重要な話をしても頭から謀反《むほん》や簒奪《さんだつ》を疑われるようなことはないと思える分、他の王族に呼び出されるより気が楽だ。

「そのように気を抜くものではございませんよ、姫様」

リヒャルダの叱責《しっせき》を受けた時には離宮へ繋がる扉の前に立っていた。

「お待ちしていました、エーレンフェストのローゼマイン様」

オスヴィンが出迎えてくれて、わたし達は中へ通される。部屋の中で待ち構えていたのは三人。ヒルデブラントが笑顔で迎えてくれ、アナスタージウスが「来たか」と小さく呟く。二人の間に見知らぬ人がいた。アナスタージウスと同じような色合いの淡い金髪に深緑の目をしている穏やかそうな笑顔の男性だ。その座っている位置と着ている衣装から誰なのかすぐに推測できる。

……のおおぉぉ！　第一王子だよ！　先に知らせておいてください、アナスタージウス王子っ！

まさかジギスヴァルトが来ていると思わなかった。内心で思い切り文句を言ってみたけれど、これは呼び出しであってお茶会ではないのだ。参加者が事前に知らされるはずがない。

頭を抱えて座り込みたくなる衝動に耐えてニコリと笑顔を浮かべると、わたしはアナスタージウスとヒルデブラントに挨拶をし、それから、ジギスヴァルトの前で跪《ひざまず》いて首《こうべ》を垂れた。

「お初にお目にかかります、ジギスヴァルト王子。命の神エーヴィリーベの厳しき選別を受けた類《たぐい》稀《まれ》なる出会いに、祝福を祈ることをお許しください」

「許します」

「エーレンフェストの領主候補生、ローゼマインでございます。以後、お見知りおきを」

やりすぎないように注意しながら祝福を贈り、初対面の挨拶を交わしたわたしは許しを得て立ち上がる。椅子に座ったジギスヴァルトの方がまだ少し視線が高い。アナスタージウスと違って、穏やかそうな人である。真面目そうなというか、苦労性な感じがするというか、育ちの良い長男という空気がにじみ出ている。とてもエグランティーヌを挟んでアナスタージウスと王位を争うような人には見えない。もしかしたら側近同士が盛り上がっていただけだろうか。

目が合ったジギスヴァルトがにこやかに微笑《ほほえ》んでわたしを見た。

「其方がローゼマインですか。二年連続の最優秀でありながら、二年連続で表彰式を欠席するほど虚弱《きょじゃく》なエーレンフェストの聖女……。一度お会いしたいと思っていました」

「……わたくしも表彰式に出たくて楽しみにしていたのですけれど、儘《まま》ならずに残念です。王より直々にお言葉を賜《たまわ》ることができる誉《ほま》れの場だと伺っていますから」

別に避けてたわけじゃなくて楽しみにしてたんだよ、という雰囲気が出るようにガッカリ顔のアンゲリカを参考にして頑張った。一年目は読書時間につられてフェルディナンドと一緒にうきうきと寮でお留守番していたなんて知られるわけにはいかない。

「では、そちらに座って図書館の書庫の詳しいお話をお願いします。今、王族にはほんの少しの情報でも必要ですから」

わたしはジギスヴァルトの隣に座るアナスタージウスとヒルデブラントに視線を向けた。二人も興味深そうにこちらを見ている。だが、ジギスヴァルトの目が一番強い。深緑の目で静かにわたしを見つめている。穏やかに微笑みながら、それでも、こちらをじっと観察しているのがわかった。

「正直に答えてください。三本の鍵が必要になる書庫には王族と領主候補生の一部とシュバルツ達しか中に入れず、その中には王族が読んでおくべき資料がある。それに間違いありませんか？」

「間違いがあるかないかはよくわかりません」

わたしの正直な答えにジギスヴァルトが目を瞬き、アナスタージウスが額を押さえた。

「ローゼマイン、それはどういう意味ですか？」

「わたくしがシュバルツ達の管理者から鍵の管理者となったことをエーレンフェストに知らせた時に、司書が確認した本を読ませてもらえる喜びを報告したのです。そうしたら、それはおかしい、と返事が来ました。わたくし自身が知っている情報ではありませんから、間違いがあるかないかは書庫に入ってみなければわかりません」

ジギスヴァルトが「なるほど」と頷く隣でアナスタージウスが「其方は相変わらず正直すぎだ」と溜息を吐いた。もっとオブラートに包む必要があったらしい。

……でも、正直に答えろって言ったのは王族だよね？

「それにしても、不思議ですね」

「何が、でしょう？」

「どうしてエーレンフェスト以外に三本の鍵が必要な書庫の情報を知っている者がいないのでしょ

うか？　中央にも大領地にもその書庫について知っている者がいないのです」

ジギスヴァルトの言葉にわたしは首を傾げた。全くいないということがあるのだろうか。粛清を乗り切った王族ならば知っていると思う。

「去年まで領主候補生コースを教えられていたという先生もご存じないのですか？」

「彼女の夫は若い頃に図書館へ行ったこともあったようですが、彼女自身はそのような書庫の存在は知らないそうです。クラッセンブルクやダンケルフェルガーのアウブにも問い合わせたのですが、貴族院の図書館には足を踏み入れたこともないそうです」

領主候補生が図書館に入らない理由は知っている。たくさんの側近をぞろぞろと連れて図書館へ行ってキャレルを占領《せんりょう》するのは迷惑だからだ。基本的に貴族院の図書館は、研究成果を収める教師達や本が買えない状況でも勉強し、写本でお金を稼ぐ必要がある中級や下級貴族のための施設だと思われている。わたしも側近達に「迷惑だから控えろ」と言われたことがある。しかし、わたしは図書館で本を読むことが好きなので、行くのを止めるつもりはない。今年は研究がたくさんあって忙しいし、シュバルツ達の管理者が代わることでごたごたしているため、なるべく近付かないようにしているだけだ。

「普通の領主候補生は側近の文官見習いに欲しい本や資料を取りに行かせるので、領主候補生自身が図書館へ足を運ぶ機会はほとんどないと聞いています。そのせいでしょうか」

「……エーレンフェストでは自分で足を運ぶように言われているのですか？」

笑いを噛《か》み殺すようなジギスヴァルトの声に、わたしは自分でエーレンフェストの領主候補生は変わっていると言ってしまったことを悟って、そっと目を逸《そ》らした。

「わたくしは、その、図書館や本が好きなので好んで足を運んでいます。けれど、同じ領地の領主候補生でも、ヴィルフリート兄様やシャルロッテが図書館へ足を運ぶことはほとんどありません」

「そうです。ローゼマインはただ本が好きなだけです。それに、シュバルツ達へ魔力供給もしてくれていたので、足を運ぶ機会が多かっただけなのです」

ヒルデブラントがフォローしてくれたようだが、ジギスヴァルトの中の変わった領主候補生という評価は変わらないように思える。気持ちだけはありがたいので、わたしは笑顔でヒルデブラントに頷いた。

「エーレンフェストには研究に没頭するのが趣味で、所属する研究室の先生の弟子使いが荒いために図書館へよく足を運んでいた領主候補生がいたのです。信用できる側近が少なくて、大事な本を預けるわけにはいかなかったという理由もあったそうですけれど……」

簡単に状況を説明したら、三人の王子が非常に微妙《びみょう》な顔になった。これはちょっと必要のない情報だったかもしれない。

「その方が書庫の存在を知ったのもたまたまだったようですよ。図書館で欲しい資料について呟いていたらシュバルツ達が書庫へ案内してくれたそうです。その時は普通に上級司書が鍵を開けてくれたようですから、当時は特に秘密というわけでもなかったのではありませんか?」

自分で足を運ぶ領主候補生が珍しく、当時の上級司書もいないので裏を取ることができないけれど、王族以外に秘密の書庫であれば、上級司書が鍵を開けてくれるはずがない。

「わたくしも貴族院の図書館へは何度も足を運んでいますし、シュバルツ達の管理者だったので接触は多かったはずです。それでも書庫の存在を知りませんでした。ですから、よほど特殊な資料を探していたのだと思いますよ」

わたしは「読んだことがない本を読みたい」とシュバルツ達にお願いするけれど、「こういう資料が欲しい」とお願いしたことがない。そのため、閲覧室にある本で事足りてしまうのだ。

「閲覧室の本を全て読み尽くし、誰でも借りることができる閉架書庫の本を全て読み尽くした後ならば、シュバルツ達もわたくしをその書庫に案内してくれたかもしれません。けれど、卒業までの期間を考えると、難しいと思います」

敢《あ》えて誰からの情報なのかは言わない。けれど、ジギスヴァルトとアナスタージウスには伝わっているようだ。ジギスヴァルトが微笑んだままで深緑の目を光らせた。

「それほど重要な情報をその人は何故今まで黙っていたのでしょう？　知らないならば教えた方が良いと言われた」

「王族がご存じない情報だと思わなかったのでしょう。まるで誰かが故意に情報を隠蔽しているのではないかと考えてしまうほど、不自然に王族には情報が不足していると感じていらっしゃるようです」

わたしから伝えれば、王族に疑われることは当然フェルディナンド自身も承知しているだろう。それでも、伝えた方が良いと判断するほど重要な情報が詰まっているはずなのだ。こんなところでどうでもいい話をしているよりは図書館で資料の一つでも読んだ方がよほど建設的だと思う。

「わたくしからも王族にお伺いしたいことがあるのですけれど、よろしいですか？」

アナスタージウスは「ちょっと待て」とわたしを止めたが、ジギスヴァルトは「どうぞ」と先を促《うなが》した。わたしはジギスヴァルトにニコリと微笑みを返す。

「このように呼び出すほど詳しく聞きたい内容は、誰からもたらされた情報なのかということですか？　それとも、王族が知っておいた方が良いと考えられている資料の内容ですか？　わたくしは書庫に入ったことがありませんから、内容に関しては全くお役に立てません」

周囲の側近達がざわりとした。ジギスヴァルトが目を丸くし、アナスタージウスは「口が過ぎる」と言う。けれど、こんな話は時間の無駄だ。

「わたくしがソランジュ先生にお借りした昔の司書の日誌には、成人した王族が領主会議の折に図書館を訪れ、上級司書が総出で出迎えているという記述がありました。王族にとって図書館を訪れることが重要な行いだったことは想像できます。日誌は中央の騎士団長が持って行ったので、王族の方々もご覧になったでしょう？　書庫の重要性はすでにご存じだと思うのですけれど」

どこからの情報なのか問い質《ただ》す暇《ひま》があるなら図書館へ行こうよ、と言いたかったわたしの思いは通じたようだ。ジギスヴァルトとアナスタージウスが「そういうことか」と一度顔を見合わせた後、軽く頷いた。

「上級司書が総出で出迎えるということは、鍵が必要な書庫に向かった可能性も高いですね。中に入れば本当に重要な情報なのかどうかはわかります。アナスタージウス」

「わかりました。ダンケルフェルガーの領主候補生を図書館に呼び出します」

アナスタージウスはオスヴィンを呼んでハンネローレにオルドナンツを飛ばすように命じる。わたしは慌てて声をかけた。

「オスヴィン、ハンネローレ様に回復薬を持ってくるように伝えてあげてくださいませ」

「回復薬でございますか？」

わたしはコクリと頷いた。

「鍵の登録には魔力がかなり必要だと伺っています。準備はしておいた方が良いでしょう？」

「そういえば、オルタンシアがそのようなことを言っていたな。オスヴィン、頼む」

オスヴィンがオルドナンツを飛ばすと「かしこまりました。これから図書館へ向かいます」というハンネローレのお返事が来た。

図書館にも王子が三人向かうことをオルドナンツで告げ、皆でぞろぞろと移動する。非常に目立つので逃げ出したかったけれど、鍵の管理者であるわたしが逃げ出せるわけがない。

ただ、ぞろぞろと固まっていたのはしばらくのことだった。わたしが歩くスピードを考えると、成人している王子達とはどうしても一緒に歩けない。次第に離れていく王子二人にこっそり安堵の息を吐いていると、同じくらいのスピードで歩くヒルデブラントが声をかけてきた。

「ローゼマインはその書庫に何があるのか知っているのですか？」

「領主候補生の講義の資料や古い儀式について書かれた資料だと聞いています。どうやらエーレンフェストで調べていた儀式の資料もその書庫にあるようです。領主会議の時にアウブが図書館を訪れたけれど、司書がいなくて鍵がないとシュバルツ達に言われたそうです」

図書館の重要性を認識して、少しでも上級司書を増やしてもらいたいものである。わたしが下心たっぷりにそう訴えると、ヒルデブラントは良いことを思いついたように手を打って笑った。

「では、この機会にローゼマインも一緒に資料を探せば良いではありませんか」

「と、とても心惹《ひ》かれるお言葉ですけれど、これ以上面倒事を起こさないため、わたくしは保護者から書庫に入るのを禁じられているのです」

エーレンフェストがこれ以上疑われるのを防ぐため、それから、初めての書庫に入ったわたしが祝福暴走を起こさないためには入らない方が良い。

……頭ではわかっていても入りたくて仕方ないけどね！

本当はものすごく入りたいし、読みたい。だが、リヒャルダが許してくれそうにないし、フェルディナンドには絶対に怒られるだろう。


図書館に到着すると、シュバルツとヴァイスが迎えてくれた。

「ローゼマイン、きた」

「ヒルデブラント、きた」

シュバルツ達から名前で呼ばれるのは初めてで、何だかとても不思議な感じだ。これが当たり前なのだけれど、「ひめさま」ではなくなってしまったことがちょっとだけ寂しい。

「お待ちしていました。すでに人払いも済んでいます」

王子が三人も向かうと連絡したのだ。当然だが、オルタンシアとソランジュも待っていた。勉強していた学生達は気の毒だが、王族とトラブルを起こすよりはさっさと退散した方が良いだろう。

司書と挨拶を交わす間にわたし達の後ろからはハンネローレがやってくる。王子がずらりと揃《そろ》っているのを見て、赤い目を軽く見張った。

……アナスタージウス王子の名前で呼び出されただけでも心臓に悪いのに、王子が三人も揃っているんだもん。驚くよね？　わかる、わかる。わたしも驚いたよ。

勝手に親近感を抱いている間にハンネローレはジギスヴァルトと初対面の挨拶を交わしていた。

「突然の呼び出しで申し訳ないのだが、図書委員として手伝ってほしいのです」

「喜んでお手伝いさせていただきます」

突然の王族からの要請にも狼狽《うろた》えず、ハンネローレは微笑んで引き受ける。

……さすが大領地の領主候補生だよね。わたしも見習わなくちゃ。

「鍵はこちらの執務室にございます。けれど、さすがにこれだけの人数が入ることはできません。執務室の中まで同行するのは護衛騎士を二人と文官を一人に限らせてくださいませ」

オルタンシアに案内されて執務室へ入るにも、王子三人と領主候補生二人に付いている側近全員が入ることは難しい。わたしは上級騎士であるレオノーレと、同行している護衛騎士の中では最も接近戦に強いラウレンツ、それから、最も文官業務に慣れているフィリーネを指名した。

「こちらが地下書庫の鍵です」

執務室に入ると、オルタンシアが執務机の上にコトリ、コトリと音を立てて鍵を並べる。司書寮にある上級司書の部屋から探し出してきたものの、一人ずつしか登録できなかったらしい鍵だ。

「こちらの鍵に管理者登録をしていただきます。ローゼマイン様とハンネローレ様は鍵を握って魔力を流し込んでくださいませ」

わたしとハンネローレは言われるままに鍵を握って魔力を登録する。聖典の鍵に持ち主を登録するのと大して変わらない。あっという間に終わった。

「お早いですね」

目を見張るオルタンシアに「恐れ入ります」と微笑みを返す。ハンネローレもそれほど時間がかからずに登録を終える。

「領主候補生と上級貴族ではやはり違うのですね」

「オルタンシア、お二人ともとても優秀な領主候補生ですもの。そのように自分と比べることではありませんよ」

ソランジュが慰《なぐさ》めるようにそう言いながら、鍵の保管箱から別の鍵を二つ取り出した。閉架書庫の鍵と更に奥の扉を開ける鍵だと説明する。

「わたくしが王族をお迎えして、この鍵を使うことになるとは思いませんでした」

ソランジュによると、こうして王族が図書館へやって来る時は上級司書が全ての対応をしていたそうだ。彼女自身は表に出ることなく、側仕えがお茶を淹《い》れたり、食事の準備をしたりするための場所を指示し、裏方に徹していただけだったらしい。

鍵を持って閲覧室へ向かえば、執務室に入れなかった側近達と合流である。人数が一気に膨《ふく》れ上がりながら閲覧室の一階を横切った。

「本好きのお茶会でローゼマイン様にお貸しした本は、こちらの閉架書庫にあった物なのです」

ソランジュが懐かしそうに笑いながら、閲覧室の奥にある閉架書庫の鍵を開けた。初めて入る閉架書庫にわたしは心が浮き立つのを感じる。少し埃《ほこり》っぽい空気に羊皮紙の匂いが混じっているのが何とも心地良い。

皆でそれほど広くない書庫に入ると、更に奥にある扉の鍵をソランジュが開ける。その途端に、扉の奥に明かりが点《つ》き、地下へ進む階段があるのが見えた。周囲全体が白いせいで結構明るく感じられる。

「シュバルツ、ヴァイス。皆の案内をお願いしますね」

「あんないする」

「だいじなおしごと」

ソランジュに言われたシュバルツとヴァイスがひょこひょこと階段を下り始めた。

「オルタンシア、シュバルツとヴァイスに続いてくださいませ。中級貴族であるわたくしはこれから先に進むことができません。ここから先のことはシュバルツとヴァイスにお尋ねください」

上級司書であるオルタンシアは階段を下りていき、そこに王子が続く。先に進めないのはソランジュだけでなく側近達も同じだった。透明の膜《まく》に遮《さえぎ》られるように、王子達の側近の数人が足を止める。その全員が中級貴族だった。

「下りられない者は閲覧室で待機せよ」

三人の王子と側近達が階段へ向かうと、ハンネローレがそれに続いた。領地の順位から考えてもわたしが最後である。わたしの側近ではフィリーネやローデリヒ達が動きを止めた。側近で階段まで付いて来られるのはリヒャルダ、レオノーレ、ブリュンヒルデの三人だけである。王族やハンネローレに比べると、わたしの上級側近は非常に少ない。

「ローゼマイン様の側近は中級貴族が多いのですね」

階段を下りながら、ハンネローレが振り返ってそう言った。

「エーレンフェストはヴィルフリート兄様とシャルロッテがいて、その後にはもう一人、弟のメルヒオールが控えています。領主候補生で側近を奪い合う状態なのです」

「同時期に四人の領主候補生がいると、貴族院での側近は不足がちになりますね」

「えぇ。これまでは全く問題なかったのですけれど、このように上級貴族しか同行できないという事態もあるのですね。初めてです」

わたしが困って眉尻《まゆじり》を下げると、ハンネローレは「わたくしも初めてです」と微笑んだ。

淡い光に照らされた真っ白の階段を下りると、真っ白の広間に出た。わたし達が側近を全員連れてきても入れそうな広さだ。そこに、まるでお茶会室のようにテーブルや椅子がいくつも準備されている。各領地のお茶会室と違ってカーペットや壁紙などの装飾《そうしょく》がないため、壁も床も白い。

周囲を見回すと、真っ白な空間の中、一方だけは金属のような色合いの壁だった。金属質の壁には存在を主張するようにゴテゴテと装飾された部分が三つ、等間隔《とうかんかく》に並んでいた。

「さんにんならぶ」

「かぎあける」

シュバルツとヴァイスがテシテシと金属の壁を叩きながら装飾された部分を示す。どうやら金属の壁に見える物が書庫の扉で、この装飾的な部分が鍵穴らしい。近付いてよく見てみれば、鍵を差し込むのではなく、はめ込むようになっている。わたしはハンネローレとオルタンシアに視線を向け、お互いに頷き合うと、そっと鍵をはめ込んだ。

「かぎおさえる」

シュバルツに言われるまま、わたしは鍵が落ちないように押さえておく。三つの鍵がはまった瞬間、カチリと小さな音がした。直後、魔力登録をした魔石に魔力が吸い取られ始めた。魔石が光ったかと思うと、赤い線が壁全体に走り始める。

「はなれる」

ヴァイスの声を聞いて、わたしは少しずつ後退していく。そのおかげで壁の全体像が見えた。壁全体に複雑な模様の魔法陣が描かれている。魔法陣が完成すると、ギギッと音を立てて壁が三つの部分に分かれて回転し始めた。壁に見えていたけれど、こうして三つに分かれて動き出すと、扉に見える。扉がゆっくりと動いて一八〇度回転し、また全ての扉が繋がったかのように見えた瞬間、扉が消えた。

奥には確かに書庫らしい場所があった。書見台や書き物をするための机、それから、本棚がたくさんある。その本棚には木札のようだが、木札ではない白い板のような物がずらりと並んでいて、本の形をした物は天板が傾いた机に並べられている二十冊ほどしかない。

皆が驚きに目を見張る中、シュバルツが「あいた」と言いながら中へ入っていく。オルタンシアが続こうとしたけれど、階段で弾《はじ》かれた中級貴族と同じように透明の膜で阻《はば》まれた。

「……本当に入れませんね」

オルタンシアが透明の壁を押すようにして立ち止まる。彼女を見上げながらヴァイスが「ひめさま、しかくない」と言った。

「領主候補生が入れるかどうか確認したい。ローゼマイン、行ってみてくれ」

「非常に残念なことに、わたくし、書庫へ入るのを保護者から禁じられているのです。読んでも良い資料があればこちらに出してくださいませ」

泣きたい気持ちでアナスタージウスを見上げていると、ヴァイスがふるふると首を横に振った。

「しりょう、もちだしきんし」

「えぇ!? そ、そんな……」

……外でじっくり見ようと思っていたのにひどいっ！

持ち出し禁止にショックを受けたのはわたしだけではなかった。オルタンシアもヴァイスの言葉に小さく震えながら口元を押さえている。

……わたし、今オルタンシア先生と完全に同調してるよ。

わたしとオルタンシアがガックリと肩を落とす様子を見ていたアナスタージウスは呆《あき》れたように溜息を吐いて、もう一人の領主候補生であるハンネローレへ視線を向けた。

「仕方がない。ハンネローレ、行ってくれ」

「……かしこまりました」

意を決したようにハンネローレは一度大きく息を吸って、恐る恐る手を伸ばしながらゆっくりと進んでいく。オルタンシアが止まったのと違い、すんなりと入って行った。先に入っていたシュバルツがハンネローレに何か言ったらしく、首を傾げているのが見える。どうやら中の声はこちらに聞こえないようだ。

「領主候補生ならば本当に入れるようだな。……では、兄上。私が先に行きます」

アナスタージウスが危険を確かめるように先に入り、振り返って頷くとジギスヴァルトが入っていく。王子二人は入れたけれど、王子に続こうとした側近達は入れなかった。

「では、私も行きます」

明るい笑顔でヒルデブラントが二人の王子に続いて入ろうとした。けれど、彼は入れなかった。透明の壁に阻まれている。ヒルデブラントが息を呑んで、透明の壁を叩き始めた。

「何故ですか⁉　何故、私は入れないのですか⁉　アーレンスバッハの姫君と婚約して王族ではなくなることが決定したからですか⁉」

まるで泣きそうなヒルデブラントの声にヴァイスが首を横に振った。

「ちがう。ヒルデブラント、まりょくたりない」

ヴァイスの言葉に目を見張って固まってしまったのはヒルデブラントだけではない。「王族なのに魔力が足りなくて入れない」とヴァイスに明言されたのだ。その場にいる側近達も何と声をかければ良いのか、戸惑《とまど》ったように顔を見合わせている。資料の持ち出し禁止に落ち込んでいる場合ではなくなり、わたしはヒルデブラントのところへ向かった。

「ヒルデブラント王子、この書庫は成人した王族が訪れる場所だという記述がございました。貴族院にまだ入学もしていないのですから魔力が足りなくても仕方がありませんよ。魔力圧縮も習っていませんし、シュタープも得ていませんし、神々の御加護《ごかご》も賜っていませんもの」

「ローゼマイン……」

「成長期はまだ先です。今日はここでわたくしと一緒に皆を待っていましょう。ね？」

わたしはいくつもある椅子の方を手で示す。ヒルデブラントは顔を上げて周囲を見回した。

「……ローゼマインはここで待つのですか？」

ヒルデブラントが透明な壁の前にある椅子やテーブルを見ながら尋ねた。

「わたくしもあの中に入りたいと思いますが、アウブから不用意に入ることを禁じられていますから……。ここは書庫の様子がよく見えるでしょう？　おそらく側近達が主に危険がないことを確認しながら待機するための場所だと思います。わたくしはここでお茶でも飲みながら、本当に有益な資料が見つかるのかどうか待つつもりです」

「では、私も一緒に待ちます」

ヒルデブラントが笑顔を見せて椅子に向かう。アルトゥールがホッとしたように肩の力を抜いてわたしに礼を言うように微笑んだ。

「ブリュンヒルデ、ソランジュ先生にお茶の支度について伺ってきてください」

「かしこまりました」

ブリュンヒルデが身を翻《ひるがえ》し、階段を上がっていった。その姿を見て、それぞれの側近達が何を準備するべきか考え、動き始める。

「ヒルデブラント様、私も主のためにお茶の準備をしたく存じます。許可をいただけますか？」

「頼みます、アルトゥール」


「リーゼレータと一度寮へ戻りましたけれど、一人ではここまで全て運べませんね」

お茶の支度の一部を持ったブリュンヒルデが戻ってきて、困ったように笑う。「寮まで行ったのでしたら、少し休んでいらっしゃい」とリヒャルダが上へ残りの荷物を取りに行った。

「お茶を淹れたら、ブリュンヒルデもあちらで少し座って休むと良いですよ」

「いいえ。ローゼマイン様から目を離すわけにはまいりませんもの。いつ書庫に突進するのかわかりませんから」

クスクスと笑いながらそう言ったブリュンヒルデにレオノーレも同意した。書庫を見てはそわそわしているせいでどうやらかなり信用がないらしい。

……でも、すぐそこに読んだことのない資料や本が並んでいる書庫があるんだよ。そわそわするのは当たり前だし、我慢するのが大変なのは誰だって同じだよね。

三人の鍵が揃わなければ開けられないのだから、今度はいつ開けられるのかわからない。そう考えれば、我慢が大変なことはきっと皆に賛同してもらえると思う。

「どのようにして魔力を増やせばよいのでしょう？」

お茶を飲んで一息吐いたヒルデブラントが、唇を尖《とが》らせて自分の手を見つめる。

「魔力圧縮については貴族院で習いますから、今は無茶をする時期ではございませんよ。ご自分に合った方法が上手く見つかれば、ぐっと伸びます。王族にはきっと歴代の王が研究してきた効果的な増やし方があるのではございませんか？」

魔力の圧縮方法は一族の秘伝であったり、個人的に秘匿《ひとく》するものであったりするらしい。きっと王族には王族の増やし方があるだろう。余計なことを言えばすぐにでも圧縮を始めそうなヒルデブラントに具体的なことは言わない方が良い。そう判断して、わたしは曖昧《あいまい》な返事をしながらハンネローレ達が資料を読んでいく様子を眺めていた。

何が書かれている資料があるのか大まかに見ていくつもりなのだろう。三人が手分けしてあちらこちらの白い板のような資料を出しては目を通し、元の場所に戻している。ハンネローレが首を振り、二人の王子が難しい顔になった。その後、立てかけられている大きな本をアナスタージウスが開き、ジギスヴァルトを呼んでいる。

……いいなぁ。わたしもあっちに交じりたいよ。

リヒャルダが持ってきてくれたお菓子をもそもそと食べながら書庫の様子を見ていると、何やら話し合っていたハンネローレと王子二人が出てきた。

「あの、ローゼマイン様も入ってください。古い資料が多すぎて内容の判別が難しいのです。ダンケルフェルガーの歴史書を読めるのですから、古い言葉に精通していらっしゃるのですよね？」

「ローゼマイン、保護者との約束を破らせてしまうことは大変心苦しいのですが、お手伝いいただけませんか？」

ハンネローレとジギスヴァルトの二人にお願いされて、ぐらんぐらんと心が揺れる。入りたい。本が読みたい。でも、怒られたくない。

「え、えーと、でも……わ、わたくしは……」

わたしは許可を求めてリヒャルダやレオノーレを振り返った。二人はとても困った顔で、それでも、「ダメです」と言うように軽く目を伏せた。ヒルデブラントも「行かないでほしい」と訴えるような顔をしている。そこにアナスタージウスの声が響いた。

「ローゼマイン、来い」

「アナスタージウス、そのような命令口調をしてはなりません。彼女は善意の協力者なのです」

ジギスヴァルトに窘《たしな》められたアナスタージウスは、首を横に振って否定した。

「違います、兄上。エーレンフェストの保護者に禁じられているローゼマインは、更に上位の王族の命令という大義名分がなければお願いだけでは動けないのです。……ここにある資料を読むのを手伝え、ローゼマイン。これは王族からの命令だ」

……王族からの命令ですよ？　これは断ってはいけないものですよ！　いやっふぅ！

「リヒャルダ、ブリュンヒルデ、レオノーレ。王族の命令であれば仕方がありませんよね？」

わたしが側近達を振り返ると、三人は揃って溜息を吐いた。

「姫様、どう見ても仕方がないお顔ではありませんよ」

「確かに、仕方がないことは仕方がないのですけれど……」

「ローゼマイン様、興奮しすぎてはいけませんよ」

王族の命令と言われれば逆らいようがない。わたしは笑顔で椅子から立ち上がる。

「では、行ってきますね」

わたしがうきうきとした気分で透明の壁の向こうへ入った。その途端、シュバルツが少し顔を動かしてわたしを見上げた。

「ローゼマイン、いのりたりない」

「え？　何ですか？」

突然言われたことがよくわからなくて、わたしは首を傾げた。わたしの後ろから入って来たハンネローレが「ローゼマイン様もシュバルツに何か言われましたか？」と尋ねた。

「えぇ。祈りが足りないというようなことを言われたのですけれど……」

「よくわからないのですけれど、わたくしもここに入ると同時に言われました。属性が足りない。祈りが足りない、と」

ハンネローレが「何でしょうね？」と首を傾げる。王子二人も同じように言われたらしい。一体何の意味があるのかと考えていると、アナスタージウスが肩を竦《すく》めた。

「神殿長をしているローゼマインでも祈りが足りないのならば、考えるだけ無駄だ」

「それもそうですね。では、早速本を……」

考えるのは止めて、今は本を読みたい。わたしが天板に立てかけられている本に手を伸ばそうとしたら、アナスタージウスに止められて白い板が詰まっている本棚の方へ連れていかれた。

「そちらの本は比較的新しい言葉で書かれているので私達でも読める。其方が読むのはこちらだ」

「ハンネローレがローゼマインならば読めると言ったのですが、本当に読めそうですか？」

本棚にずらりと並んでいる白い板を一つ取り出したアナスタージウスがわたしに手渡した。建物と同じような白い石の板に古い言葉が彫《ほ》り込まれている。これならば貴族院や図書館を支える魔力さえあれば朽《く》ちることはないだろう。

……石板か。保存には向いてるね。ちょっと重くて一枚に書ける量が少ないけど。

わたしは指でたどりながら刻まれた文字を読んでいく。

「かなり昔の儀式の仕方ですね。……ふぅん。聖典のあの部分がこのような儀式になるのですか」

ライデンシャフトの眷属《けんぞく》同士が喧嘩《けんか》して燃え上がりすぎて、灼熱《しゃくねつ》の夏になった時に海の女神フェアフューレメーアが眷属達の頭を冷やすお話から来ている儀式だ。ハルデンツェルの儀式が春を呼ぶ儀式ならば、これは熱すぎる夏を抑える儀式らしい。

聖典にはお話、歌、絵が描かれているだけだが、この石板には儀式の行い方が詳細に書かれている。ハルデンツェルの儀式の行い方が書かれた板があれば、確実に再現できそうだ。

「わたくしにはとても興味深いですし、このまま聖典と儀式の関係を調べたいです。けれど、今の王族の役には立たないですよね。大まかな内容を順番に見ていくので、シュバルツ、一番上の左端から順番に持ってきてください」

「わかった」

シュバルツが持ってきてくれる石板にわたしは目を通していく。その間、ジギスヴァルトとアナスタージウスは比較的新しい情報が載っている本状態の物を読み、ハンネローレは白い板をゆっくりと読んでいた。いくつかの儀式のやり方を読んだ後、初めて儀式以外のことが書かれている物を発見した。

「ジギスヴァルト王子、アナスタージウス王子。これは王族の参考になるのではございませんか？はるか昔の王の回顧録《かいころく》です。魔力圧縮の方法や得られた御加護について書かれています。この辺りの御加護の記述はダンケルフェルガーとの共同研究にも役立ちそうですね」

回顧録というか、ハウツー資料というか、「こうして私は王になった」という感じで自分の苦労を語っている資料である。

「……ただ、これに刻み込まなければならないので、当時の共通認識に関しては省《はぶ》かれているようです。読んでも意味がつかめない箇所があります」

「何と書いてある？」

「ここの部分ですが、何度も何度も回りながら全ての神々に祈りを捧《ささ》げた、と読めます。どこでどのように回るのでしょうか？　まさか奉納舞《ほうのうまい》をしながら祈りを捧げるのでしょうか？　中央にはどこか回る場所があるのでしょうか？」

ぐるぐると回りながらお祈りを捧げる様子を思い浮かべるわたしに、アナスタージウスも困った顔になった。

「神殿長の其方以上に祈りについて詳しい者は貴族院にはおらぬであろう。神殿内には何かないのか？　その、回りながら祈りを捧げるような何かが……」

「回転するのではなく、色々な神々に祈りを捧げて回るという意味ではありませんか？」

冷静なジギスヴァルトの言葉にぐるぐる回転するイメージが消えてホッとする。昔の人は何をしていたのか、と真剣に悩んでしまったが、色々な神々に祈りを捧げるだけならば普通だ。

「わたくしが神殿で祈りを捧げる時は、神具を持ってきてもらうか、礼拝室に行くか、どちらかなのです。色々な神々に祈りを捧げて回ったことはございません」

祈念式《きねんしき》や収穫祭で領地内を回ることはあるけれど、同じ神に祈るだけだ。色々な神に祈りを捧げて回ることはない。考え込んでいたわたしは、ふとモニカとした会話を思い出した。

「……あ！　そういえば、神殿の側仕えから神殿のあちらこちらに神様が彫刻されて潜《ひそ》んでいると聞いたことがあります。どの神殿も同じならば、昔の人は神殿のあちらこちらにいる神々に祈りを捧げて回っていたのかもしれません」

「それかもしれぬな」

アナスタージウスが難しい顔になり、ふーむ、とジギスヴァルトが考え込み始めた。

「この王の回顧録は重要そうなので、できることならば現代語訳して書き写してほしいのですが、お願いできますか？　このまま書き写せば文官達でも訳はできるかもしれませんが、神殿や祈りに詳しいローゼマインでなければわからないことが多々ありそうです」

「わかりました。では、わたくし、閲覧室で待機中のフィリーネから紙とインクを受け取ってきます。わたくしの文官はこちらへ来られなかったので」

わたしがそう言うと、ハンネローレが「わたくしが行きます」と声を上げた。

「古い文字を読めるローゼマイン様がこちらで資料を確認した方が進みは早いでしょう。わたくしがローゼマイン様の側仕え達にお話に行きます」

「そ、そのようなことをハンネローレ様にお願いすることはできません！」

上位領地の領主候補生に使い走りのようなことをさせられるわけがない。わたしがふるふると首を横に振って辞退したというのに、ジギスヴァルトはニコリと微笑んで頷いた。

「では、ハンネローレにお願いします。ローゼマインの側仕えに言付けたら、少し休憩してくると良いですよ。貴女は最初からずっと頑張ってくれましたから」

……あ、そうか。休憩がいるんだ。

本や資料を読んでいると時間を忘れて没頭してしまい、食事も休憩も必要がなくなるわたしと違って、他の人には休憩が必要であることをすっかり忘れていた。

ハンネローレが書庫から出て行くのを見送り、わたしは白い板に再び視線を落とす。

「ローゼマイン、祈りで神々の御加護が増えるという研究をすると聞きましたが、本当に祈れば増えるのですか？」

「お祈りで御加護が増えることは間違いありません。真剣に祈ること、頻度や回数、魔力の奉納など、いくつかの要素が必要なようです。それがどの程度のものなのかを知るために、ライデンシャフトやアングリーフの御加護を得ている者が多いダンケルフェルガーや騎士見習い達に協力してもらうことになっています」

ジギスヴァルトは王の回顧録を見下ろしながら、そっと息を吐く。

「私は適性のある大神《おおがみ》から御加護を得ましたが、少し魔力を使いやすくなった程度で、特に変化を感じませんでした。眷属からの御加護を得ると、何か変わるのですか？　お祈りを今の王族の務めよりも優先するべきなのか、悩むところです」

どんどんと魔力を注いでユルゲンシュミットを支えなければならないのに、書庫で悠長《ゆうちょう》に資料を読んでいる余裕はないということだろうか。

「ジギスヴァルト王子、急ぐ時ほど危険な近道より、遠回りに見えても安全な道を通るほうが結局早いのです。安全で着実な方法を選んだ方が良いと思いますよ」

「どういう意味ですか？」

首を傾げるジギスヴァルトにわたしはニコリと微笑んだ。

「こうして資料を読んで、魔力圧縮の方法やお祈りによって御加護を得ることは遠回りに見えるのかもしれません。けれど、魔力を増やし、御加護を得た方が最終的には楽になります。たくさんの眷属から御加護を得られると、魔力消費量に変化がありますから」

「どれほどの変化があるのですか？」

深緑の目が驚きに見張られる。

「体感ですから個人差はあると思います。けれど、全部で十二の神々から御加護を得たヴィルフリート兄様は今までの七割程度の魔力で調合ができるようになった、と言っていました」

「七割程度……。それは、どれほどの祈りを捧げることで得られるのですか？」

食らいつくような視線の強さを見れば、王族がどれほど切羽《せっぱ》詰まっているのか、どれだけ魔力を必要としているのかがよくわかる。

「……そのヴィルフリートよりも多くの御加護を得たらしい其方はどうなのだ？」

じろりとアナスタージウスに睨《にら》まれて、わたしは唇を引き結んだ。言ってしまっていいのだろうか。黙っていた方が良いのだろうか。ただ、王族はもっとお祈りの効果を知った方が良いと思う。

「神殿における祈りの成果として発表するならば、ここで言ってしまっても大して変わるまい」

「他の方と差がありすぎるので、研究発表の時は控えめにする予定なのです。けれど、王族の方々にお祈りの重要性を知ってほしいので、正直に言いますね。エーレンフェストにさえ正確な数は報告していないのです。他の方には口外しないでくださいませ」

「……約束しよう」

アナスタージウスとジギスヴァルトが頷いたのを見て、わたしはゆっくりと口を開いた。

「わたくしは全部で四十三の神々から御加護を賜り、魔力の消費量がこれまでの四割ほどになっています。調合にしても魔力供給にしても半分以下の魔力で終わるので、感覚の調整に苦労しているのが現状です」

「半分以下ですか!?　一体どのように祈りを捧げているのです？」

二人があまりに驚いて大きな声を出しているので、「絶対に口外はしないでくださいね」と念を押し、わたしは自分の書字板にお祈りの言葉を書いていく。

「エーレンフェストでは礎の魔術に魔力を供給する時に神々に祈りを捧げながら行います。それでアウブ・エーレンフェストも複数の眷属から御加護を賜りました。魔力供給する時にお祈りの言葉を唱えるだけですから、お忙しい王族の方でも簡単に行えるお祈りだと思いませんか？」

「それだけで良いのか？」

アナスタージウスが疑わしそうにわたしを見た。

「もちろん、たくさんの御加護が欲しいのでしたら、神殿へ積極的に通って神事を行うべきだと思います。けれど、王族にそのような余裕はないでしょうし、いきなり王族が神事を主導すると、中央神殿との衝突も起こるでしょう。簡単にできるところから始めれば良いと思いますよ。そのうち、勝手に祝福が飛び出すくらいに自然と神々に祈りを捧げられるようになりますから」

大事なのは慣れ。そして、慣れたら慣れたで奇異の目で見られて、怒られることもある。わたしは経験済みである。

「まだきっちりと研究はしていませんけれど、成人してからも御加護は増えるそうなので、常にお祈りをしながら魔力供給をすると、数年後にはとても楽になっていると思います」

「成人してからも、だと？　エーレンフェストはどれだけの情報を隠しているのだ？」

「別に隠しているつもりはないのですよ。今回の御加護を得る儀式を行って、他領と比べるまでは礎の魔術に供給する時にお祈りするのが普通だと思っていましたから」

それに、隠しているのはほとんどがフェルディナンド経由の情報だ。隠匿《いんとく》しているのはエーレンフェストではなく、フェルディナンドである。もちろん、そんな余計なことを言うつもりはない。

「ローゼマイン様、紙とインクが届きました」

「恐れ入ります、ハンネローレ様」

ハンネローレが紙とインクを預かって来てくれた。わたしはそれを受け取って、王の回顧録を訳しながら書き始める。

「次は我々が休憩します。ハンネローレ、申し訳ないがこちらの板の内容を写してください」

「かしこまりました、ジギスヴァルト王子」

二人の王子が書庫から出て行くのを見送って、わたしはホッと息を吐いた。つられたようにハンネローレもフゥと息を吐いて、小さく笑う。

「まさかアナスタージウス王子の呼び出しで、王子が三人も図書館にいらっしゃるとは思いませんでしたね、ローゼマイン様」

「ええ。わたくしもジギスヴァルト王子のお姿を見た時は本当に驚きました」

……わたしが驚いたのは図書館じゃなくて、王子の離宮だったけどね。

「鍵を開けるだけのつもりでしたのに、このように写本まですることになるとは思いませんでした。わたくし、あまり古語が得意ではないので、ローゼマイン様が一緒で心強いです」

「王族も実務優先であまり古語には通じていないようですから、少しずつでも読めるハンネローレ様はすごいと思うのですけれど」

そんなふうにちょっとしたお喋《しゃべ》りをしながら、わたしは現代語訳をしていく。

「……あら、これは王の継承《けいしょう》の儀式でしょうか？」

ハンネローレが自分の手元の板を覗《のぞ》き込みながらそう言った。それはエーレンフェストの神殿では絶対に行わない儀式だ。興味を引かれてわたしは白い板を覗き込む。

「こちらに、新しい王が自分のグルトリスハイトを見せる、と書いてあるので間違いないと思うのですけれど……」

「そうですね。継承の儀式だと思います」

……グルトリスハイトを持たない今の王はどのように継承の儀式を行ったんだろう。

そんな疑問を抱きながらわたしは白い板を読んでいく。ハンネローレは儀式の手順は必要ない情報として、「ご覧になるのでしたらどうぞ」とわたしに白い板を差し出すと、シュバルツに新しい板を持って来てもらう。

わたしはハンネローレに渡された白い板を読んでいった。王の継承の儀式では神殿長が光の女神の神具である冠《かんむり》を被って行うらしい。契約や約束を司《つかさど》る女神だからだろうか。

……これは呪文？

儀式の方法が書かれた白い板にはシュタープを変化させる呪文らしき言葉が書かれている。わたしは自分の書字板にその呪文らしき言葉を書き込んだ。

……絶対にフェルディナンド様はここに通い詰めだったね。

別の儀式について書かれた板には闇の神のマントを作り出す呪文や、土の女神の聖杯を作り出す呪文が載っている。フェルディナンドだけが何故妙な知識をたくさん持っているのかと思っていたが、この書庫で学んだせいに違いない。

……わたしもいっぱい読んでやる！

閉館まで資料を読んだ後、書庫の鍵を執務室の保管箱に戻す。わたしは様々な儀式について書かれた板を読んでいくことで、シュタープで全ての神具を作るための呪文を知った。たくさんの資料を読み、新しいことをたくさん知った頭は、満足感で何だか酔っ払ったようにふわふわしている。

「鍵の管理者がいれば書庫に入れますし、王族がいらっしゃらなければ、他の学生を排除《はいじょ》する必要もありません。ですから、お忙しい王族の代わりにわたくしがどんどん資料を読みますよ」

そう提案したが、リヒャルダとアナスタージウスに即刻却下《きゃっか》された。

「なりません。姫様には大領地との共同研究などの優先すべきことがたくさんございます。それに、姫様を連れ出せる方がいらっしゃらない時に、側仕えの手が届かない書庫へ向かわせるわけには参りません」

「其方の側仕えの言う通りだ。読み始めたらこちらの話を全く聞かぬ其方を一人では入らせぬ。それに、見張っていなければ読むことに夢中になって写本が進まぬではないか」

二人の言葉に他の皆も賛同する。ぐるりと見回したけれど、誰も味方してくれない。

……何ということでしょう⁉ 味方が一人もいない！

この中で一番権力があるだろうジギスヴァルトに視線を向ける。彼は穏やかな笑顔のままでオルタンシアとハンネローレを見た。

「後日、私達王族から呼び出しがあるまで、こちらの地下書庫は禁止します。オルタンシアもハンネローレもローゼマインから要求があっても鍵を開けてはなりません」

「かしこまりました」

面白い書庫を発見したのに入るのを禁止され、わたしはとぼとぼと寮に戻る。

寮に戻ってからは、資料から目を離さずにジギスヴァルトに生返事をしたこと、最後まで粘ろうとしてアナスタージウスに資料を取り上げられて書庫から摘《つま》み出されたことなどをリヒャルダから延々と叱られ、ヴィルフリートには「ローゼマイン、其方、王族とは極力関わらないと言っていたのは何だったのだ？」と呆れられた。

……ヴィルフリート兄様、そこはわたしのせいじゃないと思うよ。

ダンケルフェルガーの儀式

図書館の書庫へ入ってから数日後、ルーフェンからオルドナンツが届いた。「騎士棟でディッターをしないか」と三回繰り返したオルドナンツに、「共同研究でしたらお受けします」と返す。すぐにハンネローレから「申し訳ございません。共同研究の言い間違いです」という言葉が届いたので快《こころよ》く了承しておいた。

「ローゼマインは共同研究でまた何かするかもしれぬ。騎士棟には私も同行するぞ」

「お兄様はディッターが気になるだけではなくて？」

シャルロッテの指摘に、ヴィルフリートが言葉に詰まった。ローデリヒのディッター物語を読んだ男の子達の間ではにわかにディッター熱が上がっているのだ。前後の儀式も気になるのだろうが、一番はやはりディッターなのだろう。

「……お兄様の気がそぞろになりそうですし、神々からの御加護が増える研究には興味がありますからわたくしも同行いたします。よろしいでしょうか、お姉様？」

シャルロッテはそう言ってわたしを見た。来年の御加護を得る儀式までに少しでも情報を集めたいという頑張り屋の妹のお願いを却下するなど、わたしにできるはずがない。可愛い妹のお願いを叶《かな》えてあげるのが姉の務めである。

「もちろんよろしくてよ、シャルロッテ。せっかくヴィルフリート兄様とシャルロッテが同行するのですもの。二人の文官見習いにもお手伝いしていただきましょう」

わたしはヴィルフリートとシャルロッテの文官見習い達を多目的ホールに集め、紙を配ってアンケートの取り方を教え始める。さすがに寮内には印刷機がないので、同じアンケート用紙を準備するのは難しい。そのため、一番上に質問用紙を準備して、文官達が質問して答えを書き込んでいく街角アンケートのような形で聞き取り調査を行うつもりだ。こうすれば、質問用紙は文官見習い達が書き写す一枚ですむし、回答の書き方さえ徹底させれば形式が整って集計もしやすい。

「ヴィルフリート様……」

「諦《あきら》めろ、イグナーツ。ローゼマインが考案した新しいやり方ならば覚えるしかあるまい。どうせ嫌でもこれから何度も使うことになる」

アンケートの取り方を教え、聞き取り調査の準備を完璧に整え、わたし達は騎士棟へ向かった。ルーフェンが騎士見習い達を集めてくれているそうなので、大きめの講義室へ向かうことになっている。大小の訓練場が固まっている騎士棟は非常に広いため、騎獣《きじゅう》での移動が必須《ひっす》だ。

レオノーレを先頭にエーレンフェストの一群が騎士棟へ向かう。三年生以上の騎士見習いは全員集合しているし、三人の領主候補生が向かうので側近が同行するとかなりの大人数になるのだ。

「ここが騎士棟ですか」

「初めてですね」

降り立ったところをシャルロッテと二人で見回していると、リヒャルダが「姫様方も領地対抗戦で入ったことがあるでしょう」とクスクス笑った。確かにそうだけれど、一番大きな訓練場に向かうだけで、講義を行う部屋がある部分は初めてだ。

「もっと汗臭い感じがするのかと思っていました」

訓練に時間を費《つい》やす騎士見習い達が出入りする専門棟なので、麗乃《うらの》時代と同じように体育直後の消臭スプレーが飛び交って気分が悪くなる女子更衣室や部活棟のような男臭いような汗臭いような土臭いような臭いを覚悟していたが、そのような臭いはない。

「訓練の後にヴァッシェンを行う者が多いので、文官棟のような独特の臭いはありません」

マティアスがそう言うと、文官棟の薬草臭さを思い出したらしいテオドールが小さく笑った。

……ヴァッシェンって偉大。

そう思いながら進んでいくと、ルーフェンとダンケルフェルガーの領主候補生であるレスティラウトとハンネローレが出迎えてくれて挨拶を交わす。

「では、早速ディッター……」

「ルーフェン先生？」

「……の前後に行う儀式について説明と実演をしたいと思います」

ハンネローレに睨まれて取り繕《つくろ》ったけれど、ルーフェンの顔には「ディッター」としか書いていない気がする。ディッターをしたくて仕方がない教師に流されるわけにはいかない。

……ディッターよりも研究優先だよ。

わたしとハンネローレは視線を交わして、小さく頷き合った。

「ディッターの儀式の前に騎士見習い達にお話を聞きたいと思います。他領の騎士見習い達も集めてくださったのでしょう？　彼等を待たせることはできませんよ」

「ローゼマイン様のおっしゃる通り、先に皆様のお話を聞かなくては。エーレンフェストとはすでにお約束しているのですから、ディッターは後でできるではありませんか」

「そうですね。先に話を聞くことを終わらせて、心置きなくディッターを行いましょう」

よほどディッターがしたくて気が昂《たか》ぶっているのか、ルーフェンの歩くスピードは速い。

たくさんの騎士見習いが集められている広い講義室で、わたしはエーレンフェストの文官見習い十人を一番後ろの机にずらりと並んで座らせ、質問用紙、回答用紙、インクなどの準備をさせる。

「皆様のご協力に感謝します。これからエーレンフェストの文官見習い達の質問に一人一人お答えください。集計結果は領地対抗戦の研究発表で行うので、本日は質問を終えた方から退室していただいて結構です。クラッセンブルクの方、こちらから順番に並んでくださいませ。回答が終わった方はこちらから退室してくださいね」

貴族院は何に関しても領地の順位で順番が決まっているので、非常にやりやすい。寮内でも上級中級下級、それから学年、と細かく分かれているので、わたしが声をかけると、自然と順番は決定していてスッと並んでくれた。

十人が一度に質問を始め、どんどんと回答を書き込んでいく。何度か練習させたのでそれほどの混乱もなく、聞き取り調査は進んでいる。

「終わりました。次の方、こちらへお願いいたします」

フィリーネが手を上げるのを見て、わたしは順番に並んでいた騎士見習いをそちらに誘導《ゆうどう》した。クラッセンブルクの騎士見習いがある程度減ったら、次の領地に声をかけて並んでもらう。

この聞き取り調査におけるわたしの最も重要な仕事は誘導であるが、なかなかスムーズに進んでいるようだ。自分の仕事に満足していると、ブリュンヒルデが側仕え達を連れてきた。

「ローゼマイン様、誘導の仕方はわかりました。わたくし達が代わります。この後のディッターについてルーフェン先生がお話ししたいそうです」

……わたしはディッターのお話よりも交通整理していたいんだけどな。

今回の共同研究の責任者であるわたしがお話から逃げることはできない。リヒャルダと一緒に領主候補生が固まっている一角へ向かった。

「珍しい質問の仕方ですね」

「一対一で話をしながら同じ質問をするのに都合が良いのですよ。こちらには三年生以上の騎士見習いを集めてくださったようですけれど、いつから儀式で使用する歌や踊りについて教えられるのですか？　エーレンフェストの一年生でもすでに知っているようですけれど……」

わたしはテオドールを見ながらそう言った。今年は共同研究をすることになったので、喜び勇んだルーフェンが教えてくれた、とテオドールからは聞いている。

「一年生でも訓練場を使うために最初から騎士棟に出入りするので教えます。ですから、一年生でも知っていると思います。ただ、ダンケルフェルガーの騎士見習い以外は馴染《なじ》みがないせいか、あまり真剣に取り組みません。今年はこれで神々からの御加護が得られるかもしれないと言ったことで、他領の騎士見習いでも真剣にやる者が増えました」

エーレンフェストの騎士見習いも同じだ。寮でダンケルフェルガーの儀式について話を聞いた時、レオノーレも「何のために行うことかわかりませんでしたから。これが神々から御加護を得るために必要なことだと認識していれば、もっと真面目にしたのでしょうけれど」と言っていた。

「それでローゼマイン様、本日のディッターはどのようなルールにいたしましょうか？」

わくわくと目を輝かせたルーフェンの言葉にわたしはコテリと首を傾げた。

「ルールは普段の訓練のもので結構ですよ」

「普段の訓練は速さを競うディッターですが……」

「えぇ。ですから、それで競えばルールの設定など必要ないでしょう？」

わたしの言葉に、ルーフェンが目を見開いて三秒ほど固まった。

「何故ですか⁉　あれだけ宝盗《と》りディッターに情熱を傾ける素晴らしい物語を書いていながら、宝盗りディッターをしないなんて……！」

「ディッター物語はわたくしが書いたわけではございませんし、宝盗りディッターは時間がかかるではありませんか。研究のために儀式を観《み》たいだけなのです。今回は速さを競うディッターが相応《ふさわ》しいと思います」

そんな、とショックを受けているルーフェンの周囲でダンケルフェルガーの騎士見習い達が口と目を開けて、わたしを凝視《ぎょうし》する。どうやらダンケルフェルガーでは完全に宝盗りディッターをする予定だったらしい。

「しかし、ローゼマイン様……」

「宝盗りディッターでなければ儀式が行えないわけではございませんよね？　それとも、まさかダンケルフェルガーは速さを競うディッターでは真剣になれないのですか？」

研究のためにディッターは必須でも、その種類まで指定されていたわけではない。わたしの言葉に、ハンネローレが笑顔で頷いた。

「ローゼマイン様のおっしゃる通り、速さを競うものでも宝盗りでもディッターはディッターです。儀式は行えますし、ダンケルフェルガーがディッターを真剣にやらないことはございません。御加護を得る研究のためですから速さを競うディッターが良いとわたくしも思います」

「ハンネローレ様、それはそうですが……」

他ならぬダンケルフェルガーの領主候補生の言葉である。これをルーフェンや騎士見習い達が覆《くつがえ》すのは難しい。ハンネローレの笑顔で速さを競うディッターに決まった。

「けれど、ルーフェン先生がそのように思い入れてくださるほど、ディッター物語を楽しんでくださって嬉《うれ》しいです」

「今、ダンケルフェルガーの寮では大流行中ですから。あの作戦にはフェルディナンド様の助言があったのではございませんか？　仕掛けられた覚えがございます」

当時のことを語り始めたルーフェンにわたしは軽く息を吐いた。

「……わたくしがフェルディナンド様からいただいたディッターの作戦資料を、作者に貸し出したのです。フェルディナンド様がお話を考えたわけでも、協力しているわけでもございません」

「それは続きが楽しみです。それで、続きはいつ出るのですか？」

どうやらルーフェンは「続きが読みたい病」にかかったらしい。計算通りである。

「続きは……そうですね。レスティラウト様が挿絵《さしえ》を描いてくださるそうなので、その後になります。一巻も挿絵を入れて綴《と》じ直す予定ですし」

糸で綴じているだけなので、手間はかかるけれど絵を差し込むのはそれほど難しくはない。二巻も一冊を見本として渡してイラストを描いてもらい、イラストを後から挿入する形になると思う。

本来は卒業後に絵師をエーレンフェストに呼び寄せるつもりだったので、他領からイラストを買ってもどうするのが良いかわからないし、決めかねている。

……卒業しちゃう領主候補生を絵師にするなんて、想定外なんだよ！

「挿絵は描いたぞ。今日は持っていないが、また見せよう。……そうだな、其方の儀式を見せてもらう時にでも」

「楽しみにしていますね」

……その前に買い取り価格や受け渡しの方法を決めておかなきゃダメだよね。

段取りを考えながらダンケルフェルガーの側近達からディッター物語の感想を聞いているうちに、アンケートは終わったようだ。

「寮へ戻ってから調査結果を集計します。結果については領地対抗戦より先にダンケルフェルガーへお知らせいたしますね」

「ローゼマイン様、せめて集計のお手伝いをさせてくださいませ。共同研究とは名ばかりで、わたくし、何もしていません」

クラリッサの言葉に、共同研究をすることになっているダンケルフェルガーの文官見習い達も大きく頷いた。わたしの儀式とダンケルフェルガーの儀式の比較などを行ってもらう予定だったが、確かに今日の聞き取り調査ではダンケルフェルガー側が何もしていない。共同研究と言った以上は何か仕事を割り振った方が良いだろう。

「……では、集計はエーレンフェストのお茶会室で行いましょう。急いで結果を出したいので、明日の朝、講義が始まる時間から集計を始めます。手の空いている方は来てください」

「かしこまりました。絶対に、何があっても参ります」

クラリッサが拳《こぶし》を握って嬉しそうに笑い、「本当によろしいのですか、ローゼマイン様？　わたくしも同行した方がよろしいでしょうか？」とハンネローレが不安そうに尋ねてくる。

……そ、そんなにクラリッサの参加って不安視されること？

にわかに不安になって、わたしはハンネローレにもダンケルフェルガーからのお目付け役として来てもらうことにした。わたしがお願いしていると、レスティラウトがクッと顔を上げた。

「では、私も責任者として……」

「お兄様は講義がおありでしょう？　ディッター物語の絵を描くことに夢中になって、講義を疎《おろそ》かにしたこと、お母様に報告いたしますよ」

……ハンネローレ様、頼もしい！

わたしが胸をキュンとさせたところで、シャルロッテが小さく笑った。

「レスティラウト様とハンネローレ様は、まるで本を読む名目を探すお姉様と阻止《そし》するリヒャルダのようですね」

「確かに。だが、私としてはリヒャルダには叱られたくないが、ハンネローレ様のように可愛らしく叱ってくれるのであれば構わぬぞ」

「ヴィルフリート坊ちゃま、それはどういう意味でしょう？」

ほほほ、と笑うリヒャルダに顔を引きつらせているヴィルフリートを見ながら、わたしは一度コクリと頷いた。

……ちょっとだけヴィルフリート兄様の気持ちはわかります。

聞き取り調査を終えた後は訓練場へ移動して速さを競うディッターである。わたしの目的はディッターの試合前に行う古い戦歌や戦い系の神々に魔力を奉納する儀式だ。あまり他の人が行う儀式を見たことがないので、とても楽しみにしている。

エーレンフェストとダンケルフェルガーの皆が訓練場へ移動した。共同研究なので、他領の者は観覧禁止だ。観覧できる場所からわたし達は領地対抗戦のように下を見下ろす。領地対抗戦と違って椅子がないため立ち見であるが、訓練場の形は同じである。

観覧場所でも何となく左右にエーレンフェストとダンケルフェルガーに分かれているが、ディッターに熱狂しやすい土地柄なのか、ただ、騎士見習いの人数が多いのか、ダンケルフェルガーはものすごく人数が多い。

「ローゼマイン、応援の数でも負けている。ディッターを見たがっていた低学年も呼ばないか？」

ヴィルフリートの言葉に、わたしは騎士見習い以外も多いダンケルフェルガーを見て頷いた。

「せっかくですから、皆で応援しましょう」

シャルロッテがすぐにオルドナンツを飛ばし、エーレンフェストはほぼ全員が訓練場に集まることになった。それでもダンケルフェルガーの人数にも熱狂ぶりにも敵《かな》わない。

「では、始めましょう。エーレンフェストに儀式を見せるため、試合に出る騎士見習いは下に！」

ルーフェンの声が響くと、ダンケルフェルガーの騎士見習い達が騎獣を出して下の競技場へ降りていく。学生達が「うわぁぁぁ！」と声を上げた。速さを競うディッターでもこれだけ熱狂できるのだから、宝盗りディッターにする必要は全くなかったようだ。

「どうする、ハンネローレ？」

「お兄様にお任せいたします」

頷いたレスティラウトが魔石で貴族院の黒服の上から簡易の鎧《よろい》をまとい、騎獣で競技場へ降りていき、騎獣を消した。ダンケルフェルガーの騎士見習い達が輪を描いている中心に降り立ったレスティラウトがシュタープを出して「戦いに臨む我等に力を！」と声を上げた。

「ランツェ！」

それを合図に、騎士見習い全員がシュタープを槍《やり》に変化させる。

「我は世界を創《つく》り給《たま》いし神々に祈りと感謝を捧げる者なり」

耳慣れた祈りの言葉と共に、一度槍がドンと大地に打ち付けられる。

「勝利を我が手に収めるために力を得よ　何者にも負けぬアングリーフの強い力を　勝利を我が手に収めるために速さを得よ　何者よりも速いシュタイフェリーゼの速さを」

ハルデンツェルの儀式と同じように聖典の祈り言葉に節が付いたような歌を歌い、戦いに関係する神々に祈りを捧げる。歌いながら周囲の騎士見習い達が剣舞と似たような動きで槍を動かし始めた。ぐるんと回転させたかと思うと石突《いしづき》を地面に打ち付ける。槍を持ちかえれば、魔石でできた鎧部分とぶつかった金属的な音が拍子《ひょうし》のように響いた。

中心に立つレスティラウトも同じように槍を振り回し、騎士見習い達と同じように舞っている。長い槍を持ってこれだけの安定感で舞えるのだ。奉納舞が上手いわけである。

「ハンネローレ様もこのように槍を持って舞えるのですか？」

レスティラウトを見ながら尋ねると、ハンネローレは少し恥ずかしそうに笑った。

「もちろんお稽古《けいこ》はさせられていますけれど、わたくしはあまり得意ではないのです。皆様にお見せできるようなものではございません」

……もちろん、なんだ。おとなしそうなハンネローレ様もこんなのができるなんてダンケルフェルガーってすごいね。

シュタープで作られた槍が「戦え！」というレスティラウトの声と共に高く掲《かか》げられると、周囲の騎士見習い達が「おぉ！」と雄々《おお》しい声を上げて天を突くように一斉に槍を持ち上げた。

観覧場所にいたダンケルフェルガーの学生達からも歓声が上がり、見ているこちらも気分が高揚してくる。その場にいて共に舞っていた騎士見習い達の気持ちが戦いに向けて一つになるのが目に見えるようだった。

「……すごいですね。訓練で教えられた時と全然違います」

ユーディットが呆然《ぼうぜん》としたようにそう呟き、周囲の騎士見習い達がコクリと頷く。

「これから彼等と闘うのですか」

そう呟いたマティアスの声は完全に彼等の雰囲気に呑まれているように見えた。戦う前から気持ちが負けている。このままではダメだ。

「ラウレンツ、ルーフェン先生が教えてくださったのですから、エーレンフェストの騎士見習い達も歌って舞えるのですか？」

「はい、一応できます。あの、ローゼマイン様。まさか……」

ラウレンツの返事にわたしはニコリと微笑んだ。

「えぇ、対抗してこちらもやりましょう」

「しかし、あの後でエーレンフェストが行っても、あれほど皆を奮《ふる》い立たせることは……」

「祈りを捧げるだけならば、わたくしの得意分野なのですよ」

うふふんと笑うと、レオノーレは意味を悟ったのか、ニコリと笑った。

「では、ローゼマイン様にはエーレンフェストの士気を上げるため、中心で歌をお願いします」

ディッターに出場する騎士見習い達と共にわたしが騎獣を出すと、ヴィルフリートが難しい顔でわたしの手をつかんだ。

「何をする気か知らぬが止めておけ、ローゼマイン。今までのことから考えても其方が出て行くととんでもないことが起こる気がする」

「ダンケルフェルガーの真似っこです、ヴィルフリート兄様。こちらの騎士見習いが少しでも奮い立てばそれで良いのです」

ダンケルフェルガーの熱気と、すでに気を呑まれているエーレンフェストの騎士見習い達を示しながらわたしがそう言うと、シャルロッテは少し考え込むようにして頰《ほほ》に手を当てた。

「あの、お姉様。このディッター勝負はダンケルフェルガーが勝たなければ、その後の儀式を行うことができないので、このままで良いのではございませんか？　お姉様がダンケルフェルガーの儀式を真似る必要はないと思いますよ」

「……そう言われてみれば、そうでしたね」

ダンケルフェルガーの儀式はディッターの前後に行い、後の儀式は勝利を祝って、神に感謝を捧げる儀式だったはずだ。シャルロッテの言葉に納得してわたしが騎獣を消そうとすると、競技場から戻って来たレスティラウトが「せっかくなのでやってみれば良かろう」と手を振った。

「同じ儀式を行ってもダンケルフェルガーとエーレンフェストで差があるのかどうかを調べるのも、研究する上で必要ではないのか？」

「そ、それは……レスティラウト様のおっしゃる通りですが……」

ヴィルフリートとシャルロッテは困ったように目を見合わせる。

「同じ場所で同じ時間に行った儀式で、行う者が違った場合に結果が変わるかどうかは気になるところだ。研究のためにやってみろ」

「かしこまりました。研究のためですものね」

レスティラウトに頷いて、わたしは騎士見習い達と一緒に騎獣で競技場へ降りていく。下に降りると、ユーディットがわたしの立ち位置を示しながらこっそりと尋ねてきた。

「ローゼマイン様はこの歌と踊りができるのですか？」

心細そうな声に周囲を見回せば、ダンケルフェルガーと同じ儀式を行えと言われた騎士見習い達の方が不安そうに見えた。わたしがこっそりと祝福を与えるためにこの儀式をすると言い出したことを察しているレオノーレだけは、きびきびと動いて騎士見習い達に立ち位置を示している。

「いいえ。本日初めて見たのでできませんよ。レスティラウト様を真似て槍を一緒に持つだけです。

ただ、こっそりとアングリーフの祝福を贈るのに都合が良いと思ったのです」

わたしの言葉にユーディットは菫色《すみれ》の瞳を軽く見張って小さく笑った。

「それではダンケルフェルガーと同じ結果にならないのではございませんか？　共同研究のためという建前が崩れますよ」

「大丈夫ですよ。祝詞《のりと》はダンケルフェルガーと同じ物にしますから。皆にこっそりと祝福をしたかっただけなのですが、これなら少しは研究の役に立つでしょう？」

ユーディットが頷きながら、自分の立ち位置へ戻って行く。代わりに、レオノーレがやって来て、全員が位置についたこと、それから、わたしが絶対に押さえておかなければならないポイントについて説明してくれた。簡単に言えば、最初と最後をきっちり押さえておけば良いらしい。

わたしは周囲をぐるりと取り巻く騎士見習い達を見回した。わたしが掛け声をかけて、シュタープで槍を出さなければ始まらないはずだ。

「戦いに臨む我等に力を！」

……えーと、それで槍を出せばいいんだよね？

「ランツェ！」

わたしはシュタープを出すと、ライデンシャフトの槍に変化させた。それを合図に、騎士見習い全員がシュタープを槍に変化させることはできたのだけれど、騎士見習い達の視線は驚いたようにライデンシャフトの槍に向けられている。

……そういえば、去年の講義の時にちらっと見せたことはあったけど、騎士見習い達に見せたことはなかったっけ？

ライデンシャフトの槍はわざわざ見せるようなものではないので、神殿に出入りしているわたしの側近達以外はエーレンフェストの者でもライデンシャフトの槍を見たことはなかったかもしれない。それでも、今は驚きに目を見張ってこちらを見ている場合ではないはずだ。

……こら。こっちを向いていないで、歌わなきゃダメでしょ。

わたしはこちらを凝視している騎士見習い達を軽く睨みながら、「我は世界を創り給いし神々に祈りと感謝を捧げる者なり」とできるだけ大きな声を出して、槍を大地に打ち付けた。耳慣れた祈りの言葉と槍が動いたせいか、騎士見習い達もハッとしたように動き始める。

「勝利を我が手に収めるために力を得よ　何者にも負けぬアングリーフの強い力を　勝利を我が手に収めるために速さを得よ　何者よりも速いシュタイフェリーゼの速さを」

皆が歌いながら槍を振り回している真ん中で、わたしは槍をつかんで立っているだけだ。おまけに、節を覚えていないので歌えない。けれど、祝詞だけならば言える。皆の歌声に隠れるように小声で唱えていた。

……これで最後に「戦え！」って槍を上げたらいいんだよね？

わたしはタイミングをよく見計らって、槍を持ち上げた。

「戦え！」

できるだけ大きな声で叫んだ瞬間、ドッと大きな音がした。

「うひゃっ⁉」

わたしが思わず発した間抜けな声は、ライデンシャフトの槍から打ち出されて飛んで行く魔力に皆の視線が釘付けになったことで認識されなかったようだ。

上を見上げたまま、高く持ち上げた槍をゆっくりと下ろした。わたしの手に握られていたのは、青の光を失い、魔力を失《な》くしたライデンシャフトの槍だ。魔石の部分が透明になっている。

視界の邪魔になっていた槍を退《ど》け、わたしは打ち出された魔力がどうなるのか見ていた。できることならば、自分のところに戻っておいで、と言いたいところだけれど、そんなことができるかどうかわからない。上空でぐるぐる回っていた魔力は、いつの間にかいくつかの色合いをまとっていた。青が多いけれど、黄色、赤、緑も見える。その光が一斉に降り注いできて、眩《まぶ》しさに思わずわたしは目を閉じた。

目を閉じていても周囲が眩しかったのだが、それもすぐに消える。恐る恐る目を開けると、周囲にはわたしと同じように何が起こったのかよくわからないという表情で呆然としているエーレンフェストの騎士見習い達が見えた。上空にはもう何もない。

数秒の沈黙の後、「何だ、今のは⁉」と観覧場所がざわざわし始めた。主にダンケルフェルガーが騒いでいて、ヴィルフリートとシャルロッテが頭を抱えているのが見える。戻ったら「だから、止めろと言ったのに」と言われるのが、ここからでもよくわかった。

「ローゼマイン様、これから競技が始まりますから観覧場所にお戻りくださいませ」

「レオノーレ、何が起こったか、わかりますか？」

「ローゼマイン様がとても大規模な祝福を行ったことだけはわかりましたけれど、それ以上はわかりません。上で皆様とお話しくださいませ。少し離れたところから見ていた方々の方がよく見えたかもしれませんから」

レオノーレにそう言われて、わたしは仕方なく観覧場所に戻る。頭を抱えているエーレンフェストの領主候補生と違って、ダンケルフェルガーの領主候補生は勢いよく一斉に質問してきた。

「ローゼマイン様、あれは一体何だったのですか？」

「あの儀式であのようなことが起こるのは初めて見たぞ。其方、一体何をしたのだ⁉」

ハンネローレとレスティラウトから同時に問われ、他の者も興味津々《しんしん》という顔でわたしの答えを待っている。けれど、碌に返せる答えなどない。

「祝福だと思いますけれど、わたくしも初めて行った儀式なので、何が起こったのかよくわからないのです。下から見た限りでは色々な色の祝福があったように見えたのですが、こちらからはどのように見えましたか？」

二人が顔を見合わせ、先程の儀式が傍目《はため》にはどのように見えたか教えてくれる。

「ローゼマイン様がライデンシャフトの槍を出されたでしょう？　わたくしは拝見したことがございますが、他の皆は見たことがなかったためにとても驚いていました」

「驚くだろう。かなり前にそのような報告を受けた気がするが、本当に神具をこの場で出すとは思わぬではないか」

レスティラウトの言葉に周囲の者が頷き、「わたくしが報告した時、お兄様は紛《まが》い物《もの》に決まっていると決めつけていたではありませんか」とハンネローレが少し拗《す》ねたような顔を見せる。

「それはもう美しいお姿でございました。わたくし、これまで何度もダンケルフェルガーで同じ儀式を見てきましたが、このように神聖な儀式であったことを初めて知りました。さすがエーレンフエストの聖女と名高いローゼマイン様」

「あの、クラリッサ……」

青い瞳を興奮に輝かせ、クラリッサがどのように美しく見えたのか、滔々《とうとう》と語り始めた。

「パチパチと爆《は》ぜるような音と青い光を放つライデンシャフトの槍は神具と呼ぶに相応しく、静かに佇《たたず》んで祈りの歌を歌うローゼマイン様のお姿は、神々から神具を借りることを許されたメスティオノーラのように清らかで美しいものでございました」

「これを黙らせろ」

レスティラウトが嫌そうにクラリッサを見ながらそう言った。確かにクラリッサが興奮のままに喋《しゃべ》っていてはこちらの話が全く進まない。

「わたくし、この目で見られて本当に、本当に、生きていてよかったと心の底から思います。もっともっとローゼマイン様のお姿をこの目に焼き付けたいのに、どうしてわたくしは領地も学年も違うのでしょうっ！」

「クラリッサにお願いがあります」

「何でしょう、ローゼマイン様？　何でもお申し付けくださいませ」

パッとこちらを向いたクラリッサにわたしはフィリーネが持っていた紙を数枚差し出した。

「忘れないうちにハルトムートへお手紙を書いてほしいのです。ハルトムートの研究のために、この儀式がどのようなものだったのか、できるだけ詳細に書いてくれると助かります。婚約者の研究の補佐《ほさ》をすることも大事ですよね？」

「できるだけ詳細に……。かしこまりました。お任せくださいませ！」

紙を受け取ったクラリッサが猛然《もうぜん》と書き始めた。これでしばらくは静かだろう。わたしはそう判断してレスティラウトとハンネローレに「お話を続けましょう」と視線を向けた。

「わたくしはレスティラウト様を真似て儀式を行い、槍を持ち上げたのですが、その時にライデンシャフトの槍に込められていた魔力が突然噴き出して驚いたのです」

ヴィルフリートが「其方も驚いていたのか？　とてもそうは見えなかったが」と呟いた。わたしが持ち上げた槍から魔力が飛び出し、上空で回転しながら色付き始め、降り注いだらしい。

「わたくしには祝福の光の一部がどこかへ飛んで行ったように見えました」

シャルロッテの言葉を皆が肯定する。真下にいたわたしからは見えなかったけれど、観覧場所からはよく見えたらしい。

「どこかとはどこでしょう？」

「それはわかりませんけれど、上でぐるぐると回る間に光の一部がこう、ヒュッと……」

「そういえば、以前に別の儀式を行った時にも魔力が飛んで行ったことがございます。貴族院で儀式を行うと起こる事象なのかもしれませんね」

闇の神と光の女神の名を得るための儀式は領主候補生の教室内でも扱いが慎重《しんちょう》だった。余計なことを喋らないようにわたしは言葉を濁《にご》す。

「祈りを捧げた神々の祝福が全て降り注いだように見えたが、其方とダンケルフェルガーの違いは何だ？　本来はライデンシャフトの槍を使わねばならないのか？」

レスティラウトが真剣な顔で考え込み始めたので、わたしも違いについて色々と考えてみる。

「槍の違いもあるかもしれませんし、魔力の奉納のせいかもしれませんね。槍に籠もっていた魔力がごっそり飛んで行きましたから。ダンケルフェルガーは魔力を奉納しませんでしたよね？」

「魔力を奉納するのは勝利の後の儀式だな」

「神々の祝福や御加護を得るには魔力の奉納が必須です。そこが一番大きな違いでしょう」

わたし達が儀式の違いについて話をしているうちに、速さを競うディッターはいつの間にか始まっていた。ルーフェンが魔法陣から倒す魔獣を召喚《しょうかん》し、騎獣に乗った騎士見習い達が戦い始める。先にダンケルフェルガーから戦い始めたのだが、相変わらず見事な連携《れんけい》だ。

それが終わると、注目のエーレンフェストの番である。あれだけの祝福を受けて、どのようになったのか、皆が身を乗り出すようにして見ていた。

「始め！」

魔獣が呼び出されて戦い始めるのだが、皆の動きがおかしい。ものすごいスピードで突っ込み始めたかと思うと急ブレーキをかけたようにつんのめったり、遠隔《えんかく》攻撃を得意とするユーディットが遠くから攻撃した次の瞬間、何かに弾かれたように後方へ飛んで行ったりしている。何だかとてもぎこちない動きで明らかに変だ。

「何かあったのか？」

「皆の動きが変ですよ」

ヴィルフリートとシャルロッテが不安そうな声を出すと、レスティラウトがフンと鼻を鳴らした。

「其方、先程のものは祝福ではなく、妙な呪いだったのではないのか？」

ハンネローレが「お兄様！」と急いで止めたけれど、皆の様子を見ていればレスティラウトの言葉の方が正しいような気がしてくる。

「やあああああぁぁぁっ！」

皆がぎくしゃくしている中、大きな声を上げながら一人で魔獣に切りかかって行ったのはトラウゴットだった。握る剣に魔力が大量に集まって虹色に光っている。

「待て、トラウゴット！　扱いきれない魔力は危ない！」

「早くやらなければ負けるではないか！」

「こちらがまごついている間にすでに負けている！　危険な真似はするな！」

マティアスの声にトラウゴットは目を見開いた後、悔しそうな顔になって剣を下ろした。

「せめて、七割ほどに抑えるんだ。そうしなければ、観覧場所まで攻撃が飛ぶ可能性がある」

「そんなはずはない。私の魔力では……」

「今はそれだけ危険なのだ。力を抑えて攻撃してくれ」

マティアスの指示に従い、トラウゴットが少し魔力を抑えたようだ。剣に込められていた魔力の光が少し減って、トラウゴットはそれを魔獣に向けて軽く振った。だが、その攻撃は騎士団長であるカルステッドに匹敵《ひってき》するようなものだった。トラウゴットは一撃で魔獣を消し飛ばしたのだ。

トラウゴットにこれだけの魔力があっただろうか、とわたしが目を瞬く中、「終了！　勝者、ダンケルフェルガー！」というルーフェンの声が響く。

「ローゼマインの祝福を受けた騎士見習い達に何が起こったのか、詳しく話を聞いてみよう」

ヴィルフリートがそう言って騎獣を出し、下に降りていく。わたしとシャルロッテも続き、ダンケルフェルガーの二人もついてきた。

「何が起こったのかわかるか？」

「とても魔力の調節が難しいのです。自分の身体なのに上手く扱えない感じで……」

騎獣に乗るだけならば特に問題ないが、スピードを出そうと魔力を込めれば予想外の速さになり、止めようと思えば急ブレーキになる。攻撃すれば今まではなかった反動が大きくきて、その場に立っていられない。

「祝福のかかりすぎでしょうか？」

御加護の儀式を終えた後、魔力の扱いに苦労した自分と同じような状態になっていたのではないだろうか。わたしの言葉に、騎士見習い達はコクリと頷いた。

「おそらく。分不相応で身体がついていけなかったのだと思います」

祝福のかかりすぎでまともに動けず敗北。これはかなり情けない。何もしない方がまだ良い勝負になったかもしれない。

「ローゼマインの祝福は本当に呪いに近かったようだな」

「お姉様が祝福なさる時は魔力の調節に気を付けなければなりませんね」

ヴィルフリートとシャルロッテのもっともな言葉に項垂《うなだ》れて、わたしはダンケルフェルガーの皆に謝る。

「申し訳ございません。その、このようなことになるとは思わなくて……。わたくし、ダンケルフェルガーが昔から大事に守って来た儀式を、このような呪い状態にするつもりはなかったのです」

「少し間が悪かっただけです、ローゼマイン様。こちらも新しい発見がございましたから、そのようにに気を落とさなくてもよろしいですよ」

……うぅ、ハンネローレ様がすごく優しい。心の友よ！

ハンネローレの優しさに感動していると、レスティラウトがバサリとマントを翻して競技場の中央を指差した。

「最後の儀式だ、ハンネローレ。其方が行け」

「かしこまりました、お兄様」

ハンネローレは騎獣に乗って競技場の中央へ向かう。その背を少し見送っていたレスティラウトがこちらを見た。

「この場にいても良いのは騎士だけだ。我等は上へ戻るぞ」

言われるままにわたし達は観覧場所に戻った。

遠くにいるせいでハンネローレが何と言ったのかわからない。けれど、シュタープを見慣れない形の杖《つえ》に変えて、頭上で円を描くようにゆっくりと振り回し始めた。大きくて丸い水晶玉のような魔石を中心に、大きく開かれた魚のひれや蝙蝠《こうもり》の羽のような飾りのある杖だ。

「レスティラウト様、あの杖は？」

「海の女神フェアフューレメーアの物だと言われている。本当かどうかは知らぬが」

レスティラウトの言葉は正しいに違いない。ハンネローレが杖を回すたびに潮騒《しおさい》の音が聞こえてくるようになった。ざざん、ざざんと波の音がして、エーレンフェストの騎士見習い達の身体からゆらりと魔力が陽炎《かげろう》のように揺らめき集まっていく。

……わたしがエーレンフェストの聖女なら、ハンネローレ様はダンケルフェルガーの聖女だよね。

魔力が波のようにうねりながら集まっていく様子を感心しながら見つめていると、レスティラウトが目を眇《すが》めて「何だ、あれは……」と呟いた。

「何だ、とおっしゃられても……。ダンケルフェルガーではディッターの後にいつも行っている儀式なのですよね？」

「だが、このような現象は初めて見るぞ」

「え⁉　エーレンフェストの騎士見習い達から魔力が出ているように見えますけれど、大丈夫なのでしょうか？」

「知らぬ」

「そ、そんな……」

不安になりながら、わたしは競技場を見下ろす。

ハンネローレの杖の動きに合わせて、騎士見習い達から出て来た魔力が渦を巻き、だんだんと中

心に集まっていく。ハンネローレが何かを言いながらバッと杖を上にあげれば、まるで竜のように魔力の集まりが天へ駆け上がっていった。

それで儀式は終わりのようだ。ハンネローレを始め、騎士見習い達が観覧場所へ戻ってくる。

「ハンネローレ様、あれは一体何だったのですか？」

「あの儀式であのようなことが起こるのは初めて見たぞ」

わたしとレスティラウトの質問に、ハンネローレが困った顔で微笑んだ。

「わたくし、先程ローゼマイン様が戸惑っていらっしゃったお気持ちがよくわかりました。何が起こったのかよくわからないのです。ただ、途中で儀式を止めるのも良くないのではないかと思って、最後まで行っただけなのです」

ハンネローレへの質問に答えたのはレオノーレとマティアスだった。

「ダンケルフェルガーの最後の儀式は神々から授かった祝福を返す儀式ではないかと思います」

「私もレオノーレと同意見です。ローゼマイン様に授けられた祝福が消え、魔力が元に戻った感じがしています。それから、興奮を鎮《しず》める鎮静《ちんせい》の効果もあるかもしれません。様々なことが起こった後とは思えないほど、ひどく心が凪《な》いでいるのです」

「鎮静効果があるのですか？」

ハンネローレが目を瞬きながら、ダンケルフェルガーの騎士見習い達に視線を移す。

「確かにディッター勝負の後なのに、あまり興奮していませんね」

ハンネローレがギュッと拳を握って「これは上手く使えるようにならなくては……」と呟いたの

が聞こえた。これまでとは全く違う効果が出た儀式なのに、ずいぶんと前向きだ。全く動じていない辺り、実に大領地の領主候補生らしい。予想外の効果におろおろしていた自分がバカみたいだ。

ハンネローレを見習ってもっと有効な儀式の使い方を考えた方が良いだろう。

……込める魔力を調節できたら、きっと冬の主の討伐にも役立つだろうし、色々研究してみなくちゃ。


「予想外のことばかりが起こったが、新しい発見も多かった。有意義だったと言えよう」

「そう言っていただけてありがたいです」

レスティラウトとヴィルフリートが挨拶するのを、わたしは一歩下がったところで見ていた。

「それで、エーレンフェストの儀式はいつ行うのだ？」

「お兄様、ローゼマイン様の儀式は先程見せていただいたではありませんか」

ハンネローレがレスティラウトのマントを軽く引きながらそう言ったけれど、レスティラウトは首を横に振った。

「あれはダンケルフェルガーの真似事で、エーレンフェストの神事ではない。こちらの儀式を見せるのは、エーレンフェストの儀式を見せるのが条件だったはずだ」

そう言われると、確かにわたしはエーレンフェストの儀式を見せていない。

「いつだ？」

じっとこちらを見下ろしてくるレスティラウトの赤い瞳には好奇心が溢《あふ》れている。今回の儀式で思わぬ結果になったので、エーレンフェストの儀式が気になって仕方がないようだ。

「そうですね……」

わたしは申し訳なさそうなハンネローレと、興味深そうに答えを待っているレスティラウトと、興奮気味のクラリッサとその他のダンケルフェルガーの学生達を見回してニコリと微笑んだ。

「レスティラウト様の講義が全て終わったら連絡くださいませ。エーレンフェストの本や儀式のために成績が落ちたとアウブ・ダンケルフェルガーに思われては、これから先の領地間の関係に差し障《さわ》りますもの」

わたしの言葉にハンネローレが「それはとても素晴らしい提案です、ローゼマイン様」と嬉しそうな声を上げ、周囲の者達は一斉にレスティラウトへ「大丈夫ですか？」という視線を向けた。

「フン！……私が本気になれば、講義などすぐに終わる」

レスティラウトはムッとしたように顔をしかめると、青いマントを翻して大股《おおまた》で訓練場を出ていった。

集計中のお喋り

「ローゼマイン、今日の報告を皆に任せるというのはどういうことだ？」

「今日は寮のほぼ全員が訓練場に来ていましたし、聞き取り調査はヴィルフリート兄様やシャルロッテの文官見習い達もしていたので、報告する内容は問題ないでしょう？　わたくしは明日の準備をしたいのです」

今日の報告をする者はたくさんいるけれど、明日の集計を行うのはわたしの側近達だけだ。しかも、急遽《きゅうきょ》お茶会室ですることになった。テーブルや椅子の準備もしなければならないし、お茶会ではないとはいえ、領主候補生であるハンネローレも来るのだから多少のもてなしも必要になる。

「ダンケルフェルガーとの共同研究に関する報告として、わたくしの報告書は後日送ると養父様《とうさま》に連絡してくださいませ。急ぎの報告は皆にお任せいたします」

わたしは側仕え達にお茶会室のセッティングを任せ、集計方法を文官見習いとレオノーレとユーディットと共に確認し直す。

「……あ、姉上が文官仕事をしているなんて……!?」

「テオドール、動揺しすぎです。わたくしだって護衛のために神殿へ通っていたのです。フィリーネほどではありませんけれど、少しはできますよ」

失礼な、と膨れているユーディットは、書類を提出する時に「フェルディナンド様が怖すぎるので、ついでに持っていってくださいませ」とフィリーネやローデリヒにこっそり頼んでいた。だが、そんな微笑ましい一幕をテオドールに暴露するのは止めておく。

……せっかくテオドールが尊敬の目で見ているんだから、姉の尊厳《そんげん》を守ってあげよう。

「ローゼマイン様の護衛騎士は神殿で書類仕事に従事します。マティアスやラウレンツも春からは嫌でもすることになりますから、今回は護衛をしつつ、流れをよく見ていてください」

レオノーレの言葉にラウレンツが「文官仕事が苦手で騎士見習いになったのに」と青ざめている。ある意味、ラウレンツはアンゲリカとても気が合いそうだ。マティアスはそれほど苦手でもないようで、平然と頷いた。

「集計方法は今日の内によく話し合ってくださいませ。姫様はこちらでハンネローレ様のお相手をしなければなりませんからね」

「でも、わたくしが中心になって行う共同研究ですよ？」

わたしも一応文官見習いなので集計に関わるつもりだったが、リヒャルダに却下された。領主候補生であるハンネローレに事務仕事をさせるわけにもいかないし、同じように領主候補生であるわたしがいるのに、側仕えに話し相手を任せることもできないらしい。

「ローゼマイン様はハンネローレ様に本日の最後の儀式について詳しいお話を聞かなくてはならないのではございませんか？　騎士見習い達でもお教えできる歌と違って、最後の儀式はダンケルフェルガー特有のようですから」

競技場の中心で杖を回していたハンネローレがどのような祝詞を唱えていたのか知りたかったが、古い言葉だったせいもあってレオノーレはよく聞き取れなかったらしい。

「ハンネローレ様はローゼマイン様と違って神殿育ちで聖典が身近というわけでもないのに、あれだけスラスラと古い言葉の祝詞が唱えられるなんて素晴らしいですね」

レオノーレの褒め言葉にわたしが深く頷いていると、リーゼレータがクスクスと笑いながら明日の話題について書かれた紙を差し出してきた。

「あれだけ分厚くて古い歴史書があるのですもの。きっとダンケルフェルガーには古い書物がたくさんあるのでしょう。その辺りも尋ねてみてはいかがですか？　本好きのお友達同士、きっとお話が弾むと思いますよ」

「それは素敵ですね、リーゼレータ」

集計仕事は文官に任せて領主候補生でなければできない情報収集をするように、と諭《さと》されたわたしはコクリと頷いた。

二と半の鐘が鳴るまでにお茶会室の準備を終える。文官達が仕事をするためのスペースは確保しているし、わたしとハンネローレが話をするためのテーブルは別に準備した。簡単につまめるようにお菓子はクッキーを準備してもらったし、側仕え達はお茶を淹れる準備もできている。

ベルの音がして、グレーティアが開けてくれた扉から、ダンケルフェルガーの学生達が入って来る。先頭はハンネローレだ。

「ごきげんよう、ローゼマイン様。本日は場所を準備してくださってありがとう存じます」

「ごきげんよう、ハンネローレ様。こちらこそ、ダンケルフェルガーの方々に手伝っていただければ助かりますもの。ご足労《そくろう》いただきありがとう存じます」

ブリュンヒルデの案内でハンネローレとその側近はお茶の準備されたテーブルに向かい、グレーティアの案内で共同研究に関わる文官見習い達は集計用の机へ向かう。

「ローゼマイン様、こちらをクラリッサ様から預かりました。昨日の儀式について書かれたハルトムート宛てのお手紙だそうです」

文官達を席に案内していたグレーティアが分厚い手紙を差し出してきた。

「グレーティア、中を確認した上ですぐにエーレンフェストへ送ってくださいませ」

「かしこまりました」

別に今すぐでなくても良いのだが、上位領地であるダンケルフェルガーの学生達に緊張しているグレーティアをほんの少し息抜きでお使いに出すくらいは良いだろう。わたしが下がるように言うと、彼女は口元にわずかに笑みを見せた。

「では、集計の仕方を説明いたします」

フィリーネの声が響き、皆が真面目に聞いている様子が見える。わたしはブリュンヒルデが淹れてくれたお茶を一口飲み、クッキーを一口食べてハンネローレに勧めた後、文官見習い達の仕事振りを見つめる。神殿でフェルディナンドに鍛《きた》えられたフィリーネは、ダンケルフェルガーの文官見習いよりよほど速く回答用紙を捲《めく》っていく。クラリッサがその速度に驚いている表情が面白い。

「フィリーネはずいぶんと速いのですね」

「ハルトムートには全く歯が立ちませんけれど、フェルディナンド様に鍛えられた期間が長いので、書類仕事は少し得意になりました」

ふふっとフィリーネが笑うと、クラリッサは少し悔《くや》しそうな顔をした後、「わたくしもローゼマイン様の文官となる以上、負けるわけにはまいりません」と真剣な表情で集計に取り組み始めた。上位領地の上級文官としてのプライドを刺激されたのかもしれない。

「クラリッサがこれほどお仕事に集中できるのでしたら、わたくしがここに来る必要はなかったかもしれませんね」

ハンネローレが苦笑した。わたしに関する新情報があったり、共同研究のように顔を合わせる機会があったりすると、クラリッサは興奮してとても手が付けられないそうだ。

「……今年はその興奮具合があまりにもひどいので、もしかしたら演技かもしれないと思うこともございます。神殿に入られた婚約者と別れずにいられるように、ローゼマイン様の臣下であることを強調し、他の者では手の付けられない状況を作り出しているのではないか、と」

これはきっとクラリッサの強い愛だと思うのです、と少しうっとりしているように見えるハンネローレの後ろに立っていた側仕えが軽く溜息を吐いた。

「ハンネローレ姫様、クラリッサはそこまで考えていないと思いますよ」

……わたしもそう思う。クラリッサはハルトムートと同じ。恋愛で結婚相手を選んでないから。

「コルドゥラはいつもこのように言うのですけれど、ローゼマイン様はどう思われますか？　寝不足になりながら婚約者への手紙を書くなんて、愛がなければできないと思うのです」

貴族院の恋物語に、寝不足になりながら手紙を書く文官見習いの話がある。領内の事情で確実に婚約者へ手紙を届けるためには、彼の主へ直接渡さなければならない。その機会を逃さないように、彼女は皆が寝静まった深夜に手紙を書く。その心情表現が素晴らしいそうだ。

「あのようにクラリッサの恋が成就《じょうじゅ》することを、わたくし、本当に望んでいるのです」

……純粋に二人を応援するハンネローレ様が可愛いです。

わたしはクラリッサと初めて会った時に求婚の経緯を聞いた。だから、ハルトムートとクラリッサはとてもお似合いだと思うけれど、そこまで純粋な恋心があると思えない。

コルドゥラと呼ばれていた側仕えがお皿にお菓子を取り分け、お茶のお代わりを淹れるとハンネローレはゆっくりとお茶を飲んだ後、話題を変えた。

「それにしても、エーレンフェストの文官見習いはとても優秀ですね。ダンケルフェルガーの文官見習いに引けを取りません」

「お褒めいただきありがとう存じます」

フィリーネだけではない。ローデリヒやレオノーレも負けていない。まだ書類仕事に慣れていないミュリエラとユーディットは少しもたついているように見えるけれど、慣れない集計方法に戸惑っているダンケルフェルガーの文官見習い達といい勝負だ。

「あの、ローゼマイン様の護衛騎士が文官達の中に交じっているように見えるのですけれど……」

女性騎士でお茶会に同行することが多いレオノーレやユーディットの顔を覚えていたらしいハンネローレの戸惑ったような言葉にわたしは笑って頷いた。

「えぇ。神殿では護衛騎士も書類仕事をしていますから、このように人数が必要な時には手伝ってもらうのです。クラリッサは護衛のお仕事もできる文官見習いだそうですから、同じようなものと考えていただければよろしいか、と」

「武よりの文官のようなもの……。文よりの騎士ということでしょうか？」

不可解そうにハンネローレが呟いている。騎士希望者が多いとクラリッサも言っていたし、ダンケルフェルガーでは武よりの文官はいても、文よりの騎士はいないのかもしれない。わたしの側近はダームエルを筆頭に、文よりの騎士が量産される環境にあるけれど。

「わたくし、ハンネローレ様に昨日の儀式について詳しくお伺いしたいことがございます」

「どのようなことでしょう？」

「ハンネローレ様が儀式で使われた杖を、レスティラウト様は海の女神フェアフューレメーアの物とおっしゃったのです。けれど、わたくし、フェアフューレメーアの神具については詳しく存じません。どこでどのように知るのでしょう？」

「儀式の度にアウブが出すのを見て、教えられて、領主候補生は覚えます。ただ、わたくし達の間ではフェアフューレメーアの神具と言われていますが、本当かどうか定かではございません。シュタープを変化させる呪文は、騎士コースで習う杖と同じものなのです」

困ったように微笑みながらハンネローレがそう言った。レスティラウトも言っていたように詳細を知らないようだ。

「ハンネローレ様が振っている時に波の音がしたので、わたくしは海の女神フェアフューレメーアの神具で間違いないと思いました。ダンケルフェルガーでは神具とは知らずに変化させていたということでしょうか？」

「波の音とは儀式の途中で突然聞こえてきた音でしょうか？　わたくしは昨日初めて耳にしたのでよくわからないのですが、海に関係する音ですか？　ダンケルフェルガーには海がないので、本当に海の女神の儀式かどうか……わたくしには確信が持てません」

わたしには波の音に聞こえたあの音も、ハンネローレにとっては儀式の途中で突然聞こえ始めた耳障りで変な音だと言う。昨日の儀式を行って祝福を返す状態になったのも、波のような音が聞こえたのも初めてだったようだ。いつもと違う儀式になった理由を知りたいのは彼女の方らしい。

「ハンネローレ様、儀式の時に口にする祝詞を教えていただいてもよろしいですか？　祈りの言葉がわかれば、どの神々にお祈りしている儀式なのかわかりますから」

「えぇ」

ハンネローレが口にする祝詞で確信を持った。やはり海の女神に魔力を奉納する儀式のようだ。

「先日の地下書庫にあった白い石板の資料に、詳しい儀式の行い方が載っていました。暑さを払う儀式だそうです。けれど、昨日の様子を考えると、魔力を奉納することでその場を鎮める効果がありました。熱を冷ます儀式なのでしょうか？」

その儀式を覚えれば、噴火させずにローエンベルクの山でリーズファルケの卵を盗れるかもしれない。そんなことを考えているわたしの隣で、ハンネローレも「もう一度書庫に入って資料を確認したいですね」と呟いている。祝福を打ち消すだけなのか、魔力さえ奉納すれば周囲の興奮を冷ますことができるのかが彼女にとってかなり大事なことらしい。

「それにしても、ローゼマイン様がご存じない神具もあるのですね。祝詞で儀式の判別もできますから、神々のことは何でもご存じなのかと思いました」

「わたくしが詳しいのは、聖典に載っていることだけです。神殿に祀《まつ》られている最高神と五柱《いつはしら》の大神……あとは、個人的に思い入れがある図書館の英知の女神メスティオノーラでしょうか。そうは言っても、初代王にグルトリスハイトを授けたということしか知らないのですけれど……」

眷属の神々はたくさんいるけれど、それぞれの神具や形は特に載っていない。聖典の中心は最高神と五柱の大神なのだ。

「では、今回本好きのお茶会のためにダンケルフェルガーからお持ちした本を読むと新しいことがわかるかもしれませんね」

ハンネローレは嬉しそうに微笑んでそう言った。

「今回お持ちしたのは、聖典に載せられなかった神々の零《こぼ》れ話《ばなし》が集められた古い本なのです。後世で勝手に付け加えられたお話かもしれませんけれど、メスティオノーラのお話もございます。神々に詳しいローゼマイン様ならば楽しめると思いますよ」

「それはとても楽しみです」

やる気がぐぐんと湧いてきた。次々と本を読みたい。


「ローゼマイン様、集計が終わりました」

フィリーネが差し出した集計結果にさっと目を通していく。御加護を得た騎士見習いは圧倒的にダンケルフェルガーが多く、ほとんどの騎士が戦い系の御加護を得ているようだ。

「毎年、数人が得られていないだけ、ですか。御加護を得る儀式でダンケルフェルガーの扱いが先生方の中で別枠になっているのも納得できますね」

複数の眷属の御加護を得た者や適性のない属性の御加護を得た者がダンケルフェルガーにいても、

それはあまり話題にされていない。だからこそ、今回エーレンフェストから複数の御加護を得た者が出た時に注目されたのだが、他領はもっとダンケルフェルガーを調べるべきだったと思う。

……まぁ、調べてもディッターしか出てこないのかもしれないけど。

共同研究にもディッターが必須なのだ。他領はディッター勝負を吹っ掛けられるのを避けるために敢えて近付かないのかもしれない。

「騎士見習いはずいぶんと多くの者が眷属から御加護を得ているようですけれど、文官見習いや側仕え見習いはどうなのでしょう？」

わたしは独り言の気分で呟いただけだが、ハンネローレから返事が来た。

「……武よりの文官見習いや側仕え見習いでも御加護を得ますから、その、他領よりは多いと存じます」

これはダンケルフェルガー内の状況も知りたい。文官や側仕えの内のどれだけが戦い系の御加護を得ているのだろうか。

「ダンケルフェルガーの文官見習いや側仕え見習いの方々も調査したいですね。クラリッサ、騎士見習い以外の方々にも同じように聞き取り調査をして、結果をこちらに提出してくれますか？」

「わたくし個人の初仕事ですね。かしこまりました。お役に立てるよう全力で取り組みます」

クラリッサが拳を握って喜んでいるので、ローデリヒに聞き取り調査用の紙を渡すように頼む。

「こうして集計結果を見ると、他領の騎士見習い達が御加護を得ることは本当に少ないのですね。七割方がダンケルフェルガーですもの」

大領地で騎士見習いの人数が多いとしても、他の領地からはどんなに多くても三人くらいなので、ずいぶんと差がある。ちなみに、エーレンフェストには戦い系の御加護を得ている者は一人もいない。これは歌や踊りを覚えることに何の意味があるのかわからなかった騎士見習い達があまり真面目にしていなかったことと、わたしが祝福を与えるので自分達で神々に祈らなかったことが原因だ。

……簡単に祝福を与えて、甘やかす結果になったみたい。反省、反省。

自力で御加護を得られるように騎士見習い達にはもっとお祈りをさせなければならない。自分の属性以外の眷属から御加護を得たフィリーネを見習ってほしいものである。

「あの、ローゼマイン様。これまでのディッターの儀式では魔力の奉納をしていないのですけれど……それでも御加護を得られるのでしょうか？」

わたしのライデンシャフトの槍で大量の魔力を奉納したため、祝福が大量に降ってきたが、ダンケルフェルガーではこれまでの儀式で祝福が降り注いだことはなく、魔力の奉納も行ってこなかったと言っていた。

「あの儀式自体が大規模なお祈りで、シュタープを変形させた槍を使っていますから、少しは奉納されているのかもしれません。得ている御加護は全て祝詞に並んでいる神々ですから」

目に見えるくらいの祝福はなくても、多少の魔力は奉納されているかもしれない。

「それに、試合前後に儀式を行うのですから、ディッターの試合に出られる回数が多い方ほど御加護を得やすいのかもしれませんね。複数の戦い系の眷属から御加護を得た騎士見習い達は、試合回数も多いようです」

数字だけが並んだ集計結果だけではわかりにくいので、研究発表の時にはグラフ化すれば少しはわかりやすくなるだろうか。集計結果を見ながら、どんなグラフにすればわかりやすいのか考えていると、ハンネローレがおずおずとした感じで話を切り出してきた。

「あの、ローゼマイン様。儀式の折、シュタープで変化させる槍をライデンシャフトの槍にすれば、ダンケルフェルガーの者でも祝福が得られるのではないか、と昨夜話し合いがございました」

これまでの儀式と明確な違いが出たのだ。どのようにすれば良いのか、ダンケルフェルガーでも話し合いが行われたそうだ。ちなみに、エーレンフェスト寮では、専《もっぱ》ら「わたしの暴走を止めるには」と「大領地の要望を効果的に避けるにはどうすれば良いか」を真剣に考えていたが、ダンケルフェルガーでは「儀式を本来の形に戻すには」に重点を置いて意見が交わされたらしい。

「皆様が考えたように、実際に触って神具に魔力を通し、どのような物か明確に思い浮かべれば神具の形を作ることはできます。神殿へ通うわたくしの側近にはできましたから。ただ、結構魔力を使うので、上級貴族くらいの魔力がなければ儀式の間ずっと神具を維持できませんし、儀式で魔力を奉納するとディッターで戦えなくなると思います」

わたしの言葉にハンネローレだけではなく、その周囲の側近達も「なるほど」と頷いた。ダンケルフェルガーの貴族はディッターで祝福を受けるためならば神殿にも向かえるのだろうか。この領地は他所《よそ》の領地と基準が色々と違うようで、少し混乱する。

……でも、別にわざわざ神殿まで行ってライデンシャフトの槍にしなくても、槍を持ち出して魔力だけ奉納すれば儀式としては問題ないと思うよ。

心の中ではそう思ったけれど、敢えて口には出さない。ディッターのために神殿へ向かえるならば、貴族に神殿へ足を運んでもらって神殿の改革をしてほしい。そして、神殿に対する見方を変える一助となってほしい。

「奉納する魔力量によって祝福は変わるものですから、たくさんの祝福を必要とするならば、たくさんの魔力が必要です。けれど、それを一人が負担しようとするのではなく、大人数で少しずつの魔力を奉納するようにした方が良いと思います。神殿の儀式は自分のためではなく、他者のために行う祈りですから、いくら自分が魔力を負担したところで自分への祝福はないのです」

わたしの言葉にハンネローレとその側近達が目を見張った。

「では、あれだけの魔力を奉納したローゼマイン様は……」

「昨日の儀式では祝福を受けていません。騎士見習い達は動くのに困っていましたが、わたくしに何の影響もなかったのはそのせいなのです」

一人だけに魔力を負担させるのではなく、お互いが少しずつ奉納するために大人数で行う儀式があるのだと思う。わたしの言葉にハンネローレが納得の表情を見せた。

「ただ、下級貴族も一緒に儀式を行う場合は気を付けてくださいね。魔力を奪われすぎて下級貴族が倒れることもございますから」

「え？」

「皆で同じ儀式を行うと魔力が流れやすくなるのです。ですから、あまりにも魔力量に差があると、少ない者には危険です。ダンケルフェルガーは何事も実践してみるという気概《きがい》のある土地柄のようですから、ご注意くださいませ」

ディッターのためならばひとまずやってみるのがダンケルフェルガーだ。わたしが神事について知っていることを注意しておかなければ、ディッターどころではなくなる可能性が高い。

「昔はディッターの前日に儀式を行っていたと耳にしたことがあります。それにも何か意味があるのでしょうか？」

「おそらく魔力回復に時間を費やすためだとか、賜った祝福に身体を慣らすためだとか、何か必ず理由があるはずです。安易な変更は後々への歪《ゆが》みも大きくなります。せっかくこれまで守って来た伝統を崩さないように、慎重に調査してから儀式に臨んでみてください」

「ご忠告、ありがとう存じます。そのように注意を促しますね」

ハンネローレが笑顔で頷いた。


ダンケルフェルガー達が帰った後、わたしは多目的ホールでフィリーネ達に教えながら集計結果をグラフ化してわかりやすい資料作りに励《はげ》んだ。やっぱりお話をしているよりも、手を動かす方が好きだ。自分で動かなければ研究している気分になれない。

色々なグラフで資料をいくつも作ってとても考察しやすくなったと満足していたら、「それは何ですか？」と他の文官見習い達に食いつかれた。どうやら貴族院ではまだグラフ化した資料は作られていなかったらしい。

「ローゼマイン、それは領地対抗戦で騒ぎにならないのか？」

「三つの大領地との共同研究自体が騒ぎの元なので、大丈夫ではないでしょうか？」

何だかとても不安になって来たので、「こんな感じにグラフを使った資料で研究発表したいのですけれど……」とフェルディナンドに相談の手紙を書くことにした。

イライラのお茶会

フェルディナンドに手紙を書いてヒルシュール研究室でライムントに渡し、新しい魔術具の試作に一日を費やした。今ライムントが研究しているのは決まった時間になったら色々な色の光が降り注ぐ魔術具だ。これを使えば紙面に突然色が付くので、本に集中していても驚いて視線を上げてしまう。その隙《すき》に本を取り上げると非常に簡単に読書を止めさせられるので、わたしの側仕えの間ではとても評判が良い。わたしは本が勝手に書棚へ戻る魔術具を研究したかったが、「ローゼマイン様の図書館には光の降り注ぐ魔術具が必須でしょう」と側仕え達が強硬《きょうこう》に主張したのだ。

「先に光が降り注ぐ魔術具を、その後に本を返却する魔術具の研究をなさいませ」

「やっぱりヒルシュール先生もそう思われますよね？」

ヒルシュールとライムントがあっさりと側仕え達の意見を採用したのは、食事の準備をする側仕え達による懐柔《かいじゅう》作戦のせいである。

……おいしいご飯に弱い心境はよくわかるけど、なんか釈然《しゃくぜん》としないよ！　準備させてるのはわたしなのに！　ふんぬぅ！

「光の魔術具を研究するために図書館へ行ってきます」

「ライムント、わたくしも一緒に行ってシュバルツ達に資料があるかどうか質問を……」

「シュバルツ達に質問するだけならばライムントでもできますし、姫様は王族に図書館を禁止されているでしょう？　本を読みたいのでしたら、お部屋に戻りましょう」

……うぅ、わたしも行きたいよぉ。

リヒャルダにそう言われ、わたしはカクリと肩を落とした。禁止されると行きたくなる。自室にまだ読んでいない本があるので今は我慢できるが、読み終わったら禁断症状に悩まされそうだ。

「ローゼマイン様、ヒルシュール先生にこちらの資料をお渡しするのではありませんでしたか？」

リーゼレータが紙の束を渡してくる。内容はシュバルツ達の研究結果を写した物だ。

「過去にシュバルツ達の研究をした方が書き残したものです。これはお貸しするだけですから、ヒルシュール先生が必要だと思う部分を写してくださいませ。いずれフェルディナンド様に見せるための資料なので、差し上げるわけにはいかないのです」

「このような資料、どちらにあったのですか？　図書館の二階にはなかったはずです」

「閉架書庫にあったそうですよ。ソランジュ先生が貸してくださったのです」

わたしの言葉にヒルシュールが目を瞬きながらわたしと資料を見比べた。

「……そういえば、弟子にお遣《つか》いを頼むことは多いですけれど、わたくしからソランジュに尋ねたことはありません。閉架書庫にどれだけの資料があるのでしょうね？」

「閉架書庫は魔術具で保存しておかなければならないほど貴重な資料が置かれているところだそうです。今までのソランジュ先生には把握しきれていなかったみたいですね。シュバルツ達が動くようになり、協力者が増えて稼働魔力に不安がなくなったことで、やっと手を付けることができるようになったそうです。一度ソランジュ先生に尋ねてみると良いですよ」

ソランジュだけで図書館を守っていた時期に魔力がなくて、保存書庫に必要な魔力が供給できていなかったため、資料は多少劣化が進んでいたようだ。今のオルタンシアはそういう部分に優先して魔力を供給しているので大変らしい。シュバルツ達が動くだけでは足りないのだ。

……図書館にもっと魔力が必要ってことだよね。

「ローゼマイン様、これをフェルディナンド様に渡す予定とおっしゃいましたけれど、研究ができる環境ではないでしょう？」

「まだ自室がなく、隠し部屋もないので研究どころではないようです。けれど、お返事に研究がしたいと書かれていましたから、資料だけは確保しておいてあげたいと思います」

隠し部屋ができて、研究できる環境が整った時にはレッサーバスに道具や資料や素材をたっぷり詰め込んで、アーレンスバッハの城に乗りつけてやりたい。

……騎獣で乗りつけるなんて、アウブ・アーレンスバッハから許可が出るとは思えないから、考えるだけで終わるだろうけど。

「他領に移った者は結婚するまでは客室で過ごすものです。ただ、フェルディナンド様の場合は移動が早かったですからね。隠し部屋のない状態が長く続くのは気詰まりでしょう。何とかなれば良いのですけれど」

そんなふうに二人でアーレンスバッハのフェルディナンドを心配していたはずなのに、「代わりにわたくしがしっかり研究いたしましょう」とヒルシュールはさっと頭を切り替えてしまった。

「ローゼマイン様は寮へ戻って読書をされてはいかがですか？　また何か有用な資料があれば持ってきてくださいまし。それから、そろそろフラウレルムへ報告をしておいた方が良いですよ」

……あれ？　もうちょっとフェルディナンド様のお話をしようよ。

資料を写すことに集中し始めたヒルシュールに食い下がれるわけもない。ライムントの設計図ができあがるまで試作品係のわたしにできることはほとんどない。自室に戻って読書をすることにした。早く読み終えて、次の本を借りたいものである。

読書をしていると、ポツポツとお茶会のお誘いが来るようになっていた。貴族院の社交シーズンが始まりつつあるようだ。わたしとシャルロッテの側仕え達が相談して予定の調整を行い、一緒に出席する返事を出していく。

それと並行して、わたしはフラウレルムに面会予約を取り付けてもらった。ヒルシュールに言われた通り、二度目の研究経過に関する報告書を渡さなければならないし、一度目の報告書が届いていないことをひとまず指摘しなければならないのだ。

フラウレルムも共同研究の経過は気になっているようで、試験の申し込みをした時と違ってすぐに日時の指定が来た。わたしが報告書を持って行くと、フラウレルムはスッと手を差し出す。その手にはしっかりと手袋をしていて、その場ですぐに読もうとはしない。フェルディナンドが毒の警戒をしている時に似ていると思いながら、わたしは報告書を渡す。

「そういえば、フラウレルム先生。まだフェルディナンド様のところへ一度目の報告書が届いていないようなのですけれど、報告書はアーレンスバッハへ送ってくださっていますか？」

「では、アーレンスバッハの文官が少々怠慢《たいまん》なのでしょうね。わたくしは確かに送りましたから」

フラウレルムは目を合わせることなくそう言った。わたしは頬に手を当てて、溜息を吐く。

「それでは、ディートリンデ様に問い合わせが必要かもしれません。大領地の文官が怠慢だなんて困ったこと。情報の収集や整理を専門とするフラウレルム先生もとてもお困りですよね？」

「えぇ。それはそうね」

貼りつけたような笑顔でそう言ったフラウレルムの目がこちらの様子をチラチラと窺《うかが》ってくる。

「……ローゼマイン様はどのようにフェルディナンド様と連絡を取っているのですか？」

「わたくしの後見人ですから、いくつか連絡を取るための手段はあります。けれど、フラウレルム先生にお答えするのはライデンシャフトにシュツェーリアの盾を渡すようなものですよね？」

答えたところで意味はないし、何に利用するの？　と返すとフラウレルムは「んまぁ！」と言ってそっぽを向いた。

「それより、フラウレルム先生はディートリンデ様の講義がいつごろ終わるかご存じですか？」

「それこそライデンシャフトにシュツェーリアの盾を渡すようなものですわ」

「従姉弟《いとこ》同士のお茶会の予定や髪飾りをお渡しする必要もあるのですけれど……。フラウレルム先生もご存じのようにわたくしは共同研究に忙しいですし、お茶会の予定が詰まってきましたので、先に知りたいと思っただけなのです。どうしても予定が合わなければ、髪飾りは側仕えに持って行かせることにいたします、とディートリンデ様にお伝えくださいませ」

共同研究を三つ抱えている上に、今年しかできないということで社交をしようと張り切っている側仕え達に本を読みながら何となく返事をしていると、予定が勝手に埋まってしまった。

わたしの本音としてはお茶会よりも本を読みたいのだが、今年はたくさんの領地と交流を持って、ジルヴェスターやエーレンフェストの悪評を少しでもマシにしていくという仕事もある。悪い噂《うわさ》を積極的に流していそうなアーレンスバッハとのお茶会は後回しにしたいくらいの気分だ。

……アーレンスバッハに行ってるフェルディナンド様の様子が気になるから、従姉弟会に出席はするつもりだけど、あんまり気は進まないんだよね。

「お姉様、お茶会の招待状が次々と届いていますけれど、どちらに参加されますか？」

「また届いたのですか？」

フラウレルムの研究室から戻ると、複数の招待状を渡された。すでにいくつかのお茶会には参加が決定している。これ以上読書の時間を削られるのか、と少しばかりうんざりとした気分で招待状の木札を見つめていると、シャルロッテがわたしを宥《なだ》めるように微笑んだ。

「本格的な社交シーズンの始まりですもの。お姉様が共同研究で忙しいことは寮監を通じてほとんどの領地がご存じでしょうから、少しでも早い時期にお約束を取り付けたいのですよ」

領地対抗戦が迫ると、研究の追い込みで社交どころではなくなる可能性が高いらしい。シャルロッテの言葉にブリュンヒルデも微笑む。

「それに、ローゼマイン様が奉納式のために帰還《きかん》しないのは初めてですから」

「わたくし、毎日社交は無理ですよ。多分、具合が悪くなります」

多少健康になっているとはいえ、予定を詰めすぎるのは危険だ。一日お茶会をしたら、二日読書をするくらいのペースで予定を入れておかなければ、突然体調を崩した時に対応できないと思う。

「そうですね。ダンケルフェルガーとの共同研究や王族からの呼び出しがいつあるのかもわかりませんから、あまり予定を詰めることはできませんね」

側仕え達と話し合い、お茶会の予定を入れていく。そこにオルドナンツが飛んできた。

「アーレンスバッハのディートリンデです。わたくしも忙しくてなかなか時間が取れませんの。従姉弟同士のお茶会は四日後の午後に行いましょうね」

フラウレルムがディートリンデに伝言してくれたことはわかったけれど、側仕え同士の打診や打ち合わせもなく、決定事項として伝えてくるのはどうかと思う。

「……お断りはできませんよね？」

「お姉様が催促《さいそく》されたのでしょう？　予定をお兄様にも伝えましょう」

シャルロッテの言葉に「別に催促をしたつもりはないのですけれど」と溜息を吐きながら、側近達と予定を立て直し、了承のオルドナンツを送った。

今日は下位領地とのお茶会だが、シャルロッテとは別行動である。アーレンスバッハとの予定が入ったため、調整せざるを得なくなったのだ。下位領地の中には、エーレンフェストは中立だったため、勝ち組に擦《す》り寄るよりは受け入れられやすいだろうと考えている領地もあるらしい。シャルロッテが言うには、できるだけ下位領地と仲良くして傘下《さんか》に入れる方向で動かなければならないそうだ。困ったことに、そのような方法をわたしは知らない。エーレンフェスト自体が手探りで関係を変えている最中だそうだ。シャルロッテもわたしに教えられる程のノウハウはないらしい。急激に順位を伸ばした弊害《へいがい》である。

「わたくし、エーレンフェストの聖女と名高いローゼマイン様とお話ししてみたかったのです」

お茶会では基本的に持ち上げられてばかりだった。エーレンフェストのお菓子が褒められ、ロジーナの音楽を褒められ、もっと聴きたいとねだられ、何とか覚えようと他領の楽師達が目を光らせている。その中で本の貸し借りも行われた。

「去年は急でしたから、領地からの持ち出しの許可が出なかったのですけれど、今年は前もってアウブにも許可を取ったので……」

快く本を貸してくれる領地とは仲良くしたい。わたしは笑顔で受け取って、代わりにエーレンフェストの本を貸し出した。上位領地の方で流行《はや》っているので読みたかったらしい。

……やっぱり流行は上から流すのが正解だね。こうして読書がもっともっと広がると良いよ。

わたしが普通に笑っていられたのは本の貸し借りをするところまでだった。下位領地の方はエーレンフェストがどのように順位を上げたのかがとても気になるようだ。しつこいくらいに質問されるようになると、作り笑いで対応するしかなくなった。

「あまりにも急激でしたもの。たった数年間でこれほど順位を上げられるなんて、何か秘策があるのでしょう?」

「大領地との共同研究を同時に三つも行えるなんて、ローゼマイン様は本当に優秀ですこと。数々の流行に、共同研究、そして、養女となってからも神殿長を務めるお優しさ。ローゼマイン様の優秀さを見出《みいだ》して養女にしたアウブは慧眼《けいがん》でしたね」

「アウブ・エーレンフェストは実子以外の領主候補生を神殿に押し込めて魔力を奪うような酷《ひど》い方だと皆様がおっしゃっていますす。なんておいたわしいこと」

その度にジルヴェスターの悪い噂を否定し、領主候補生は全員が祈念式や収穫祭のために農村を回っている話や教育に力を入れている話をするのだが、信じてもらえない。不思議なことに「そのように庇《かば》われるなんて、ローゼマイン様はなんとお優しいのでしょう」と返されてしまう。

……だから、違うって。ねぇ、ちょっと。こっちの話、聞いてる⁉

何度もジルヴェスターの悪口を聞かされ、ヴィルフリートやシャルロッテばかりが楽をしていると貴族言葉で遠回しに言われ、わたしだけがやたら慈悲深《じひぶか》い聖女だと持ち上げられるのだ。いくら否定しても聞き入れてくれない状態にイライラしながらわたしはお茶会を終えた。

……全方位無差別威圧が出る前にお茶会が終わって良かった。わたし、マジ我慢した。

自室に戻ると、反省会だ。わたしはお茶会に同行した側近達を見回した。

「あのように悪意のある言葉を聞かされたのは、わたくしだけなのでしょうか？　シャルロッテは面と向かって言われているのかしら？」

「さすがにアウブの実子にそのような噂を聞かせることはないでしょう。ローゼマイン様が養女で、噂通りに虐《しいた》げられていると考えるからこそ、味方のような顔でそう言ってくるのだと思いますよ」

ブリュンヒルデもリヒャルダも今日のお茶会には苛立《いらだ》っていたようだ。顔は笑顔だけれど、二人の声が少し荒れているように聞こえる。

「……悪意を向けられていたのはアウブ達だけではございません。一見、持ち上げているように見えましたけれど、聖女と呼ばれているローゼマイン様を貶《おとし》めたいという悪意もありました」

「グレーティア？」

「聖女と持ち上げられていても神殿育ちで、アウブから実子と違う扱いをされていることにも気付かずに庇い、魔力を捧げるなんてずいぶん都合の良い存在だとおっしゃっていたのだと思います」

それはさすがに悪く取りすぎではないかと思ったけれど、口数の少ないグレーティアがわざわざ発言したのだ。そのように考えられている可能性も考慮した方が良い。

「常に保護者の言いなりになっている、おとなしくて虚弱な聖女だと思われている可能性が高いです。ローゼマイン様がさらわれたり脅《おど》されたりする危険性を考慮してくださいませ」

「わかりました」

グレーティアに返事をしたのは、わたしではなくレオノーレだった。

反省会の後はアウブの実子がいないお茶会でどのように言われているのか情報を共有し、どの領地がどのように考えているのかを明らかにするため、わたしとシャルロッテは別々にお茶会へ向かうように、という指示が出た。悪意ある噂話をしてくる領地を炙《あぶ》り出すためだとわかっていても、「皆様、お優しいのですね。でも、アウブ・エーレンフェストはそのような方ではありませんよ」と返し続けるのは鬱々《うつうつ》とした気分になる。

お茶会のイライラを読書で発散すると、またイライラするお茶会に参加しなければならないのだ。これならば、奉納式のためにエーレンフェストへ戻っていた方がよほど気楽だ。

……うぅ、今年こそ神殿へ帰りたかったよ。

そんな心理状態になっている中でディートリンデ主催の従姉弟会が行われるのだ。行きたくなくても行かなければならないが、今の鬱々とした気分で、わたしはフェルディナンドとディートリンデの婚約を祝えるだろうか。「ウチの大事なブレーン、返してください」と言わないように気を付けなければならない。

「マティアス、ラウレンツ、ミュリエラ、グレーティアはお留守番ですね。旧ヴェローニカ派の子供達が一斉にわたくしの側近となっていることを知られるのは得策ではありませんから」

「あちらがどの程度粛清について情報を得ているのかもわかりません。こちらの情報も伏せた方が良いでしょう」

どのような情報を出すのか、出さないのか。ヴィルフリートやシャルロッテと打ち合わせる。

……どんなにイライラしても顔には出さない。フェルディナンド様の扱いが変わるかもしれないから、穏便《おんびん》に。

そう心に刻んで、わたしはヴィルフリートやシャルロッテと一緒にアーレンスバッハのお茶会室へ向かった。

「ごきげんよう、皆様」

「ごきげんよう、ディートリンデ様。お招きいただき、嬉しく思っています」

ヴィルフリートが代表して挨拶すると、わたし達は席を勧められた。ディートリンデはとても機《き》嫌《げん》が良さそうだ。側仕え達が持ち込んだ物を渡している様子を見て、「あれは髪飾りかしら?」と微笑んでいる。

「今日はわたくしの楽師にアーレンスバッハの新しい曲を弾《ひ》かせますね。フェルディナンド様がわたくしのために作曲してくださった恋歌で、ゲドゥルリーヒに捧げる歌なのです」

ホホホ、と笑いながらディートリンデが豪奢《ごうしゃ》な金髪を軽く搔《か》き上げて、楽師へ視線を向けた。楽師は一つ頷いて、音楽を奏で始める。音楽の実技でも聴いた郷愁歌《きょうしゅうか》だ。

「音楽の実技の時に聴いたな」

「えぇ。アーレンスバッハの新しい曲だと周知するために、音楽が得意な学生達に練習させましたから。冬の社交界が始まる宴《うたげ》でフェルディナンド様が贈ってくださったので、練習の時間がなくて大変でしたのよ」

ディートリンデは得意そうにそう言いながら、お茶を一口飲み、お菓子を食べる様子を見せる。こちらから持ち込んだお菓子を一口食べて見せて勧めると、「フェルディナンド様の専属料理人がアーレンスバッハへやって来るのは春の星結びが終わってからかしら？」と楽しそうに笑った。

……え？　星結びが終わったら専属料理人を連れて行く？　そんな話はなかった気がするけど。

フェルディナンドの専属料理人は神殿でハルトムートがそのまま使っているのだ。わたしが他人の専属について口出しするわけにはいかない。手紙で注意した方が良いかもしれないと思っていると、ディートリンデがゆっくりと満足そうに息を吐いてカップを置いた。

「フェルディナンド様との婚約が決まった時は憂鬱でしたけれど、最近は少し前向きに考えられるようになってまいりました」

「……憂鬱、だったのですか？」

「えぇ、当然ではありませんか。わたくしはアーレンスバッハの次期アウブですのよ。それなのに、お父様から配偶者と決められたのがずいぶんと年上で、下位のエーレンフェストの神殿に入れられていた母もない領主一族ですもの。ガッカリするでしょう？」

ムッとするより先に驚いた。わたしにとってフェルディナンドは最優秀を取り続けた優秀な領主一族で、文官、騎士、領主代理と何でもできる芸達者なマッドサイエンティストだ。だが、エーレンフェストでどの程度の仕事をしてきたのか知らず、貴族院での在学が重ならなかった貴族から見れば、あまりにもひどい相手に見えるらしい。

……傍から見たら、フェルディナンド様ってそんなふうに見えるんだ。

「実際にお会いして、お優しい人柄と優秀さに少し安心したのです。フェルディナンド様はわたくしのために尽くしてくださるとおっしゃいましたから」

……お優しい人柄は多分作り笑顔から来る勘違いじゃないかな？　いや、勘違いさせておくのが良いんだろうけど、騙《だま》されてるよって言いたくなるね。

フェルディナンドの優秀さを知って結婚に前向きになったようなので、わたしは心の声を抑えて、優秀さをアピールしていく。

「フェルディナンド様の優秀さは貴族院にたくさんの伝説が残っています。たとえば……」

「えぇ、存じています。どのような方なのか、情報を集めさせて驚きました。これならば、わたくしの配偶者として隣にいても問題ないでしょう」

その物言いにちょっとカチンときた。

……フェルディナンド様はすごいんだからね！　配偶者として隣に立つのに、ディートリンデ様こそ問題はないの？

そう言いたくなったのをグッと呑み込んだ。今日は我慢が必須である。

わたしが言葉を呑み込んで作り笑いになったのがシャルロッテにはわかったようだ。少し身を乗り出すようにして、話題を変える。

「ご婚約が決まって憂鬱な気持ちになったということは、ディートリンデ様には想う方がいらっしゃったのですか？　新しい貴族院の恋物語にそのようなお話があったのです。ディートリンデ様に素敵な恋の思い出があるならば伺いたいです」

シャルロッテの言葉にディートリンデが何度か目を瞬いた後、悲しそうに深緑の目を伏せた。

「えぇ、もちろんございます。想いを捧げてくださった殿方《とのがた》もいらっしゃいましたけれど、わたくしは次期アウブですから。お父様が決められた相手と結婚しなければならないでしょう。どんなに素敵な方でも、どれほどの想いを捧げられても、釣り合わない相手とは結婚できませんもの。わかっていても、わたくしからお別れを口にするのはとても辛《つら》いことでした。別れることが決まっていながら巡り合わせた縁結びの女神リーベスクヒルフェを恨《うら》んだものです」

想い人のことを考えているのか、少し遠い目でディートリンデが語る。お別れの言葉を告げたのが夏だと言うので、相手は貴族院の学生ではなく、フェルディナンド様との婚約は辛かったんだ。

……ディートリンデ様にとってもフェルディナンド様とアーレンスバッハの貴族のようだ。

貴族院ではディートリンデに浮いた噂もなかったし、エスコート相手も決まっていないようだったので、フェルディナンドとの婚約は渡りに船かと思っていた。けれど、違ったらしい。周囲はともかく、当人達にとってはお互いに歓迎できない婚約だったことを知り、儘ならない現実にわたしはそっと息を吐いた。

「ですから、わたくしは失った恋のためにも良きアウブにならなくてはなりませんの」

そんな決意で締めくくったディートリンデの言葉に少ししんみりしつつ、わたしは不意に心配になった。「次期アウブ」という言葉がそれほど頻繁に出てくるということは、ずいぶんとアウブ・アーレンスバッハの調子が良くないのかもしれない。

「そういえば、アウブ・アーレンスバッハのお加減《かげん》はいかがですか？　フェルディナンド様がアーレンスバッハ行きを急ぐことになったので、心配していたのです」

フェルディナンドの作る薬があれば少しは長らえることもできるかもしれない。けれど、他領の者に薬を任せることはしないだろう。フェルディナンドの手紙でもアウブの容態《ようたい》は語られないいため、無事に引き継ぎができているのか心配なところである。

わたしの質問にディートリンデは、ほぅ、と悲しそうに溜息を吐いた。

「……決して良好とは言えません。でも、フェルディナンド様がいらっしゃったことで執務が少し安定した分、安堵されていらっしゃると思いますよ」

「そうなのですか」

このようなお茶会の場で「良好とは言えない」と言うのだ。実際はかなり悪いのだろう。エーレンフェストはフェルディナンドが向かったことでアウブの容態が良くないことを知っているけれど、他領は知らないはずだ。少なくとも、貴族院で噂にはなっていない。

「わたくしもできることでしたらアーレンスバッハへすぐにでも戻りたいのですけれど、次期アウブとして社交に力を入れるようにお母様から言われているのです」

たとえ小康《しょうこう》状態とはいえ、重篤《じゅうとく》な家族がいるならば側に駆けつけたいだろう。その気持ちを抑えて、貴族院で講義を受け、社交に励むディートリンデを少し見直した。わたしの家族が重篤だったら、最速で講義を終えて領地へ戻り、邪魔だと言われても父さんの枕元から離れないと思う。

「ですから、わたくしは卒業式で次期アウブに相応しいところを見せなければなりません」

「頑張ってくださいませ」

「皆の注目を集めるにはエーレンフェストの協力が必要だと思いませんか？」

「……協力、ですか？」

意味がわからなくて首を傾げる。ディートリンデとしてはずいぶんとストレートに述べたつもりのようだが、わたしには何のことかさっぱりわからない。ヴィルフリートとシャルロッテに視線を向けたが、二人もよくわかっていないようだ。三人揃って察しが悪いことに苛立ったらしいディートリンデが尖った声を出す。

「ですからね、魔石の光らせ方を教えてくださいませ。奉納舞のお稽古で魔石を光らせて注目を集めていたではありませんか。ずいぶんと目立ちたがり屋だと思いましたけれど、衆目《しゅうもく》を集めるには良い方法ですからね。奉納舞で光の女神をやるわたくしに必要でしょう?」

言われた内容がすぐに理解できなくて、わたしはポカンとしてしまった。

……え? 光じゃなくて電飾の女神やっちゃうの? ピカピカだよ? どう考えても変だよ? 悪い意味で注目を集めるよ?

ヴィルフリートとシャルロッテも理解不能の驚き顔でディートリンデを見つめる。

「お稽古の時のローゼマインを見ているならば、ディートリンデ様もおわかりのように悪目立ちすると思います。卒業式の、他のアウブや王族がたくさんいるところでやることではない、と」

「まぁ、ヴィルフリートは協力してくださらないの?」

大袈裟《おおげさ》に驚いた顔をしているけれど、驚いているのはこちらだ。本気で電飾ピカピカ奉納舞をするつもりなのだろうか。

「協力する、しないという問題ではないのですけれど……」

「あら、わたくしに教えたくないのですね? ご自分だけが目立つために」

深緑の瞳で睨まれて、わたしは慌てて言葉を付け加える。

「いえ、そうではなく……。魔石を光らせたければ魔力を込めれば良いだけですよ？」

「そんな言葉では誤魔化《ごまか》されません。あれだけの魔石を同時に光らせるためには何か方法があるはずです。魔石を光らせるための魔術具か何かあるのでしょう？」

……え？　そんなのないよ。

簪《かんざし》の虹色魔石が全て光っていたことを例に挙げ、魔力を込めるだけでそんなことができるはずがない、とディートリンデが熱弁を振るう。何とか上手く話題を逸らすか、誤魔化すかしなければならない。

わたしが悩んでいるとシャルロッテが「ディートリンデ様、ここだけの話にしてくださいませ」と声を潜めた。「やはり秘密があったのですね」とディートリンデが目を輝かせて身を乗り出す。

「実は、お姉様はあのお稽古の日、非常にお体の具合が悪く、勝手に魔力が流れていくのを止められないような状態だったのです。ですから、魔石で魔力を受け止めていただけで、光らせるための魔術具は付けていませんでした」

「では、お稽古の後で倒れたのは……」

「魔力が流れ過ぎたのです」

……嘘《うそ》は言ってないけど、嘘っぽい。これが本当なら、わたし、かなりヤバい病気っぽいよ。

それでも信用できないのか、ディートリンデは疑わしそうにわたしとシャルロッテを見つめる。

ヴィルフリートも何とかしなければと思ったようで、頷きながら口を開いた。

「だから、体調が少し回復した今のローゼマインは、奉納舞の稽古をしても魔石を光らせることはできぬ。それに、どうしても光らせたいのであれば、魔石の品質を落とせばどうであろうか？」

……ちょっと、ヴィルフリート兄様！　電飾の女神を推し進めてどうするの⁉

わたしとシャルロッテは思わず顔を見合わせるが、ヴィルフリートは自分のわかる範囲内で何とか光らせる方法がないか、真剣に考えている。

「魔力を込めすぎると金粉になる恐れもあるが、多少は光らせやすいのでは……」

「素晴らしい案ですね、ヴィルフリート」

ディートリンデが嬉しそうな笑顔で手を打った。

……あぁ、ディートリンデ様が本気でやっちゃうよ！

「多少品質を落としたとはいえ、魔石をいくつも光らせるには相当魔力が必要になります。奉納舞にそのような魔力を使う必要はないと存じますが……」

シャルロッテが諦めさせようと言葉を発するけれど、ディートリンデは笑顔で首を横に振った。

「金粉にならない程度の品質を見極めるためにも何度か練習しますから大丈夫ですわ。あぁ、その卒業式につける髪飾りを見せてくださる？」

弾んだディートリンデの声にヴィルフリートの側仕えが手早く動き始める。色々と確認をした後、ディートリンデの側仕え見習いマルティナが受け取った。

「わたくし、今度の上位領地ばかりが集まるお茶会で髪飾りをお披露目《ひろめ》するつもりなのです」

「では、飾り方をディートリンデ様の側仕えにお教えしなければなりませんね。ブリュンヒルデ」

　わたしが呼ぶと、ブリュンヒルデは軽く頷いてマルティナに教え始めた。エグランティーヌ、アドルフィーネなど、何人もの側仕え達に教えてきたので慣れた様子で説明している。

「それにしても、ローゼマイン様の虹色魔石は素晴らしいこと。わたくしも婚約者におねだりしてみようかしら？」

「星結びの儀式が終わってからならば聞き入れてくださるかもしれませんね」

「あら、何故？」

　ディートリンデが目を瞬くので、わたしはフェルディナンドに工房がないことを訴える。

「星結びの儀式までは客室に滞在するので、工房がなく、素材も道具もございません。フェルディナンド様にもどうしようもないでしょう。研究するための工房があれば……」

「それでは仕方がございませんね」

　虹色魔石の飾りが欲しいならば工房を準備しては、と唆《そそのか》してみたけれど、色よい返事はもらえなかった。残念である。

「研究といえば、アーレンスバッハとの共同研究はどうなっていますか？　報告くらいはしてくれないと困ります」

「先日、フラウレルム先生には二回目の報告書を提出しました。すでにアーレンスバッハへ送ったとおっしゃいましたけれど、領主候補生であるディートリンデ様に報告されていませんか？」

　わたしがシャルロッテやヴィルフリートに視線を向けると、二人は頷いて報告書を二回提出するためにフラウレルムに面会したことを証言してくれた。

「わたくしに見せるより先にアーレンスバッハへ送るなんて……」

「どうやらフェルディナンド様にも最初の報告書が届いていないようなのです。まさか大領地であるアーレンスバッハに怠慢な文官がいるとは思えませんけれど、できれば、次期アウブでいらっしゃるディートリンデ様によく調べてほしいと存じます」

もしかしたら、ただの行き違いかもしれませんけれど、と言葉を付け加えると、ディートリンデは大きく頷いた。

「調べさせましょう。今回の共同研究はフェルディナンド様の弟子として発表するのですもの。婚約者の評判はわたくしの評判にも関わります。共同研究ではわたくしの婚約者の評判を下げるようなことはしないでくださいませ」

「フェルディナンド様の意見を反映させるため、ライムントには頻繁にお手紙や報告書を出してもらいますし、合格をいただけた物だけを発表することにいたしますね」

「ええ、そうしてちょうだい」

……ディートリンデ様の物言いはイライラするけど、これで報告書の件は何とかなるかもしれないし、頻繁にお手紙を出す口実も得られたんだから、結果としてはまぁ、よし……かな？

思わぬところで言質《げんち》が取れてわたしがちょっと満足していると、ヴィルフリートがディートリンデとその側近達の様子を窺いながら口を開いた。

「ディートリンデ様、叔父上《おじうえ》はレティーツィア様の教育係としてアーレンスバッハへ向かったようだが、上手くやっているのであろうか？　その、叔父上は教育に関して少々手厳しいところがあるので心配なのだ」

　ヴィルフリートの言葉は、ディートリンデがレティーツィアと王命の関係を知っているのかどうかを探るためのものだ。側近達の間にはわずかに緊張が走ったのがわかったけれど、肝心《かんじん》の彼女は頬に手を当てて首を傾げただけだった。

「わたくしはあまり交流がないので、レティーツィアの様子は存じません。冬の社交界が始まるとすぐに貴族院へ移動しましたし、書簡によると、フェルディナンド様は執務に励んでいらっしゃるようです。教育係などしている余裕はないのではないかしら？」

　レティーツィアと交流がなく、教育係としてフェルディナンドがアーレンスバッハへ行った意味も知らないようだ。間違いなく彼女は自分が中継ぎになることを知らない。それを悟ったヴィルフリートが気遣わしそうにディートリンデを見た。

「それよりも、こちらをご覧くださいませ。夏にアーレンスバッハを訪れたランツェナーヴェから贈られた物なのですけれど……」

　その後もずっと自領の自慢と、婚約者の自慢と、誰かの自慢が延々と続き、「そんな彼等の上に立つ次期アウブのわたくし」という感じの言葉で締められるという時間が続いた。わたし達に求められたのはディートリンデを褒め、どうすればアーレンスバッハの影響力を強めることができるかという助言と協力である。

　最後まで彼女の口からエーレンフェストの粛清に関する話題や探りは全く出なかった。ゲオルギーネとディートリンデの間ではまるで情報が共有されていない雰囲気だ。ディートリンデはひたすら次期領主になる自分のことだけを語り、お茶会は終わった。

「……疲れましたね」

寮に戻って一番にわたしの口から出た言葉はそれだ。接待で相手を持ち上げることをひたすら求められるお茶会である。他の領地の者がいない内輪のお茶会なので、エーレンフェストは完全に格下扱いで、ディートリンデの望むままに進むお茶会だった。本気で疲れた。

貴族院や自領の同級生辺りから集められたらしいフェルディナンド伝説を我が物顔で自慢された時には「まだフェルディナンド様はエーレンフェストの人ですから！」と言いたくなって我慢するのが大変だったのだ。

「もう少しエーレンフェストの情勢について知っていて、何か探りを入れて来られるのではないか、と警戒していましたけれど、そのようなことはありませんでしたね」

「シャルロッテ、ディートリンデ様は何もご存じないようでしたけれど、時折、側近達の間には緊張が走っていました。彼等の中には色々と知っている者もいるようですよ」

わたしの言葉にヴィルフリートが顔を曇らせる。

「他人事《ひとごと》だとわかってはいるが、ディートリンデ様は少々心配になる。あのように情報を制限された中で次期アウブとなって大丈夫なのだろうか？」

「レティーツィア様が成人するまでの中継ぎですから、敢えてあまり情報を与えないようにしているのかもしれませんね」

側近達の姿を見ていると、わざと情報を制限しているようにしか思えない。アウブ・アーレンスバッハの意向なのか、ゲオルギーネの差し金なのか、わたしにはわからないけれど。

「後で知った時の方が怖いと思うのだが……」

「その辺りはアーレンスバッハの者が考えることで、フェルディナンド様に何らかの不利益がない以上、わたくし達が口出しすることではありませんよ」

溜息混じりにそう言うと、ヴィルフリートがディートリンデによく似た深緑の目でわたしを睨む。

「……ローゼマイン、少し物言いが冷たいぞ。其方はディートリンデ様が心配ではないのか？」

情報を制限されていて、周囲に操られ、汚点《おてん》を残すことになった自分と重なって見える、とヴィルフリートが訴えるけれど、今日の接待で疲れ切ったわたしの心は全く動かされなかった。「別に」と本音で返さなかっただけ、よく我慢した方だと思う。

「成人間際で次期アウブであると宣言し、側近が何人もいるにもかかわらず、情報を制限されているのですから、アーレンスバッハがそれを望んでいるということでしょう。わたくしはディートリンデ様よりも、彼女が何かすることで連座処分になるかもしれないフェルディナンド様の方がよほど心配です」

「叔父上ならば何とかするであろう。それだけの力がある」

ディートリンデの心配はしても、フェルディナンドの心配はしないヴィルフリートの言葉にカチンときた。

「……信用できる者も少なく、新しい魔術具を作る環境もない上に、レティーツィア様を守らなけ

ればならないフェルディナンド様はエーレンフェストにいる時と同じではありません。わたくしにはヴィルフリート兄様の方がよほど冷たく思えます」

フェルディナンドのことさえなければ特に接点もなく、利益を運んでくるわけでもない面倒な相手より、これまでお世話になりっぱなしの叔父の心配をしてほしいものである。

わたしとヴィルフリートが睨み合っていると、シャルロッテが深々と溜息を吐いた。

「お兄様もお姉様も心配している対象が違うだけではありませんか。お二人とも、冷たくなどありませんよ。そのような些細《ささい》なことで対立するのはお疲れだからでしょう」

「シャルロッテ……」

「そうだな。すまぬ」

妹に諭され、わたしとヴィルフリートは謝り合った後、側仕えにお茶を淹れてもらい、心を落ち着けながら今日のお茶会の反省会をする。

「情報制限されたディートリンデ様が華々《はなばな》しく表に出ることで、余計に裏の事情……ゲオルギーネ様の思惑や行動が隠されているように思えます。エーレンフェストにとっては痛手ですね」

ディートリンデの自慢話に付き合っただけで、アーレンスバッハの情報という意味では碌な収穫がなかったことに改めて気付かされ、更に疲れが増した気がした。

お茶会はそれだけで終わらない。従姉弟会の疲れが取れるより先に中から下位の領地が集まっているお茶会の予定があり、わたしは憂鬱な気分を作り笑いで押し隠して出席する。

お菓子のやり取りで持ち上げられ、今度もレシピを知りたいとねだられたので、ダンケルフェルガーのお茶会では特産品のロウレを入れたカトルカールが開発されていたことを教えてみた。

「領地の特産品を使って……ですか？　それは素敵ですこと。早速料理人に作らせてみましょう」

「ローゼマイン様はダンケルフェルガーとずいぶんと仲がよろしいのですね。共同研究もされるようですし……」

「インメルディンクは共同研究に参加したいと申し入れたのですが、断られてしまいました。お役に立ちたいと望んでいたのですけれど……」

大領地と関係を深めることになる共同研究はどこの領地も興味があるようだ。下位領地ばかりのお茶会と違って、ジルヴェスター達の悪い噂ばかりを聞かされるよりはまだマシだが、共同研究に参加できなかったことを未練がましくつらつらと述べられても困る。

「次は一緒にできる研究があれば良いですね」

笑顔で共同研究の話を打ち切ると、エーレンフェストの本を勧めてみた。この場にはすでにお茶会でシャルロッテから借りて新作を読んでいる者もいる。

「ヨースブレンナーのリュールラディ様にシャルロッテから本をお貸ししたと聞いています。もう読まれたのかしら？」

「えぇ、わたくしがお借りしました。去年読んだ貴族院の恋物語がとても楽しかったので、今年も楽しみにしていたのです」

今年十位のヨースブレンナーから領主候補生の代理としてお茶会に出席している上級貴族のリュ

ールラディが弾んだ声で貴族院の恋物語について語る。皆の意識が恋物語に向かったことに安堵していると、リュールラディが淡い緑の目を輝かせてわくわくしたようにわたしを見た。

「ローゼマイン様はご婚約者のヴィルフリート様とどのような恋をなさっていらっしゃるのでしょうか？　物語のように素敵な恋をされていらっしゃるのでしょうね？」

周囲から期待の眼差《まなざ》しで見つめられて、わたしは言葉に詰まる。

「……わたくしとヴィルフリート兄様の間にあるのは家族的な感情で、物語にできるような恋ではありません。けれど、結婚して家族となるのですから、穏やかな想いも大事でしょう？　わたくしのお母様は物語には山も谷も必要ですけれど、自分の人生は平穏が一番だとおっしゃいました」

これで興味の視線は引くかと思えば、リュールラディは更に食いついてきた。

「まぁ、そのような髪飾りまでいただいているのに、物語にできるような恋ではないとおっしゃるのですか？」

「素晴らしい髪飾りですよね？　虹色魔石がそれだけ付いているのですもの。愛情の大きさが目に見えているではありませんか」

卒業式に髪飾りを贈ることが王族や上位領地で流行し始めているため、中位や下位の領地の者にとって、髪飾りは恋人から贈られる憧れの物になりつつあるらしい。

……そんなの初めて知ったよ。贈られた髪飾りの豪華さで愛情を測るなんて……。婚約者のヴィルフリートじゃなくて、後見人のフェルディナンド様にいただきました、なんて絶対に言えないよね。

そう思いながら、他の者に説明したのと食い違わないように、わたしは保護者の皆からもらったという話をする。乙女の幻想を打ち砕く行為だが、デザインしたのはフェルディナンドであることを広めておかなければ、ディートリンデが髪飾りで失敗した時に大変なことになる。

「この髪飾りは保護者の皆が虹色魔石を準備して、後見人のフェルディナンド様がデザインし、ヴィルフリート兄様が贈ってくださいました。ヴィルフリート兄様お一人の物ではないのですよ」

「まぁ、そのような物を贈られるほど大事にされているのに、ローゼマイン様を神殿へ入れるなんて信じられませんわ。そのようにアウブを庇わなくてもよろしいのですよ」

完全にジルヴェスターは悪者扱いされている。訂正し続けるのにも少し疲れてきた。

「他領の神殿がどのようなところか存じませんけれど、エーレンフェストでは神事を大事にしているのです。わたくしだけではなく、ヴィルフリート兄様やシャルロッテも神殿に出入りしていますし、アウブも神殿に足を運ばれます」

「エーレンフェストの領主一族が神殿に足を運んでいるなんて信じられませんわ。そのような汚《けが》らわしいこと……」

……なんか思ったのと違う方向に理解されてる気がする。

「神殿では奉納式を行います。ギーベに配る小聖杯や直轄地《ちょっかつち》を満たすための聖杯が魔力で満たされていなければ収穫量は増えないからです。中央神殿に青色神官や巫女《みこ》が移動したエーレンフェストの神殿では魔力が足りないため、領主候補生が補っているだけです」

ヴィルフリートやシャルロッテも祈念式や収穫祭のために農村を回っていることを付け加える。

「皆様の領地も収穫量が少なくて苦しいのでしたら、領主候補生から動いてみると良いですよ」

「神殿や農村に行くなんて、そのようなこと……」

嫌悪《けんお》感を出した表情に、同じことを笑顔で繰り返すのがだんだん馬鹿馬鹿しくなってきた。神事の大変さや重要さも知らずに、文句ばかり言われるのが面倒くさい。魔力の扱いに慣れない頃から必死にわたしの代わりになるように、と努力してきたヴィルフリートやシャルロッテの苦労を聞き入れてもらえないことに腹も立つ。

「ねぇ、ローゼマイン様。わたくし、神殿のお話よりも共同研究のお話をしたいですわ。どのように大領地と研究されていらっしゃるのですか？」

インメルディンクの領主候補生にそう言われ、わたしは軽く肩を竦めた。

「ダンケルフェルガーとの研究では、皆様が嫌がる神事の検証も行うのですよ」

「神殿ではなく、貴族院で行う神事であれば忌避《きひかん》感はそれほどございません。御加護を得る儀式を実技で行いますし……」

……あ、そう。神殿じゃなかったらいいんだ？

心の中で悪態を吐いていたわたしの頭に一つの閃《ひらめ》きが降ってわいた。

……そうだ。いいこと、思いついた。

「共同研究を行う過程で、エーレンフェストの神事を見せるというものがあります。ダンケルフェルガーの許可が取れたら、のお話になりますけれど、よろしければ参加されますか？」

「まぁ、ご一緒させてくださいますの？」

共同研究に参加したかったとずっと訴えていたインメルディンクの領主候補生はパッと輝くよう

な笑顔になった。「ローゼマイン様は本当にお優しいのですね」と言い、シャルロッテにはいくら訴えても無駄だったと愚痴《ぐち》を言い始める。

「インメルディンクが許されるのでしたら、わたくしも参加したいです」

「殿方でも参加できるのでしたら、領主候補生にお話ししてみます」

「ヨースブレンナーには領主候補生がいないので、代理でわたくしに参加させてくださいませ」

皆がこぞって許可を求めてくる様子にわたしはニコリと微笑んだ。共同研究に名を連ねることができるとなれば、神事に参加することも厭《いと》わないらしい。

「ダンケルフェルガーの許可が取れたら、のお話です。わたくしから提案いたしますけれど、皆様からもぜひお願いしてみてくださいませ。熱意が伝われば許可が得られるかもしれません」

熱意と人海戦術で王の許可をもぎとり、フェルディナンドをアーレンスバッハへ送ったダンケルフェルガーならば、きっと彼女達の熱意も受け入れてくれるだろう。わたし一人が頼むよりも確実だ。皆に神事へ参加してもらえば良い。

……あ、王族にも許可を取らなきゃね。

ちょっとした企み

「姫様、何を考えているのか、じっくりとお話を聞かせていただきとう存じます。他領の領主候補生を神事に参加させるとはどういうことですか？　わたくし達は何も聞いていませんよ！」

寮へ戻ると同時にリヒャルダが仁王立《におうだ》ちになった。腰に手を当てて眉尻を上げている様子からお説教が始まるのはわかる。だが、まだわたしは何もしていないはずだ。

「……ダンケルフェルガーの許可があれば、のお話ですよ？」

「ダンケルフェルガーの許可があれば、ではございません。そのような重大なことを相談もなく行うことについて、わたくしは意見しているのです」

「貴族院で行われる研究は学生の領分なので特に相談は必要ない、とアウブはおっしゃっていませんでしたか？」

わたしはコテリと首を傾げた。何だか認識がずれている気がする。わたしの言葉にリヒャルダはゆっくりと首を横に振った。

「姫様の場合は報告しておいた方が良いですけれど、それだけではなく、姫様の補助をして動く側近への相談のお話です。せめて、姫様が何を考えていて、何をするつもりなのか、前もってお話しくださいませ」

「共同研究の中で神事を行う話はこれまでにもしてきたではありませんか。わたくしは皆様が共同研究に参加したがっているようなので提案しただけです。やることは同じですよ？」

何をすると言われても、神事をするのは決定事項だったはずだ。わたしの言葉にリヒャルダは再度ゆっくりと首を横に振った。

「そのようなお言葉でわたくしを誤魔化せるとお思いですか？　これまでは姫様お一人で行える神

事について考えてこられたでしょう。突然他領の領主候補生を参加させることをお決めになったのは何故ですか？」

わたしを取り巻いている側近達の表情は厳しく、誰もリヒャルダの追及を止めようとしない。わたしは、むぅっと一度唇を尖らせて不満を顔に出した後、殊更《ことさら》ニコリとした笑顔を作った。

「別にお茶会の度に養父様に対する悪意ある噂話ばかりを聞かされ、あまりにも神事が蔑《ないがし》ろにされていて、何を言っても聞く耳を持っていないにもかかわらず、利益だけは欲している中小領地への対応が面倒になってきたわけではありませんよ」

「……ずいぶんとご立腹なのですね」

リヒャルダは小さく息を吐いて、「姫様も感情を隠すのがお上手になってきたこと」と言った後、困ったように「今度は上手に感情を発散させることを覚えてくださいませ」と頭を振った。

「では、姫様。神事と言っても何をなさるおつもりですか？」

「ダンケルフェルガーが他の方々の参加に許可をくださったら、貴族院で奉納式を行います」

「奉納式、ですか？　いつもこの時期に神殿で行っている神事ですよね？」

ハルトムート達が準備していた様子を思い出すようにフィリーネが頬に手を当てる。

「えぇ。エーレンフェストでわたくしが常に行っている神事をダンケルフェルガーに見せるのであれば、奉納式以上に相応しい神事はないでしょう？　わたくし一人の魔力で聖杯を満たすのは難しいので、ダンケルフェルガーに何の儀式を見せるのか悩んでいたのですけれど、たくさんの協力者がいれば、簡単に聖杯を満たすことができます」

「あの、ローゼマイン様。それは他領の領主候補生から魔力を奪う行為ではございませんか？」

グレーティアが恐る恐るという様子でそう尋ねてきた。他の側近達がさっと顔色を変える。わたしはグレーティアを見つめてフフッと笑った。

「あら、嫌だ。グレーティアったら人聞きが悪いことを言わないでくださいませ。わたくしは強制など全くしていません。皆様、ダンケルフェルガーへ参加をお願いするくらい熱心な善意の協力者でしてよ。自主的に魔力を奉納してくださるのです。そのような言い方は失礼でしょう？　それに、協力的な領主候補生が多いことを王族の皆様もきっと喜んでくださいますよ」

やりたい人だけが参加するのだ。わたしは強制などしていないし、やりたくなければ最初から頼まなければ良い。

「ローゼマイン様、どこに王族が関係してくるのですか？」

とても不吉な言葉を聞いたというような顔でラウレンツが質問する。テオドールが逃げ腰でコクコクと頷いているところを見ると、彼も王族は苦手なようだ。

「貴族院の祭壇《さいだん》を使わせていただこうと思えば、王族の許可は必要でしょう？　それに、自主的に参加してくださったとはいえ、この魔力不足のご時世に奉納された皆様の魔力をわたくしが個人的に使うと角が立ちますから、王族に有効利用していただくつもりなのです」

たくさんの領主候補生が魔力を奉納してくれれば、魔力不足の王族はきっと喜んでくれると思う。そして、王族からお礼の一言でもあれば、彼等は何も言えないだろう。わたしの言葉を吟味《ぎんみ》するように難しい顔をしていたマティアスが「ふむ」と言いながら、静かに青の瞳を向けてきた。

「これまで共同研究に他領が参加してくることをお断りしていたダンケルフェルガーから許可をいただくことは可能だとお考えですか？」

簡単に姿勢を変えるのは上位領地にとって難しいはずです、というマティアスの指摘にわたしはにんまりと唇の端を上げる。

「参加希望者を受け入れる条件としてダンケルフェルガーと彼等がディッターを行うことを提案すれば、きっと喜んでいただけると思うのです。儀式の検証もしたいでしょうし、ディッターがしたいと熱望していらっしゃいましたから」

「善意の参加者をダンケルフェルガーの生贄《いけにえ》に差し出すのですか……」

唖然《あぜん》とした顔でマティアスがそう言った。

「マティアスも人聞きが悪いことを……。参加したくてたまらない人達がダンケルフェルガーに対して熱意を見せるだけの話ではありませんか。わたくしは別にエーレンフェストが儀式の検証やディッターに付き合う必要がなくなるので負担が減って助かるなどと考えてはいませんよ」

「ダンケルフェルガーの儀式の検証もお手伝いしていただけるなんて、とても熱心で素晴らしい協力者ではありませんか。わたくしはローゼマイン様のお考えを支持いたします」

レオノーレが自分達の利に納得した顔で微笑んだ。マティアスも軽く息を吐きながら「確かに何度もダンケルフェルガーの検証に付き合わされるのは困りますね」と呟く。

大領地で人数が多いダンケルフェルガーとディッターをしようと思えば、エーレンフェストは騎士見習い全員で対応しなければならない。一度ならまだしも、条件を変えて何度も行うだろう検証に付き合うのは難しい。ヴィルフリートやシャルロッテの護衛騎士も動員することになるからだ。

「ダンケルフェルガーも儀式の検証とディッターができ、わたくしの神事に必要な人数を集めることができ、王族は集まった魔力を使うことができ、そして、中小領地は共同研究に参加することができるのです。……ちょっとだけダンケルフェルガーは皆の対応に追われて忙しくなり、王族も対応が大変で、参加者は講義以外で魔力をたくさん使うことになりますけれど、皆に利点がある良い案だと思いませんか？」

ニコリと笑ってそう言うと、側近達は何とも言えない顔になった。賛成とも反対とも言えないような微妙な顔だ。

「その提案にローゼマイン様の利点はあるのですか？　周囲の皆様の利点ばかりを挙げられましたけれど、ローゼマイン様の利点が見えません」

「エーレンフェストがディッターに付き合う必要がなくなるだけで十分……と言いたいところですけれど、欲しい物があります。でも、今はまだ秘密です。王族が許してくださったらわたくしの利点ができる、とお答えしておきましょう」

わたしはダンケルフェルガーとヒルデブラントに手紙を書いた。ヒルデブラントを選んだのは、貴族院の施設の使用のことだし、アナスタージウスよりも許可が取りやすそうだと思ったからだ。

ダンケルフェルガーとの共同研究に参加したい者がたくさんいること、エーレンフェストの儀式である奉納式を見せるためには人数がいる方が良いこと、ディッターを条件に許可すればダンケルフェルガーにとっても利点があること、奉納式で得た魔力は王族に譲ること、祭壇のある最奥の間を儀式で使わせてほしいことを書いて、早速届けさせた。

「詳しい話を聞かねばならぬ。明日の午後に私の離宮へ来い」

……ヒルデブラント王子にお手紙を出したのに、何故かアナスタージウス王子から返事が来たよ。解《げ》せぬ。


わたしはまたもやアナスタージウスの離宮に呼び出されてしまった。最奥の間の祭壇を借りる申請だけなので、比較的安穏《あんのん》とした気分で出かける。しかし、そこにはハンネローレとその側近に加えて、寮監の二人が呼び出されていた。学生の共同研究なのに何だか大事になっている雰囲気だ。

「さて、ローゼマイン。一体何をするつもりなのか、包み隠さずに言え」

ずいぶんと警戒しているらしいアナスタージウスに睨まれた。わたしは共同研究のあらましと、エーレンフェストの儀式について答えた。もちろん王族にとっての利点もしっかり強調する。

話を聞き終えたアナスタージウスは額を押さえ、わたしとハンネローレを交互に見た。

「……どうして其方達は大事にしたがる？」

「其方達とはどういうことですか？」

わたしが首を傾げると、ハンネローレが恥ずかしそうに俯《うつむ》いた。

「その、少し騒ぎを起こして王族にご迷惑をかけてしまったのです」

ダンケルフェルガーが儀式の検証を行ったことで光の柱が立ち上がり、かなりたくさんの問い合わせが王族に向かったらしい。だが、光の柱が立ち上がった儀式といえば、先日わたしが行ったダンケルフェルガーの真似事ではないだろうか。

「……それはわたくしのせいではございませんか？」

「いいえ。ローゼマイン様を真似て魔力の奉納付きで儀式をしてみたり、槍の形を変えられないか試したりした結果、ダンケルフェルガーの寮でも光の柱が立ち上がったので、完全にダンケルフェルガーのせいなのです」

寮と隣接《りんせつ》して作られている訓練場で、儀式をしては二チームに分かれてディッターを行っていたらしい。何とも大領地の余裕を感じさせる話である。

……さすがダンケルフェルガー。強くなるためには手間暇も魔力も惜しまないね。

「昨日は共同研究に参加したいと訴える領地の対応に追われていましたが……」

寮監であるルーフェンはそう言った後、とてもイイ笑顔になった。

「ディッター物語と本当の祝福が得られる儀式で皆の熱が高まっているところにディッターの相手を作り出してくれるとは、さすがローゼマイン様ですね。寮内では評判が一気に高まっています。昨夜は大盛り上がりでした」

……そんな評判はいらなかったよ。

ちょっとだけダンケルフェルガーが忙しくなればいいと思っていたけれど、わたしからの手紙を読んだ直後から参加者大歓迎でディッターの受付をするようになったため、彼等には何のダメージもなかったようだ。むしろ、色々な領地に「ディッターをして儀式に参加しないか？」と声をかけることにしたらしい。

「儀式によって神々の祝福を得て戦うのでしたら、いくつかの領地の合同チーム対ダンケルフェルガーとした方が良いかもしれませんね。それに、神々の祝福を得るところを見せてあげれば、彼等も今後は真剣に神事を行うようになるでしょう」

「ふむ」

「敵も強くなければダンケルフェルガーは燃えないのでしょう？」

「その通りです！」

ルーフェンが張り切っているし、実際に祝福を得るところを見れば、騎士見習い達は真剣に儀式を行うようになると思う。エーレンフェストの騎士見習い達に「今後はダンケルフェルガーを見習って自力で祝福を得てください」と言った時と同じように。

ルーフェンとの話が一区切りつくと、ハンネローレがおずおずとした様子で口を開いた。

「ダンケルフェルガーには利点があるので、参加の許可をするのは構いませんけれど、共同研究に名を連ねるのは、やりすぎではございませんか？　それほどの貢献度《こうけんど》ではないと思われます、とお兄様がおっしゃいました」

ディッターに加えて、奉納式への参加をしてもらうのだから、わたしとしては十分な貢献だと思う。けれど、ダンケルフェルガーにとっては貢献度が低いらしい。

……儀式を行う以上、ディッターは義務ってお土地柄だからね。

共同研究の貢献には足りないと言うダンケルフェルガーと、共同研究に名を残したい他領の間を取るような提案が必要だ。でも、考えてみれば、わたしは「儀式に参加しませんか？」とお誘いしただけで「共同研究に名を連ねます」と約束したわけではない。勝手に向こうが思い込んでいるだけだ。わたしは少し考えて、ピッと人差し指を立てると、ニコリと笑う。

「では、研究の最後に協力者として名を並べるということであればどうでしょう？　聞き取り調査に協力してくれた騎士見習い、それに、儀式に協力してくれた領主候補生や上級貴族の名を載せるだけで、共同研究はあくまでダンケルフェルガーとエーレンフェストのものということにすれば、皆様は納得してくださるかしら？」

「……え、えぇ。それならば結構です。お兄様も納得してくださるでしょう」

ハンネローレがしばらくわたしをじっと見つめていた後、ゆっくりと頷いた。

「儀式はレスティラウト様が講義を終えてからなので頑張ってください、とお伝えくださいませ」

「直《じき》に終わるようです。ローゼマイン様を驚かせようと意気込んでいましたから」

ハンネローレがものすごい勢いで講義を終えていく兄の様子を苦笑しながら語った。最終学年なのに、去年と同じ頃合いには講義を全て終えられるらしい。予想以上の巻き返しだ。

「……驚きましたね。まさかそれほど早いとは思っていませんでした。ディッターが終わって、儀式の参加者が確定したらお知らせくださいね」

わたしの言葉に「お任せください！」と答えたのはルーフェンだ。わたしとハンネローレはちらりと彼を見て、軽く肩を竦め合う。

コホン、とアナスタージウスが咳払《せきばら》いした。

「ローゼマイン、其方から要請があった最奥の間の祭壇を使用する件だが……あの祭壇は中央神殿の管轄になる」

領主会議で行う星結びの儀式や貴族院の成人式は中央神殿が行うと聞いたので知っている。

「ここの神具を使うには中央神殿の許可と采配《さいはい》が必要だが、彼等は今多忙だそうだ」

「奉納式の時期ですものね」

中央神殿は色々な領地から魔力が多めの青色神官や巫女を掻き集めているので、エーレンフェストほど大変ではないだろうが、そもそも小聖杯の数が違う可能性もある。

「では、エーレンフェストから神事に必要な物を取り寄せるので、祭壇のあるお部屋だけお貸しいただけますか？　皆に神に祈るということを教えたいのです」

「……祭壇に触れぬならばよかろう」

「恐れ入ります」

アナスタージウスの許可に礼を述べながら、わたしははたと気が付いた。

「あ、あの、祭壇に触れなければ、魔力を奉納するための聖杯を下ろすこともできませんよね？　どうしましょう？　聖杯を下ろすだけならば許可は出ますか？」

魔力を流すための敷物はエーレンフェストから送ってもらうこともできるけれど、聖杯を下ろさなければ魔力を奉納するところがない。

「いや。どうにもできないならば、仕方がないな」

「わたくしがシュタープで作れば良いだけなので、聖杯の準備はできるのですけれど……」

「できるのか⁉」

大きく目を見開いたアナスタージウスにわたしは軽く頷いた。先日、三本の鍵が必要な地下書庫で見つけた呪文があるので、聖杯を作ることはできる。

「けれど、王族がわたくしの聖杯を中央へ持ち帰ることはできません。ですから、王族の方がシュタープで聖杯を作れるようになるか、皆の魔力を持ち帰るために空の魔石をたくさん準備するか、どちらかお願いいたします」

王族がシュタープで聖杯を作れれば一番話は早いのだが、神具はよく触れて魔力を流してみなければ作ることができない。祭壇に触れられなければ、聖杯を作るのも不可能だろうし、維持するのに非常に魔力が必要になる。王族に余計な魔力を使う余地はないだろう。空の魔石を準備して、エーレンフェストがわたしのユレーヴェから魔力を得ていたように聖杯に魔石を漬け込むのが、魔力の持ち運びには一番手っ取り早いと思う。

わたしの提案にアナスタージウスがハァと疲れたような溜息を吐いた。中央神殿の協力が得られないので、大量の魔力が手に入りそうな状況を断念しなければならないだろう、と王族の間では話し合われていたらしい。

「……神具を借りられなければ、聖杯を自分で作ったり、聖杯から空の魔石に魔力を移して運んだりすれば良いのか。其方はずいぶんと妙な裏技をたくさん知っているな」

「師の教えが良かったのでしょう」

フフッと笑うと、アナスタージウスが額を押さえた。

「正直なところ、其方が貴族院で奉納式を行って集めた魔力を得られるのは、大変助かることだ」

「そう言っていただけると、わたくしも嬉しいです。できれば、王族の方にも奉納式には参加していただきたいのですけれど、それは可能でしょうか？」

「我々も参加、だと？」

ぎょっとしたように目を見開いたアナスタージウスにわたしは真面目な顔で頷いた。王族が率先《そっせん》して参加してくれれば、参加者達が「やっぱり止めた」とは言えなくなる。それに、神々の御加護を必要としている王族は真剣にお祈りをする機会があった方が良いと思うのだ。

「中央神殿と距離があるのでは、王族は本当の神事を経験したことがないのではございませんか？　共に祈りを捧げると魔力は流れやすくなり、祈りは届きやすくなりますから、一緒にいかがです？　もちろん、強制ではございません」

「……考えておこう」

こうして儀式の根回しを終えたわたしはヒルシュールに「このような呼び出しでわたくしの研究の邪魔をしないでください」と叱られた後、寮からエーレンフェストへ連絡を入れた。

王族を巻き込んだ奉納式を貴族院で行うことになった成り行きを報告し、神殿の奉納式が終わったら、魔力を流すための敷物、神々への供物《くもつ》、わたしの神殿長の儀式用衣装、ヴィルフリートとシャルロッテの儀式用衣装など、奉納式に必要な物を送ってほしい、と。

「私とシャルロッテも貴族院の奉納式に参加するのか？」

「えぇ。皆で同じように儀式を行えば、養父様の悪評や妙な噂が一つは消えるでしょう。ヴィルフリート兄様やシャルロッテにとって奉納式は初めてですけれど、礎の魔術に魔力を込めるのと同じです。初めてでもできるので、普段から参加しているような顔でいてくださいませ」

わたしの提案に二人とも神妙な顔で頷いた。

「ローゼマイン様、エーレンフェストからお返事が届きました」

その返事にはあまりにも大事になった儀式にフロレンツィアが目を回したこと、王族を巻き込んだ以上は絶対に成功させろということがジルヴェスターの字で書かれていた。奉納式に必要な一式はちゃんと送ってくれるそうだ。

ついでに、クラリッサの報告書を読んだらしいハルトムートからの「何故、私は卒業してしまったのか」と血の涙でも流していそうなお手紙も一緒に入っていた。怨念《おんねん》が籠もっているというか、筆圧とか、字の崩れ方がかなり怖い。

「……これはエーレンフェストに戻った時が怖いですね。ハルトムートがとても面倒くさくなっている気がいたします」

レオノーレが真剣な顔でそんな呟きを零した。わたしは御加護を得る儀式を成人済みの側近達でやり直したいので、多くの御加護が得られるように日々のお祈りと神々の名の復習をしておくように、とハルトムートがやるべきことを書いた。何かやることがあれば少しは気が紛《まぎ》れるだろう。

これでよし、と思っているとユーディットが「うーん」と首を傾げた。

「それだけではハルトムートはすぐに達成してしまいますよ。アンゲリカに神々の名を覚えさせるように、という命令も入れておけばどうですか？　冬の間はそれにかかりきりになると思います」

「……ユーディット、それではダームエルの負担が増えるだけになる気がするのですけれど」

少し青ざめたフィリーネの言葉にユーディットが「あ」と小さく声を上げて、ニコッと笑った。

「ダームエルなら大丈夫ですよ、きっと」

「ダダダ、ダメですよ！」

フィリーネとユーディットのやり取りを見つめながら、ウチの側近達は仲良しだな、とわたしは久し振りに和《なご》やかな気持ちになった。

儀式の準備

貴族院の講堂の奥にある祭壇の前で奉納式を行うことは決まったが、すぐに行えるわけではない。まず、レスティラウトの講義とエーレンフェストの奉納式が終わらなければならない。その間に、他領に声をかけたダンケルフェルガーがディッターをして、参加者を選別することになる。

「ミュリエラ、儀式の参加者についてオルドナンツでダンケルフェルガーに伝えてください。魔力差がありすぎると、少ない方に負担が大きくなるため、参加者は上級貴族か領主候補生に限らせてください。それから、魔力圧縮を覚えたばかりの一年生も参加できません、と」

わたしの魔力が籠もった魔石を持って儀式をしていたヴィルフリートやシャルロッテも慣れるまで大変だったし、他領では貴族院で魔力圧縮を習ってから礎の魔術に供給することが多いらしい。

初心者全員に大人の補助を付けることができない以上、全く供給したことがない人は危険だ。

「ローゼマイン様、オルドナンツが戻ってまいりました。参加基準は了承。ダンケルフェルガーではディッターの準備を終え、中小領地が合同チームを組むのを待機中だそうです」

……わぁお。中小領地の皆様、ご愁傷様《しゅうしょうさま》です。

心の中でそっと手を合わせつつ、わたしは借りている本に手を伸ばす。

「他の準備は神殿の奉納式が終わってからですね。本でも読みながら待っていましょうか」

わたしは他領から借りた本を読んだり、ヒルシュールの研究室へ向かったりしてゆったりとした時間を過ごしていた。

お茶会にも出たけれど、話題のほとんどが参加要件のディッターに対する苦情である。どうやら先日わたしが速さを競うディッターに逃げたことがよほど悔しかったのか、今回は宝盗りディッターをするように言われたらしい。座学では学んでいても、未経験の宝盗りディッターだったため、合同チームを組んでも完膚《かんぷ》なきまでに叩きのめされたそうだ。回復薬がいくつあっても足りないという苦情にわたしは小さく笑った。

「ダンケルフェルガーとの共同研究にディッターは必須ですよ。エーレンフェストも行いました」

……宝盗りディッターをしたのは一年生の時だったけどね。嘘は言ってないよ。うん。

ジルヴェスターの悪い噂ではなく、共同研究やディッターの話題で終始するお茶会は精神的な負担も少なく、わたしは初めてダンケルフェルガーのディッター好きに感謝した。

他には、ドレヴァンヒェルとの共同研究を行っている文官見習い達から経過報告もあった。グンドルフがかなり熱心に研究していて、魔木それぞれの特徴をより強く出すために紙を素材として色々と調合を行っているらしい。勘合紙《かんごうし》として使っているナンセーブ紙は動きが速くなったり、これまでより距離があっても動きを見せるようになったりと少し変化しているそうだ。

「性能が上がったのですね。図書館の本を移動させるために使いたいので、本の重さに耐えられるくらいまで性能を上げてくださいませ。最終的には魔法陣を組み込むことも考えていますが、できるだけ素材の品質を上げることで魔力の負担を減らしたいのです」

エイフォン紙は楽譜を書いて、魔石を滑《すべ》らせればオルゴールのように曲を奏でることができるようになったそうだが、まだまだ研究の余地があるらしい。

「魔石を滑らせて音を奏でられるのであれば、楽器とくっつけて自動演奏ができるようになると良いのですけれどね」

麗乃時代に聴いたことがある自動演奏用のロール紙をセットしたパイプオルガンの音色を頭に思い浮かべる。あれはとても素晴らしかった。わたしは何となく呟いただけだが、マリアンネはしっかり聞いていたらしい。

「わたくしからグンドルフ先生に提案させてくださいませ。エーレンフェストは面白い着眼点が少ないとお叱りを受けたところなのです」

「……マリアンネ本人ではなく、わたくしの着眼点で良いのでしたら」

研究に力を注ぎ込んでいるドレヴァンヒェルの文官見習い達と一緒に研究するには、まだちょっと実力不足のようだ。マリアンネは少し自信をなくしているように見える。

「貴族院を卒業してエーレンフェストに戻ると、ドレヴァンヒェルとの共同研究ほどレベルの高い研究に参加できる機会は多くありません。周囲との差や先生からの叱責など、気にかかるところはあるでしょうけれど、気を落とさずに研究を続けてくださいね」

そうこうしているうちに、クラリッサからレスティラウトの講義が終わったという報告とアンケートの集計結果が届けられた。ダンケルフェルガーでは武よりの文官や側仕えにも御加護を得ている者が多いようだ。

「何というか、ディッターのためにあり、ディッターと共に繁栄してきた領地のようですね」

フィリーネの感想にわたしは深く頷いた。

「お茶会でのお話によると、今もディッター勝負に騎士見習い達が一丸となっているようですよ。ダンケルフェルガーだけが生き生きしていて、他領はぐったりして終わるようです」

「目に浮かびますね。それから、こちらは儀式の参加者の名簿です。ご覧くださいませ」

フィリーネから木札を受け取って目を通す。神事への参加が決定した領地と、それぞれ三名から八名の名前が書かれていた。過半数の領地が参加することになっていて、大領地と小領地では参加人数に差がある。学生の参加者だけで六十人を超えるようだ。

「大領地も参加するのですね。利点が明確になるまで傍観《ぼうかん》すると思っていました」

「他領の共同研究を事前に知ることができる絶好の機会ですもの。それに、神々の御加護を増やす研究は、領地対抗戦で皆様の興味が最も集まると予想されていますから」

大っぴらに参加できる機会は活《い》かすということらしい。クラッセンブルク、ドレヴァンヒェル、アーレンスバッハの名前がある。ドレヴァンヒェルの領主候補生は全員参加するようだが、アーレンスバッハは領主候補生のディートリンデではなく、文官見習いだけが参加するらしい。名簿を見ながら、わたしは首を傾げた。

「……お茶会であれほど参加したいと言っていたインメルディンクの名前がありませんね」

「中小領地になると、ディッターを行う余裕のある領地は少ないですから。特に他の領地が叩きのめされた話や回復薬などの負担について聞くと、尻込みした領地も多いようです」

……うーん、尻込みする気持ちはわかるな。わたしも面倒だから他の領地に回したんだし。

ディッターの時点で回復薬を大量消費しているならば、奉納式を行うと大変なことになるのではないだろうか。エーレンフェストの採集場所は高品質の素材が豊富に採れるけれど、他領の採集場所はそうではないはずだ。

……回復薬、配った方が良いかも？

「ローゼマイン様、参加者に神事の注意事項を説明しなければなりませんが……」

フィリーネに声をかけられて、参加人数と準備しなければならない回復薬の素材について考えていたわたしはハッとして顔を上げる。

「そうですね。……当日の朝は身を清めること、回復薬を準備しておくこと、祝詞を覚えておくこと……くらいでしょうか？　儀式用の服がないのはどうしようもありませんし……」

魔力提供だけを求められた青色巫女見習い時代の自分が神殿でしていたことを思い出しながら、

わたしは注意事項を指折り数えていく。

「注意事項をオルドナンツで送って、祝詞が必要な領地には文官見習いに教えてあげれば大丈夫かしら？　こちらの木札に書いてあるので、各自写してもらってください」

「かしこまりました」

わたしの文官見習い達が揃って頷くと、不安そうにヴィルフリートが声をかけてきた。

「ローゼマイン、私も奉納式の祝詞は知らぬぞ。私が参加してきたのは祈念式と収穫祭だからな」

「奉納式の祝詞は礎の魔術に魔力を供給する時と同じですよ。一応見直しますか？」

木札に祝詞を書いて渡すと、さっと目を通したヴィルフリートがホッとしたように肩の力を抜いた。その様子を見ていたシャルロッテも木札に目を通し、「これならば大丈夫ですね」と微笑む。

「そういえば、エーレンフェストから報告が届いたぞ。神殿の奉納式が終わったらしい。必要な道具を準備しているところだそうだ。雪の中、神殿から城へ運ぶのに難儀《なんぎ》しているようだな」

わたしのレッサーバスがあれば荷物を運ぶのは楽に終わるのだが、騎獣で運ぶのは大変である。特に今はまだ冬の主を倒せていなくて、吹雪《ふぶき》が一番ひどい時期だ。少しずつ騎獣で運ぶのにハルトムートやコルネリウス達が何往復もしているらしい。

「それから、ハルトムートが儀式に参加するための許可を王族から取るように、と書かれている」

去年フェルディナンドが聖典を持ち込んだ時と同じように、神事に必要な道具を運ぶためには管理者が必要で、それは神官長の役目だとハルトムートが主張しているらしい。

「ただ、ローゼマイン様の儀式を見たいだけ、という気もしますけれど」

ユーディットの声にレオノーレが「間違いないでしょう」と頷く。ローデリヒとフィリーネは顔を見合わせて仕方がなさそうに微笑んだ。

「ユーディットの言葉が本心であることに間違いはないでしょうけれど、儀式の準備を行える灰色神官達が貴族院にはいませんもの。中央神殿の協力も得られないのですよね？」

「貴族院で動くには身分が大事です。ローゼマイン様が全てに目を配って準備するのは難しいでしょう。代わりに動ける上級貴族のハルトムートは適任《てきにん》だと思いますよ」

神殿でハルトムートが神官長になるために教えられていた様々なことを間近で見てきた二人は、神事の準備にも細かい決まりが多いことを知っている。知っているだけで覚えていないし、実際に儀式をする場には神官以外立ち入り禁止なので見たこともない。エーレンフェストの寮内の者だけでは奉納式の準備をするのも大変である。全体の指揮を執《と》れる者が必要だ。

「……ハルトムートを呼ぶしかなさそうですね」

わたしはすぐにお手紙を書いて、エグランティーヌに届けてもらった。誰に向けて質問やお願いをしてもアナスタージウスから返答があるのだから、最初からそちらに手紙を届けた方が手間は省けるだろう。

予想通り、アナスタージウスからのオルドナンツが飛んできた。白い鳥がアナスタージウスの声でハルトムートの立ち入りを許可し、更に言葉を続ける。

「父上も儀式に参加するので、儀式の手順を詳しく書いた物、それから、参加者の名簿を送るように。大人数から大量の魔力を得る故、直々に礼を言わねばならぬそうだ」

王族も儀式を経験した方が良いと言ったからだろう。王も参加を決めたらしい。奉納式でお祈りの仕方を覚えれば、ユルゲンシュミットのために大量の魔力を注いでいる王族はきっとたくさんの御加護を得ることができるはずだ。これで少しでも王族が楽になればいい、と呑気《のんき》に考えていたわたしと違い、ヴィルフリートとシャルロッテを始めとした周囲の者達は顔色をなくしていた。

「ちょっと待て！　王が参加するだと⁉　あまりにも大変なことになっていないか⁉」

「……予想外の事態ですけれど、今更中止にはできませんよ、お兄様」

シャルロッテが少し遠い目でそう言った。

「……皆様に協力していただいて魔力を奉納してもらうだけなのですけれどね」

わたしの言葉にシャルロッテがとても困った笑顔でわたしを見た。

「お姉様は魔力が豊富で、神々の御加護を賜ってからはどのように使えば良いのか思案していたくらいなので、魔力をそれほど重視していないのかもしれません。けれど、今の魔力不足の世界では王が直々にお礼を述べなければならないと考えるほど重要なものなのですよ」

「王から直々にお言葉を賜るのは最優秀になった者だけだ。それを参加者全員に行おうとおっしゃるのだぞ。其方が行おうとしている儀式はそのくらい大変な事態なのだ」

自分が垂れ流し状態なのであまり重視していなかったけれど、たくさんの領地から魔力を搾《しぼ》り取ってやろうというわたしの計画はとても大変なものらしい。ちょっとした企《たくら》みが予想以上に大事になってしまったようだ。わたしはすぐに儀式の手順と参加者名簿を木札に書き、アナスタージウスの離宮に届けさせる。

「……魔力がそれほど重要視されているのでしたら、参加賞に回復薬が必要かもしれませんね」

「参加賞、ですか？」

目を瞬くシャルロッテにわたしはコクリと頷く。

「儀式に参加するためにディッターをするだけでも回復薬がたくさん必要だったようなのです。今回の儀式でも魔力だけではなく、回復薬も必ず必要になるでしょう？」

魔力も回復薬も必要では中小領地の負担が大きすぎるのではないか、とちょっと考えたことを述べる。すぐに魔力を回復させることができれば、魔力を奪われた不満を逸らせるかもしれない。

「皆様から魔力を大量にいただくのですから、魔力回復のためにフェルディナンド様の優しさ入りの回復薬を配れば喜ばれるのではないかしら？」

「お姉様、差し出口かもしれませんけれど、あのお薬はいただいても嫌がらせだと受けとられる心配もございます。もう少し飲みやすくて魔力を回復させるお薬はございませんか？」

ブレンリュースの実があれば、かなり飲みやすい回復薬になるけれど、あれはハルデンツェルでしか採れない貴重な物だ。貴族院にはない。

「他に……魔力だけを大幅に回復させるお薬があるのですけれど、疲労感は抜けませんよ？」

儀式に慣れていない者は、多分ものすごくぐったりとすると思う。魔力が回復するだけで疲労感は抜けない薬なのだ。

「魔力が回復すれば十分でしょう。それよりも味はいかがですか？」

「それほど悪くないと思います」

「あの叔父上の薬を平然と飲めるローゼマインの悪くないはあまり信用できぬ。先に我々が味見してみた方が良いのではないか？」

ヴィルフリートの提案にシャルロッテが何度も頷いたので、わたしは寮の調合室で魔力だけを大幅に回復させる薬を作って試飲してもらう。実験台になったのは、素材採集を行った騎士見習い達と味見役のヴィルフリートとシャルロッテである。

「……味はそれほど悪くないな。普通の回復薬とさほど変わらぬ」

「回復力や回復の速度がかなり違うのです。せっかく他領に配るのならば、効力が高い物を配った方が良いと思います。優しさ入りの回復薬にしましょう」

しかし、それは普段から優しさ入りの回復薬を飲んでいるわたしだけの意見だったようだ。講義で習う普通の回復薬を常用している騎士見習い達は首を横に振った。

「普通の回復薬を使用している我々には回復の速度も十分速く感じられますし、たった一本ですごく回復しますよ」

「味や臭いで敬遠されるよりは、普通に飲める物を配った方が良いのではございませんか？」

騎士見習い達やシャルロッテの主張に、わたしは魔力だけ回復する薬を配ることにした。この回復薬ならば採集場所で簡単に採れる素材から容易に作れる。

「では、これを参加者分、作製しますね」

レシピを漏《も》らして良いのかどうかフェルディナンドに確認が取れないので、わたしは名捧げをしたローデリヒとミュリエラに「口外法度《こうがいはっと》」と命じた上で手伝ってもらった。

「ローゼマイン様、お一人で行っても大して違いがないように思います」

素材を切るにも、調合するにも時間がかかったローデリヒは疲れ切った様子で「私達は大して役に立ちませんでした」と項垂れ、ミュリエラは「ローゼマイン様お一人で調合室に籠もるわけにはまいりませんからね」と微笑みながら薬の入った箱を調合室から運び始めた。


儀式当日の朝。わたし達領主候補生が朝食を終え、多目的ホールで最終確認をしていると、青色神官の儀式用の衣装を着たハルトムートが転移陣で到着した。

「ローゼマイン様、神事の道具を運んでまいりました。儀式用の衣装もこちらにございます」

「リヒャルダ、グレーティア。儀式用の衣装に着替えられるように準備をお願いします」

二人が動き始めると、ヴィルフリートとシャルロッテの側仕え達も動き始める。

「奉納式に参加したことがないヴィルフリート様とシャルロッテ様は、冬の貴色《きしょく》の飾《かざ》り紐《ひも》などがございません。代わりになりそうな紐や布をそれぞれの側近に準備してもらっています」

城の側仕え達が手持ちの中からちょうど良さそうな物を探してくれたらしい。

「儀式は午後からです。王族に連絡を入れて最奥の間を開けてもらい、午前中に準備を整えなければなりません。ハルトムートに最奥の間の準備と皆への指示を任せても良いですか？」

「お任せくださいませ。エーレンフェストの聖女であるローゼマイン様の儀式です。完璧にしなければなりません。貴族院の奉納式に参加が許されたことを、神に祈り、感謝を捧げましょう！」

祈り始めたハルトムートに周囲の視線が集中した。とてもテンションが高いところがちょっと心配だけれど、王族が参加するのだから完璧を目指してくれるのは非常に助かる。

ハルトムートが神々に祈りを捧げているのを横目で見ながら、わたしは神事の準備を行うために最奥の間を開けてほしい、と王族にオルドナンツを飛ばした。祭壇のある最奥の間を開けられる者は王族か領主、それから、王族の魔力が籠もった魔石を託された者だけだそうだ。そのためにも貴族院に王族が常駐《じょうちゅう》していることが必要らしい。

「着替えの準備をしているリヒャルダとグレーティア以外の側近達は、わたくしと最奥の間へ向かいますよ。王族よりも到着が遅いと失礼ですから急ぎましょう」

ヴィルフリートとシャルロッテも側近を連れて最奥の間へ移動する。神事に必要な道具を側近達に運んでもらい、講堂で待っていると、すぐにヒルデブラントが来た。

「ローゼマイン」

「ヒルデブラント王子、本日はどうぞよろしくお願いいたします」

長い挨拶を交わした後、ヒルデブラントは筆頭側仕えのアルトゥールに抱き上げてもらい、壁にある魔石に触れた。最奥の間に繋がる扉が開く。

「講義の時は魔石を先生方にお貸しして開けてもらうのですけれど、今日は私がどうしてもしたいと申し出たのです」

ヒルデブラントは年齢が足りないので今日の儀式の参加資格がない。参加したいと言われたけれど、王族を昏倒《こんとう》させてしまうのは非常にまずいのでアナスタージウスから断ってもらった。仲間外れ気分なので扉を開ける役だけでもしたいと願い出て、王に許可されたそうだ。

ハルトムートは皆に荷物を運び込ませて指示を出し、神事の準備を整え始めた。わたしも一緒に最奥の間へ向かおうとしたらブリュンヒルデに軽く袖《そで》を引っ張られ、ニコリと微笑まれる。どうやらわたしの仕事はヒルデブラントの相手らしい。

「儀式が始まるまでエーレンフェストの者以外は誰も入れないように、と命じられたのです」

「ヒルデブラント王子はご自分にできるお仕事を探して、いつも一生懸命なのですね」

与えられた仕事を誇《ほこ》る姿がとても微笑ましくて、わたしは笑顔で頷き、ヒルデブラントに質問されるまま、今日の儀式で行うことを述べていく。

「ローゼマイン、今日は参加者が多いでしょう？　護衛騎士はどの辺りに立つのですか？」

「神事に護衛騎士は入れませんよ。この最奥の間に入れるのは儀式の参加者だけです」

「……え？」

ヒルデブラントが目を瞬くのに、わたしも目を瞬いた。

「神事を行う時、その部屋に入れるのは神官や巫女だけです。中央神殿が行う星結びの儀式もそうでしょう？　わたくしが神殿長をするのであれば護衛騎士を付けたいと申し出ましたら、とても渋られましたもの。今回も神事ですから、護衛騎士には講堂で待機していただきます」

アルトゥールが息を呑んで目を見開く。

「護衛騎士の入室を禁じるとはどういうことですか!?」

最奥の間で護衛騎士を排することに猛反発を受けたが、わたしは意見を翻す気はない。

「多くの領主候補生が参加するのです。それぞれの側近を連れて来られても最奥の間には入りきらないでしょう。それに、皆が魔力を一斉に流すのと同じ場にいると、魔力を吸い取られる恐れがあります。その場合、護衛としては役に立ちません」

「王族や領主一族が護衛騎士を離すなど、前例がありません」

わたしは納得できないらしいヒルデブラントとその側近を見つめる。

「他領の領主一族や王族に唯一残っている神事は、礎への魔力供給だと思います。エーレンフェストでは領主一族が礎の魔術に魔力供給をする時、護衛騎士は扉のある部屋を守るだけで供給の間には入れません。中央では供給の間まで護衛騎士が入ってくるのでしょうか?」

わたしの問いかけに答えたのは、アルトゥールだった。

「……供給の間に入るのは、供給する王族だけです」

「ならば、神事とはそういうものだとご理解ください。もし、神事を行うエーレンフェストの護衛騎士だけは配置しますと言えば、王族は安心してくださるのでしょうか?」

「エーレンフェストの護衛騎士ではなく、中央騎士団だけを配置するのであれば……」

他領を信用できないと口にしたアルトゥールに、わたしは「そうでしょうね」と返した。

「床に両手を付けて跪き、魔力を流している時に、武力を手にして立っている者を警戒するのは誰しも同じです。王族が参加者やエーレンフェストの護衛騎士達を信用できないように、わたくしも他領の護衛騎士など信用できません。最初に敵意のある者を排除すれば十分だと思います」

「敵意のある者を排除？　そのような方法があるのですか？」
「シュツェーリアの盾で参加者を選別します。王族に悪意や害意を持つ者は最初から入れません」

貴族院の奉納式

ヒルデブラント達が帰ったので、わたし達もハルトムートに後を任せて一度寮へ戻る。神殿長の衣装に着替えていると、王へ報告を終えたらしいヒルデブラントからオルドナンツが飛んできた。わたし達は王へ詳細を説明するために呼び出され、予定の集合時間より早くに講堂へ行くことになったのである。

顔色の悪いヴィルフリート達と一緒に赴《おもむ》けば、途中でダンケルフェルガーの者達と会った。
「まぁ、ヴィルフリート様とシャルロッテ様も神殿の衣装をまとっているのですか？」
「これが神事の正装です。領地では二人も神事をするので、自分の衣装があります。今回は時間がないので見送りましたが、本来ならば、参加者も儀式服を準備すべきなのですよ」

時間があれば参加する貴族達にも神殿の儀式服を着せるつもりだったとわたしが言うと、ハンネローレが驚いたように目を瞬かせた。

講堂に到着すると、すぐに王族と中央騎士団がやって来る。

……王族、多くない？

エグランティーヌ、アナスタージウス、ジギスヴァルトは面識《めんしき》があるのでわかる。アドルフィーネも王族の婚約者として一緒に参加するらしい。だが、それ以外に初対面の王族が二人もいる。年長の男性が王で、若い女性が多分ジギスヴァルトの妻だろう。

「ローゼマイン様、ヒルデブラント王子から伺いましたが……」

「ラオブルート、挨拶が先だ。逸《はや》る気持ちはわかるが、控えなさい」

中央騎士団長としてはすぐにでも問いただしたいようだが、貴族というものは形式を大事にする。初対面の挨拶が先だ。ダンケルフェルガーの挨拶に続き、わたし達は王の前に跪いた。エーレンフェストの代表は、この共同研究の責任者であるわたしだ。

「ツェント・トラオクヴァール、命の神エーヴィリーベの厳しき選別を受けた類稀なる出会いに祝福を祈ることをお許しください」

領主にアウブと呼びかけるように、王にはツェントと呼びかける。わたしは挨拶を終えると、許しを得て立ち上がり、ツェント・トラオクヴァールを見た。ヒルデブラントと似た感じの青みがかった銀髪で、顔立ちはアナスタージウスと似ている。

……ものすごく顔色が悪くて、回復薬の匂いがするんだけど。

わたしが神殿に入った当初のフェルディナンドのようだ。その疲れきった雰囲気と消しきれていない回復薬の匂いが彼を連想させる。顔立ちは別に似ていないのに、髪の長さが同じくらいだからだろう。トラオクヴァールが俯くと、フェルディナンドっぽく見える。

……めちゃくちゃ苦労しているのが一目でわかるよ。

観察していると、トラオクヴァールが少し考える仕草を見せた後、わたしを呼んだ。

「エーレンフェスト、護衛騎士を入れない理由について説明を」

「理由はヒルデブラント王子に述べた通りです。わたくしは、王族が本物の神事を経験することが大事だと思ったので声をおかけいたしましたが、これは強制ではございません」

「おい、ローゼマイン。ここは私の離宮でも地下書庫でもない。王の御前《ごぜん》だ」

アナスタージウスに貴族として取り繕えと言われていることがわかって、わたしは首を傾げる。

……えーと、「条件を呑めないなら帰って」って、貴族言葉で何て言うんだっけ？

皆から集めた魔力を王族に譲る予定なので、参加してくれた方が助かる。けれど、それだけだ。王族がいなくても共同研究はできるし、面倒も少ない。貴族らしい遠回しな断り方を考えていると、ツェントが軽く手を振った。

「神事に参加したいと望んだのはこちらだ。敵意のある者を排除できるならば私は構わぬが……」

「お考え直しください、ツェント。敵意のある者を選別できるなど、とても信じられません」

そう言われることは、ヒルデブラント達の反応から予想できていた。王族が参加したくても護衛騎士が許さない。わたしは余計なことを言わず、彼等が王を説得するのを待てば良いだろう。

そう考えていると、中央騎士団長のラオブルートが腕を組んでわたしを見下ろした。

「ローゼマイン様、その盾とは去年の領地対抗戦の時にあった半透明で半球状の物ですか？」

そういえば、去年の表彰式で襲撃《しゅうげき》を受けた時、領地の学生達を守るために作っていたシュツェーリアの盾はとても目立っていたと聞いたような気がする。わたしは「そうです」と頷いた。

「敵意のある者を判別できるとは初めて知ったが、あれにはどのような攻撃も効かぬ。中にいれば、王族の安全は保証されるだろう」

どうやらラオブルートは以前にシュツェーリアの盾を見たことがあるらしい。こちらが目を見張るくらいにあっさりと盾の有用性を認めた。アダルジーザの実であることを知って、フェルディナンドやエーレンフェストに疑いの眼差しを向けているとは思えない言葉だ。

「いくら騎士団長の言葉とはいえ、そのような一言で信用はできません。せめて、本当に王族を守る強度があるのか、中央騎士団の攻撃を以《もっ》て確認させていただきたいと存じます」

騎士の一人の進言に、王族がわたしの様子を窺う。確認したい気持ちは理解できる。

「それで納得してくださるのであれば、わたくしは構いませんよ」

わたしは王族の前で中央騎士団の攻撃を受けることになった。他の者達には離れていてもらい、一人分の大きさの盾を出す。中央の騎士の強さがわからないので、自分を守るために全力だ。

「では、ロヤリテート。行け」

確認したいと言い出した騎士ロヤリテートに王が命じた。初手は様子見だろう。彼はシュタープを剣に変形させて手加減した攻撃を仕掛けてきた。直後、その攻撃と共に彼は風に弾かれて吹き飛ばされる。

驚きの声が上がった。その後は他の騎士もそれぞれの武器を手に、シュツェーリアの盾を破壊しようと攻撃し始める。騎士の人数がどんどんと増え、攻撃の威力が増していった。

だが、盾の中のわたしは魔力を注いでいるだけで完全に無傷だ。むしろ、攻撃の度に吹っ飛んだり、攻撃が跳ね返ったりして傷だらけになっていく騎士達の方が心配で仕方ない。

「やはりローゼマイン様のシュツェーリアの盾は最高ですね！　素晴らしい！」

「これでハイスヒッツェ様の攻撃を防いだと聞いています。この目で見られて感激です」

興奮して打ち震えているハルトムートとクラリッサを始め、盾の強度確認をまるでディッター観戦のような好奇心に満ちた目で見ているダンケルフェルガーの騎士達はちょっと鬱陶しい。

……これ、どのくらい続けるんだろうね？

そう思っていると、ラオブルートから何か指示を受けた騎士の一人がスッと盾の中に入ってきた。

「なるほど。敵意や害意がなければ中に入れるという言葉に間違いはないようだ」

興味深そうに内側からシュツェーリアの盾を見回していた彼は、シュタープを武器に変化させる。

「このように盾に入った者が、攻撃をしたらどうなる？」

そんな検証実験をしていないので、わたしも知らなかったけれど、彼が身を以て示してくれた。

「武器を手にして攻撃しかけた瞬間、盾の外へ弾き出される」が正解だった。興味深い。

武器で打ち込んでも、攻撃用の魔術具を投げても、魔力で攻撃しても全て跳ね返される。騎士達がだんだんと戦意を喪失《そうしつ》していったところで、トラオクヴァールが止めた。

「もうよい。確認は十分だ。其方等に破れぬ盾を、貴族院の騎士見習いに破れるとは思えぬ」

盾の強さは証明できたが、中央騎士団があまりにもひどい有様になってしまった。

「ツェント・トラオクヴァール。中央騎士団の皆様にルングシュメールの癒しを与えたいのですが、許可いただけますか？」

「……こちらは助かるが、良いのか？　これだけの人数だ。魔力がずいぶんと必要になる」

「フリュートレーネの杖を使うので大丈夫です。この後、彼等には講堂を守っていただかなければ困りますもの。他領の側近達も同じように反発するでしょうから」

指輪で癒すならば、ほとんど触れるくらいまで近付かなければかけられないけれど、杖を使えば触れることなく多人数にまとめてかけられる。わたしは王の許可を得てからフリュートレーネの杖を出すと、騎士達にルングシュメールの祝福を与えた。ついでに、「これから他領の参加者に配る予定なのです」と言って、儀式の参加賞に配る予定の魔力回復薬を配ってみる。

「そのような、何が入っているのかわからぬような物を他領に広く配るだと!?」

盾の時と違って、今度はラオブルートから異物混入をしつこく疑われる。

「疑うのは我々の仕事ですが、盾と同じようにこちらも確認すれば良いだけです。私はローゼマイン様を疑っていません。異物が混入されているならば、傷を癒す前に出すでしょう」

最初にシュツェーリアの盾を攻撃したロヤリテートが、ラオブルートを宥めるようそう言って魔力の回復薬を手にする。他の騎士達や王族に見えるように一気飲みした。

「どうだ、ロヤリテート？　身体に異変は？」

「……素晴らしいと思います。魔力が回復していく様子が、自分でもわかるほどです。これほどの回復薬を準備するのは大変だったのでは？」

「皆様から魔力をいただくのですから、その分の魔力を補充できる物を、と考えたのです。それに、神事の参加条件にディッターがあったため、他領の負担が大きいと聞いたものですから……」

「助かる領地は多いと思います」

シュツェーリアの盾の強度確認と魔力回復薬の毒見は、中央騎士団によって王族とダンケルフェルガーの前で行われ、両方の使用が認められたのだった。

……ふぅ、これで儀式が問題なく進められるよ。

わたしは胸を撫で下ろし、中央騎士団を講堂に残して最奥の間へ入った。


今回、ダンケルフェルガーの領主候補生であるレスティラウトとハンネローレは奉納式に参加しない。壁際で立会人としてエーレンフェストの神事を見ることが、共同研究の条件だからだ。他の者達は神事に協力してくれることになっている。

「王族の方々はこちらに並んでください。入口近くにシュツェーリアの盾を出し、参加者の敵意や害意を判別します。その後の参加者の誘導はこちらが行いますが、王族の皆様には全員から挨拶を受けていただきます。挨拶が終わったら、中心部分に当たるこちらへ移動してください」

王族に流れを説明していると「講堂に参加者が集まり始めました。皆様、指定の場所へ移動してください」という声が聞こえた。

許可証を握って最初に入ってきたのは、クラッセンブルクの上級貴族だった。王族がずらりと並んでいる様子を見て、固まっている。

……その気持ちはわかるよ。

「どうぞ中に入って、ご挨拶を」

わたしは盾の説明をし、王族に挨拶するように促した。彼はハッとしたように動き出して挨拶をし、ハルトムートの誘導に従って移動する。すぐに次の人が入ってきた。

最初にシュツェーリアの盾が反応したのは、アーレンスバッハの学生だった。突然弾かれ、彼女は何が起こったのかわからないと言うように目を瞬かせる。エーレンフェストとダンケルフェルガーの騎士見習い達が即座に動いた。

「これはシュツェーリアの盾で、中にいる者に敵意や害意を持つ者を入れないための神具です。申し訳ございませんが、護衛騎士が入れない以上、害意のある方は儀式に参加できません」

騎士見習い達に追い出されていく彼女が、キッと強い目でわたしを睨んだ。

「違います、わたくしは害意など……！　ローゼマイン様が！　ローゼマイン様の陰謀《いんぼう》です！」

五人中二人、アーレンスバッハの学生が追い出された。それからしばらくは順調に流れていたが、政変の負け組領地の者が引っかかるようになると、何人もが退出させられていく。

「私は敵意など持っていませんっ！」

そう言われても、政変に負けたことで順位が下がったり、領地が荒れたりしたことに対する不満を漏らしていた領地の者だ。シュツェーリアの盾が反応した以上は受け入れられない。

「王族ではなく、わたくしに対する敵意でしょうか？　けれど、今回の儀式はご遠慮くださいませ。

護衛騎士を付けぬ儀式の場に敵意や害意のある方は困るのです」

一応わたしに対する敵意だということにしておくが、政変関係で恨まれていることは王族自身の方がよく知っているだろう。

「では、中央へお進みくださいませ」

参加者全員が挨拶を終えると、わたしは王族に移動を促した。シュツェーリアの盾を消し、わたしは扉の前へ移動しながら腰のベルトに付いている回復薬を手に取る。

……回復した方がいいかな？　意外と魔力が減ってるんだよね。

さすがに中央騎士団は手練《てだ》れ揃いだったようだ。盾の強度確認でかなり強い攻撃を何度も受けたし、騎士達に癒しを与えたため、わたしの魔力は結構削られている。それに加えて、シュツェーリアの盾を使った選別に意外と時間がかかった。維持し続けるのは、やはり魔力が必要だ。

……これから聖杯を出すわけでしょ。神具を出すためには結構魔力が必要だし、今回の参加者は上級貴族や領主候補生だから、奉納式に使用する魔力も多めだよね？

不安になったわたしは、こっそりと自分用の回復薬を飲んで、扉の前で回復を待つことにする。まさかこれが計算外の原因になるとは、この時は思ってもみなかったのである。

わたしが魔力の回復を待つ間、参加者達の中心ではヴィルフリート、シャルロッテ、ハルトムートが今回の儀式について説明をしていた。複数の御加護を得るためには祈りや儀式が大事なのではないかと仮説が立ったこと、ヴィルフリートやわたしが得た御加護の数、それによって消費魔力量に変化があったこと、ダンケルフェルガーがディッターの儀式で祝福を得られるようになったこと、今回の儀式で神殿の在り方や神事を見直してほしいことなどが語られる。

……これで神殿を蔑視《べっし》する風潮がちょっとは薄れたらいいんだけど。

説明が終わると、ハルトムートがその場に跪くように指示を出した。

「奉納式を行います。その場に跪き、赤い敷物に手を付けてください。そして、神殿長であるローゼマイン様のお祈りを復唱してください」

王族を始め、思い思いに座っていた参加者が跪く体勢になる。ヴィルフリートとシャルロッテが端へ移動して跪くのを確認してから、ハルトムートがシャンと鈴の付いた錫杖《しゃくじょう》を大きく鳴らした。

「神殿長、入場！」

わたしは扉のところから皆が跪く中を中心に向かって歩いた。目の前には祭壇がある。土の女神ゲドゥルリーヒが抱える聖杯を見つめながら神々に祈りを捧げ、シュタープを変化させる。

「エールデグラール」

地下書庫で知った呪文だ。きちんと聖杯に変化したけれど、祭壇を意識しすぎたせいか、魔石の色が透明のままである。神具を作ったのに、わたしの魔力があまり使われていない。

……むーん、ちょっと計算違い？

ハルトムートと二人で聖杯を下に置くと、わたし達も跪いて赤い敷物に手を付ける。

「我は世界を創り給いし神々に祈りと感謝を捧げる者なり」

皆で祝詞を唱え、魔力を奉納する。エーレンフェストの奉納式は少人数だったが、今回は大人数の儀式だ。皆で祝詞を唱え、魔力が流れていく感覚に一体感が生まれるというか、気分が高揚してお祭り気分になる。

そこに、赤い光の柱が立った。皆の魔力が空へ真っ直ぐに伸びていく。ゲドゥルリーヒの赤だ。

「な、何事だ⁉」

「おそらく貴族院のどこかへ魔力の一部が飛んで行くのでしょう。貴族院で儀式を行うといつもなるのです。エーレンフェストではなりませんから、貴族院特有の現象でしょうね」

初めての神事に驚いている王に、わたしは特に不思議ではないことを説明する。ダンケルフェルガーが青い光の柱を立てていることもアナスタージウスから報告されているはずだが、やはり報告で聞くのと自分の目で見るのは違うのだろう。

……百聞は一見にしかず、だよね。

「ここまでです、お姉様！」

赤い光の柱を見ながら魔力を流していると、シャルロッテの悲鳴のような声が聞こえた。

「皆様、床から手を離してくださいませ。そろそろ魔力の厳しい方がいらっしゃるでしょう」

ここまでは順調だった。シャルロッテが儀式を終える合図を送ってくれた時にはもう終わりなんだ、と少し寂しく思っていたくらいだ。

順調でなくなったのは、その直後だった。バタバタと中小領地の上級貴族達が体勢を崩して倒れ始めたのだ。そして、跪いた体勢を維持しているものの、領主候補生が具合の悪そうな顔色をしていて、王族が少し疲れた顔をしている。

……シャルロッテに合図してもらったのに、やりすぎた⁉

「奉納式、お疲れ様でした。礎の魔術に魔力供給をし慣れている王族の方々や領主候補生はまだしも、上級貴族には大変な儀式だったと思います。貴重な魔力を提供してくださった皆様に奉納式への参加賞として魔力の回復薬を準備しています。……ハルトムート、回復薬を」

急いでハルトムートに回復薬を配ってもらうことにしたのだが、皆に見せるための毒見を兼ねてわたしも回復薬を飲むことになっている。ここで「魔力が有り余っているので飲めません」とは言えない。お茶会に持ち込んだお菓子を「お腹がいっぱいだから」と毒見しないわけにはいかないのと同じである。仕方ないので、わたしは魔力が大幅に回復する薬を飲み干した。

……まずい。

味が、ではなく、状況が。

予想外に魔力を使用せずに終わったのだ。このままでは魔力が回復しすぎて溢れるに違いない。王が率先して飲んでくれたことで、当初の予想よりすんなりと皆が回復薬を手に取ってくれる。その様子を作り笑顔で見ながら、わたしは魔力圧縮を始めた。

……いつもの回復薬に比べると回復速度が遅いし、圧縮していけば何とかなる？

魔力の急激な使い過ぎで座ってもいられない学生達にこの魔力を分けてあげたいと思いながら、わたしは必死で増えていく魔力を圧縮する。だが、圧縮だけではどうにもならない。このままでは魔力が溢れてしまう。アナスタージウスとジギスヴァルトが聖杯に魔石の入った網を入れているのを見ながら、わたしは冷や汗を流していた。

……どうしよう、魔力回復が止まらない！

「お姉様、手首のお守りが光っていませんか？」

何気なく近付いてきたように見えたシャルロッテから小声で指摘され、わたしはバッと手首を押さえた。このままではまたしても奉納舞の時の電飾状態になってしまう。

「魔力が回復しすぎているのです。このままではお守りがどんどん光り出すか、突然祝福を行うことになってしまいます。なるべく早く魔力を大量に使いたいのですけれど、どうしましょう？」

小声で問いかけると、シャルロッテは聖杯の中の魔石を覗き込んでいる王族やその周囲を見回し、わたしの手首に目を向けた。

「……皆に癒しを与えるのはいかがでしょう？　それほど不自然ではなく、魔力を消費することができると思います」

シャルロッテの素晴らしい提案にわたしは即座に乗った。勝手に魔力が溢れて祝福テロになってしまって言い訳に四苦八苦するくらいならば、先に説明しながら癒しを与える方が良いはずだ。

……でも、どうしたらいい？

フリュートレーネの杖を出してパァッと癒しをかけてしまえば話は早いが、今は聖杯を出している。しかも、あの中にはまだ魔力がいっぱい詰まっている。いくら何でも、まだ魔石は染まりきっていないはずだ。

……聖杯は消せない。でも、指輪でちまちまと癒しをかけていくのは時間がかかりすぎるし、魔力を大量消費するためにはフリュートレーネの杖を作り出して一気に魔力を使いたい。

「切実に聖杯とは別にフリュートレーネの杖が欲しいです」

「そのようなことができるのですか？」

昔の王様の回顧録に神具の盾と槍を同時に出して使いこなせるようになったという記述があったし、フェルディナンドが以前に風の盾をいくつも出しているのを見たことがあるので、魔力余りの今ならばできるかもしれない。

……というか、できなかったら、王族と他領の領主候補生の前で何もしていないのに魔石が次々とピカピカ光りだしたり、祝福がぶわっと溢れたりしちゃうんだよ。何とか自然な感じで魔力を消費するんだ。頑張れ、わたし。

わたしは手を握ったり開いたりしながら、魔力をどんどんと集めていく。魔力が大幅に回復する薬は効力を発揮していて、どんどん魔力が回復中だ。早く使わなければ危険だ。もう一つのお守りが光った。

……ああぁ！　また一個、お守りが光った！　ヤバい！　ヤバいよ！　シュタープ、来て！　もう一つ、今すぐ来て！　騎士見習いだって盾と武器を同時に使うんだもん。やり方はよく知らないけど、できるはず！

今にも魔力が溢れそうで切羽詰まったわたしの願いが神に通じたようだ。右手にもう一つのシュタープが出てくる。同時に、手首の魔石の光が一つ消えた。シャルロッテが息を呑んだのがわかる。

「できそうなので、行ってきますね」

わたしはシャルロッテから離れ、皆の前に立った。

「魔力は回復するけれど、体力は回復しませんよね？　なかなか動けないようでは困るでしょうし、わたくしも魔力が回復しましたから」

言い訳に聞こえないように気を付けながら、わたしはシュタープを出し、「シュトレイトコルベン」と唱えてフリュートレーネの杖に変化させる。

「未熟で恥ずかしいのですけれど、大勢に癒しを与えるにはフリュートレーネの杖を使わなければ、指輪だけでは難しいのです」

魔力の消費が、とは言わず、わたしはニコリと笑って誤魔化した。儀式に必要な魔力量を測れなかった自分の未熟さが実に恥ずかしい話と言えるのだから、決して嘘は吐いていない。

「ルングシュメールの癒しを」

全力で魔力を込めた祈りと共に杖の魔石から緑の光が噴き出した。先程の儀式と同じように一部の光が柱となって屹立《きつりつ》し、それ以外が部屋にいる皆に降り注ぐ。ルングシュメールの癒しで疲労感は大して消えないらしいが、そんなことはどうでもいい。ひとまず魔力を使うことが大事なのだ。

こうして、わたしは皆から見て目立つほど魔石を光らせることも、突然魔力を祝福のように溢れさせることもなく、皆に癒しを与えることで事なきを得た。

……ホントに焦ったけど、終わりよければ全てよしって、こういう時に使うんだよね？

ふぅ、とわたしは焦りのあまり浮かんでいた汗を軽く拭《ぬぐ》う。

……フェルディナンド様、わたし、シュタープの二刀流ができるようになりました！　いつかはフェルディナンド様みたいにたくさん出せるようになりますからね。

わたしは師匠にちょっとだけ近付けた達成感に浸る。これはお手紙を書いて、「大変結構」と褒めてもらうべき案件ではないだろうか。

神事で無理に魔力を引き出された結果、体内のどこかが傷ついていたのかもしれない。疲労感は消えないと聞いていたルングシュメールの癒しで、中小領地の上級貴族達は跪いた体勢を取ることができるようになっている。わたしがハルデンツェルでエルヴィーラを癒した時との違いを考えていたら、「メスティオノーラ……」という呟きがどこからか聞こえた。

「わかります、ハンネローレ様！　わたくしも同じことを思いました！　あらゆる神具を自在に扱うローゼマイン様は、神々から神具を使うことを許されたメスティオノーラではないか、と」

クラリッサが拳を握って力説を始めるが、そんな話は知らない。わたしだけではなく、ハルトムートも訝《いぶか》しそうにクラリッサを見た。

「神殿の聖典にもそのような話はなかったと思うのですが……」

「ダンケルフェルガーの古い本にはあるのです」

クラリッサの言葉に同意したのはダンケルフェルガーではなく、エグランティーヌだった。

「メスティオノーラが命の神と土の女神の娘であるというお話でしょう？　クラッセンブルクの古い本にも記述がございます。命の神からメスティオノーラを隠すため、闇の神からいただいた夜空の髪に、光の女神からいただいた金色の瞳に姿を変え、最も守りの強い風の眷属に入ったメスティオノーラ……。ローゼマイン様にピッタリですね」

エグランティーヌがおどけたように微笑んだけれど、どう反応すれば良いのかわからない。

「冗談です、ローゼマイン様。そのような困ったお顔をしないでくださいませ」

「……女神にたとえられて困らない者はいないと思います、エグランティーヌ様」

王族で、しかも、光の女神のようなエグランティーヌからメスティオノーラにたとえられても、どう反応しろというのか。困るわたしの前にそっとハルトムートが進み出た。

「そのようなお話があったのですか……。初めて伺いました。一度読んでみたいと思うほどに興味深いお話です」

お礼を述べてハルトムートがその場を上手く収めてくれた。クラリッサと一緒になってハルトムートが騒ぎ出したらどうしようかと思ったわたしは反省しなければならない。優秀なハルトムートにわたしは心の底から感謝した。

残った魔力の使い道

「そろそろよかろう」

ザプリと音を立てて網状の袋に入った魔石が引き上げられる。入れられる前には透明だった大小様々な魔石が全て聖杯の色である赤に染まっている。多くの魔石が魔力を吸って変色している様子をアナスタージウスが皆に見せた。

「儀式で集まった魔力はこのようにしてユルゲンシュミット全体を潤《うるお》すために使うつもりだ」

「其方等の協力に感謝する」

王からの感謝の言葉に皆が誇らしそうに微笑むのがわかった。儀式で魔力を奪いすぎたため、王族の前で倒れてしまった人もいる。わたしは彼等へのお詫《わ》びとお礼を兼ねて情報を開示した。

「領地対抗戦で発表するのですけれど、参加してくださった皆様には先にお知らせしておきましょう。これまでの研究結果から神々の御加護を得るためには礎の魔術に魔力供給をする時、調合や訓練など自分が全力で行動する前後に神々へお祈りをすると良いようです。御加護を得たい神の記号を彫り込んだお守りの魔石などに魔力を込めながらお祈りするのも効果的なようですよ」

わたしがハンネローレに視線を移すと、彼女は微笑みながら自分の手首のお守りを見せてくれた。側仕えが作ってくれたらしいドレッファングーアのお守りである。領主候補生のように礎の魔術にお祈りをする機会がない文官見習い達の目が輝く。

「それならば、神殿へ行かなくてもお祈りができますね」

本当は神殿を改革してほしいのだが、まずはお祈りに慣れることが大事だろう。子供達が御加護を得られるようになれば、少しは神々を祀る神殿にも大人の視線が向くようになるかもしれない。

「お祈りで御加護を得られるとおっしゃいましたが、私はすでに御加護を得るための儀式を終えています。お祈りをしたところで、御加護を増やすことはできません」

発言したオルトヴィーンを始め、参加者はすでに御加護の儀式を終えている者がほとんどだ。そのため、前向きになっていたはずの皆の視線が少し下がる。そんな参加者達の声に応えたのは王だった。ゆっくりと手を上げただけで、皆の注目を集め、ゆったりとした声を響かせる。

「では、卒業式の後でもう一度御加護を得るための儀式を行う権利を与えるというのはどうか？ダンケルフェルガーとエーレンフェストの研究が有効か否か、確認することは必要であろう」

その言葉に皆の表情が明るくなった。オルトヴィーンもやる気に満ちた目になっている。卒業まで数年あるのだ。真面目にお祈りしていれば、御加護を得られる人は出てくると思う。

「さすがに残り日数が少ないですから、今年の卒業生にとっては厳しいでしょう。けれど、アウブ・エーレンフェストは一年ほどのお祈りで縁結びの女神リーベスクヒルフェと試練の神グリュックリテートからの御加護を得て、自領よりも上位領地から見事に愛する第一夫人を得ました。皆様も神々に祈りと魔力を捧げ、目標に向かって全力を尽くしてみてくださいませ」

ジルヴェスターが得た御加護について暴露すると、クスと小さな笑いが漏れる。少しは親しみやすい好印象を与えることができただろうか。

……誤算《ごさん》だらけだったけど、無事に終わってよかったよ。

満足そうに最奥の間から出て行く参加者を見送りながら、ちょっと手を握ったり開いたりして自分の体内の魔力が落ち着いていることを確認し、わたしは胸を撫で下ろした。

「ローゼマイン、一体どのようにして神具を二つも出したのだ？」

参加者が最奥の間から出て行くと、今度は後片付けのためにエーレンフェストとダンケルフェルガーの学生達が中に入ってくる。その様子を見ていると、アナスタージウスに問われた。他の王族も頷いているけれど、「気合いで」と正直に答えたところで信じてもらえるとは思えない。

「……どのようにして、とおっしゃられても、騎士見習い達も盾と武器を同時に使えるのですから、それほど珍しくはないと思うのですけれど」

「それには騎士コースの実技を受ける必要があるだろう？」

……そうだったのか。

「では、先達《せんだつ》がよかったのでしょう。地下書庫にあった昔の王様の回顧録にも神具の盾と槍を同時に出して使いこなせるようになったという記述がございましたし、以前に風の盾をいくつも出している方を見たことがありますから」

ニコリと微笑んで答えてみたが、アナスタージウスのお気に召す答えではなかったらしい。顔をしかめられた。ジギスヴァルトは「其方にとって騎士達の武器や盾と神具が同等の物なのか」と言って穏やかな笑顔を引きつらせている。

「同じ呪文で出てくるのですから、同じで間違っていないと思うのですけれど……」

「ローゼマイン様は……わたくし達とずいぶん認識が違うのですね」

アドルフィーネとエグランティーヌにも完全に引かれたようで、わたしは慌てて口を閉ざす。これ以上余計なことは言わない方が良い。

「でも、癒しは必要だったでしょう？　王族の前で跪くこともできずに倒れるのは明らかな失態ですもの。上級貴族達をあのままにしておくわけにはまいりませんでした」

恥をかかせて、と他領の上級貴族達に思われることを防ぐ必要があった。それに、癒しをかけることで明らかに領主候補生や王族も顔色が良くなったのだ。無駄ではなかったと思う。

「それに、わたくしはツェントに癒しを贈りたかったのです」

「父上に？」

「初対面の時からあまりにもお身体を酷使《こくし》されているように見えましたから……」

顔立ちはアナスタージウスと似ているのに、王の疲れきった雰囲気と消しきれていない回復薬の匂いがどうしてもフェルディナンドを思い出させる。余計なお節介《せっかい》なのは重々承知だが、貴族のポーカーフェイスでも隠しきれない過労を見つけてしまうと、心配になるのは当然だと思う。

「……楽になった。礼を言う」

「ツェントのお役に立てて光栄でございます」

……ここで「栄養を取って、ちゃんと睡眠をとらなきゃダメですよ」と言わずに領主候補生らしい微笑みと言葉で済ませられたわたし、成長したんじゃない？

「それはそうと、この聖杯の中の魔力はどうするつもりだ？」

アナスタージウスが聖杯に残っている魔力をちらりと見た。どうやら王族が持ち込んだ空の魔石が足りなかったようだ。魔力が余ってしまった。当然である。魔力消費のため、わたしがこっそりと聖杯にも魔力を足していたのだから。

「いつまでも聖杯を出しておくわけには参りませんし、王族に献上すると宣言したのですから、貴族院で皆のために使えば良いと思います」

「貴族院で皆のために？　ローゼマイン様には何か素敵な案がございますの？」

アドルフィーネが興味を引かれたように琥珀《こはく》色の瞳でじっとわたしを見つめる。エグランティーヌも橙《だいだい》色の目でわたしを見た。

「図書館に使いましょう。本来は上級文官三人と中級文官数人が魔力を注いで運営するはずなのに、何年間も中級貴族のソランジュ先生お一人だったことで、保存書庫から保存の魔術さえ失われていたそうです。貴重な資料が朽ちては大変ですもの」

今は中央騎士団長の第一夫人であるオルタンシアが頑張ってくれているようだが、まだ上級貴族二人分も足りていない。わたしはシュバルツ達の管理者変更を避けるため、それから、ジギスヴァルトからの命令があるため、図書館には近付けない。

「貴重な資料の保存のために魔力を使うこと。それから、わたくしが図書館に入る許可をいただとう存じます」

王族にとって重要な資料がある書庫の存在を知ったからだろう。少し考えた後、王は頷いた。

「ふむ。残りの魔力は図書館に使うが良い。これから王族が全員で図書館へ移動するわけにはいかぬ。アナスタージウスとエグランティーヌがしっかりと見届けよ」

「かしこまりました」

「後は任せる。我々は一足先に戻るからな」

王族と中央騎士団はぞろぞろと退室する。王がいたら片付けも進まないので、空気を読んでくれたのだろう。わたし達は全員で跪いて王を見送り、その後の予定について話し合う。

「では、アナスタージウス様。わたくしから図書館へオルドナンツで先触れを送っておきますね」

エグランティーヌの声にアナスタージウスが「あぁ、頼む」と甘い笑みを見せた。もちろん、甘い笑顔は妻専用で、こちらを向いた時には普通の顔になっている。

「ダンケルフェルガーからはハンネローレに来てもらう。そちらの見届け役も必要であろう？」

「わ、わたくしがご一緒するのですか？　こういう場合はお兄様の方が……」

指名されたハンネローレがビクッとしたけれど、レスティラウトは軽く手を振った。

「書庫の鍵の管理を任されている其方の方が適任だ。私はダンケルフェルガーの責任者としてここの片付けを見届ける」

レスティラウトの言葉に頷いたハンネローレが図書館へ連れて行く側近の選別を始めたので、わたしも自分の側近を見回す。

「マティアスとラウレンツに聖杯を持ってもらうので、二人以外は護衛として同行してください。側仕えはリヒャルダとブリュンヒルデを連れて行きます。リーゼレータとグレーティア、それから、文官見習い達はここでハルトムートのお手伝いをしてください」

「かしこまりました」

貴族院の側近達は即座に頷いたのだが、ハルトムートだけは衝撃を受けた顔になっていた。

「ローゼマイン様、私もぜひ図書館へ同行いたしたく……」

「あら、ハルトムートは神具を管理するために来た神官長ですもの。ここから離れるわけにはいかないでしょう？……それに、クラリッサと過ごせる時間は短いのですから、この機会にほんの少しでもお話をすると良いですよ」

わたしがせっかく気を利かせてあげたのに、何故かハルトムートはとてもガッカリした顔になった。図書館に魔力を注ぎに行くだけで儀式なんてしないのだから、片付けに専念してほしい。

「ヴィルフリート兄様はエーレンフェストの責任者として、こちらを見届けてください。そして、全てが終わったらヒルデブラント王子に連絡を入れて、扉を閉ざしてもらってくださいね」

「わかった」

わたしはヴィルフリートとシャルロッテに後を任せて図書館へ出発する。相変わらず歩くのは遅いけれど、ハンネローレ達にあまり引き離されないように頑張った。

「奉納式の魔力が余ったので、図書館に使えるようにツェントから許可をいただいたのです」

わたし達が聖杯を持って行くと、オルタンシアとソランジュはとても歓迎してくれた。図書館の魔力不足はかなり深刻なようだ。

「よろしければ、こちらに魔力を注いでくださいませ。どうやら図書館の運営に最も必要な魔術具らしいとわかったのですが、わたくし一人の魔力では足りないようなのです」

図書館に存在する魔術具にどのような物があるのか、オルタンシアはライムントから色々と質問されたらしい。着任したばかりで詳しくなかった彼女は、日常業務のほとんどをソランジュとシュバルツ達に任せて、図書館の構造や魔術具をライムントと一緒に調べていたそうだ。

「昔の司書の日誌を見ながら魔力を注ぐ魔術具を調べたところ、上級司書がいなくなってしまってから何年も放置されていた魔術具が図書館の運営に最も大事であることを突き止めました。そして、今日、その魔術具の魔力の残量を計算した結果、あと一年と持たずに魔力が尽きるかもしれないという結論が出ました。明日にでも王族に相談する予定だったのです」

「では、早速魔力を注ぎましょう」

オルタンシアに指示されるまま聖杯を運び込み、大きな魔石にゆっくりと魔力を注いでもらう。マティアスとラウレンツが傾けた聖杯から赤い液体が流れ出し、注がれていく。大きな魔石の上に垂れる液体は零れることなく、魔石に吸い込まれていった。

それに伴い、透明に近くなっていた魔石がゆっくりと虹色に変化していく。注いだ液体は赤だったはずなのに何故だろう？　と思いながらわたしは魔石を睨んでいたが、よくわからない。

疑問に首を捻《ひね》るわたしと違って、オルタンシアが安堵したような息を吐いた。

「色が回復していきます！　わたくし一人ではいくら魔力を注いでも全く変化が見られなかったのです。最悪の場合、自分の任期中に図書館が活動を停止してしまうかもしれないと恐れていたくらいです。本当にありがとう存じます」

ソランジュも「これで安心ですね」と喜んでいる。

「今日の奉納式は王族を始め、たくさんの領主候補生や上級貴族が参加していましたから、魔力もたっぷりなのです。図書館の役に立てて、わたくしも嬉しいです」

聖杯から全ての魔力を注ぎ切ったことを確認したアナスタージウスとエグランティーヌが軽く頷き、わたしは空っぽになった聖杯を「リューケン」で消した。予想外にわたしは図書館の役に立てたことに満足する。

オルタンシアとソランジュだけではなく、帰り際のシュバルツ達もぴょんこぴょんこと跳ねながら喜んでくれた。

「ひめさま、まりょくたっぷり」

「じじさま、おおよろこび」

シュバルツ達の今のひめさまはオルタンシアのはずだ。だから、わたしはシュバルツ達の言葉を聞いて、彼女が図書館のために頑張っていたと理解し、素直に感心した。

「オルタンシア先生にたくさん魔力をいただけて、シュバルツもヴァイスもよかったですね」

「わたくしの魔力など、図書館に必要な量を考えるととても少ないですよ」

王族のお見送りのために出て来ているオルタンシアは謙遜《けんそん》してそう言ったけれど、図書館のために頑張る人はいい人に違いないと思う。

「それより、じじさまとは何だ？」

オルタンシアと微笑み合っていると、空気を切るようにアナスタージウスが言葉を発した。グレイの瞳に問われて、オルタンシアとソランジュは顔を見合わせる。王族に答えられるような返答を持っていないのだろう。代わりに答えたのはシュバルツ達だ。

「じじさまはじじさま」

「ふるくてえらい」

わたしが以前に聞いた答えと全く同じである。ぴるっと耳が動いたのも可愛い。だが、相変わらず意味不明だ。王族ならば「じじさま」に何か思い当たることがあるのか、とわたしはアナスタージウスとエグランティーヌを見上げたけれど、二人とも理解できないような顔をしている。

「……何だ、それは?」

アナスタージウスはシュバルツ達から情報を得ることを早々に諦めたようで、再度司書の二人に視線を向けた。二人は何と答えたものか困っている。

「ソランジュ先生はシュバルツ達より古い魔術具かもしれない、とおっしゃいましたよね?」

わたしの言葉にソランジュが頷いた。

「えぇ。けれど、はっきりとしたことはわかりませんよ、ローゼマイン様。もしかしたら、シュバルツ達のように名前で呼ばれていた魔術具があったのかもしれないと思ったのです。けれど、資料に記述する時はそのような愛称ではなく、何のための魔術具なのか、用途で記すため、じじさまと呼ばれていた魔術具があるかどうか調べるのは難しいかと存じます」

愛称が廃《すた》れた時に何の魔術具について記述されているのかわからなくなるのを防ぐため、資料は愛称では書かれていないらしい。

「あら? でも、以前にお借りした司書の日誌にはシュバルツ達はそのままの名前で書かれていましたけれど……」

「あれは公《おおやけ》に保存するための資料ではなく、私的な日記ですから」

私的な日記はほとんど残っていないそうだ。最近ライムントと一緒に魔術具について調べていたオルタンシアも記憶を探るように少し上を向く。

「わたくしも図書館にある魔術具について調べていましたけれど、じじさまという名称は出てきていません。ただ、本日魔力供給したことで、じじさまが喜んだのでしたら、あの魔術具がじじさまなのではないでしょうか」

「なるほど。何の魔術具だ？」

「図書館の礎ともいえる魔術具です。シュバルツ達よりも古い時代に作られていることは間違いないと考えられます」

「礎ならば、確かに古くて偉い魔術具であろう」

納得したようにアナスタージウスは頷いてそのまま帰ろうとした。わたしは慌てて声をかける。

「アナスタージウス王子、地下の書庫にはいつ行くのですか？　いらっしゃる日を告知しておかなければ、図書館側の準備もございますよ」

王の許可を得て図書館に入れるのだ。わたしはわくわくしながら次の予定を尋ねる。けれど、アナスタージウスは少しだけ眉を動かして、「予定はない」とすげなく言い切った。

「どうしてですか？　今回の儀式で神事や御加護の重要さを認識したのでしたら、貴重な資料がたくさんある書庫を調べるのは最優先になるはずではございませんか」

一体何のために王族を今回の儀式に巻き込んだのか。周囲の不平不満を抑えるためでもあったけれど、わたしの真の目的は、儀式の重要性を知ってもらって「地下の書庫にある貴重な資料をぜひ調べなければ！」と言ってもらうためだったはずだ。

……儀式は恙《つつが》なく終わったのに、なんで⁉　どこで計算を間違えたの⁉

「しばらくは忙しい。預かった魔力でユルゲンシュミットを潤さねばならぬ」

皆からたくさんの魔力を預かった時点で王族が忙しくなるのは当然のことだった。資料を読むより先に魔力供給しなければならないのは、王の顔色からも明らかである。資料よりも魔力供給をして一息吐きたいと思うだろう。

……のぉぉぉっ！　痛恨《つうこん》の計算ミスッ！

王族に協力を要請されて頻繁に書庫に入ろう計画がガラガラと音を立てて崩れていく。

「ツェントは図書館へ行く許可をくださるとおっしゃったのに……」

「今、来ているではないか。あの書庫に今日行くとも、期日を決めてくるとも父上は約束しなかったはずだ」

……言質を取り損ねてる！　詰めが甘いよ！　わたしのバカバカ！

落ち込んだわたしを見て、エグランティーヌが優しく微笑む。

「ローゼマイン様がおっしゃる通り、古い文献を見直すことも大事なのですけれど、今の時期に魔術具や神具に魔力を供給することは来年の収穫に大きな影響を及ぼします。ですから、春になる前に魔力供給を大急ぎで行わなければなりません。しばらく我慢してくださいませ」

「わかりました」

これでもわたしは神殿長である。冬の奉納式がどれほど大事なのかはわかっている。書庫には入りたいけれど、とてもとても入りたいけれど、我慢するしかないようだ。

「ローゼマイン、其方、エグランティーヌに対するものと態度がずいぶん違うのではないか？」

「そんなことはありません。王族の方々が中央神殿に神事を任せているならば、書庫で資料を確認することを優先させてほしいと思いますけれど、王族が魔力供給を行うならば、神殿長として邪魔するわけには参りませんもの」

しょんぼりはするけれど、我慢はできる。許可がなければ入れないのだから仕方ない。

「いずれ書庫に入らねばならない時は来る。其方等は余計なことを考えず、余計なことをせずに、研究発表の準備を進めておけ。よいな、エーレンフェスト。それから、ダンケルフェルガー」

アナスタージウスの目はわたしだけではなく、ハンネローレにも向いた。突然話を振られたハンネローレが一瞬ビクッとする。

「本日の儀式で光の柱を目撃した者は多数になった。光の柱に関する苦情や問い合わせをこちらではもう受け付けぬ。ダンケルフェルガーで処理しろ」

ディッターをする余裕はあるのだろう？　と言われたハンネローレが縮《ちぢ》こまるようにして、「かしこまりました」と返事をしている。ディッターをしているのは騎士見習い達なのに、注意されるのがハンネローレだなんて可哀想《かわいそう》すぎる。

「一度講堂に戻り、片付けが終わっているのか確認するとしよう」

アナスタージウスがそう言って歩き出した。

「もう終わっているようだな？」

講堂に残っているのは、わたしの側近とクラリッサくらいだった。ハルトムートとクラリッサが熱く語り合っているのが遠目でもわかり、わたしの側近達は少し遠巻きに二人を見ている。

ハルトムートは今日の儀式のために特別に許可を得てやって来た神官長で、本来ならば貴族院に関わることがない成人である。婚約者とはいえ、さすがにハルトムートとクラリッサを二人きりにするわけにはいかないだろう。

……できることなら放っておきたいという皆の心情が透けて見えるけどね。

わたし達の到着に逸早《いちはや》く気付いたリーゼレータが、こちらへ来て現状の報告をしてくれる。

「全ての片付けを終えた後、ヒルデブラント王子に連絡し、最奥の間の扉を閉ざしていただきました。他の者は解散し、今は二人の語らいを邪魔することなく見守るため、ここに残っているのはローゼマイン様の側近だけになっています」

「大変なお仕事を残してしまってごめんなさいね、リーゼレータ」

ハルトムートは上級貴族で、それ以外に残っている側近は中級と下級貴族である。誰もハルトムートとクラリッサを止められなかったのだろう。

……リヒャルダを置いて行けばよかったかも。

ちょっと反省しているわたしを見下ろしながら、アナスタージウスは「ならば、我々の仕事は終わりだ」と呟き、柔らかい笑顔でエグランティーヌに向かって手を差し伸べる。

「戻ろう、エグランティーヌ」

「はい、アナスタージウス様」

王族の二人は講堂の状況を確認すると、さっさと自分達の離宮へ戻って行く。エグランティーヌのエスコートをしているアナスタージウスはご機嫌だ。

仲良し新婚夫婦を見送った後、わたしは二人の世界を繰り広げている恋人達に目を向けた。

「ハルトムート、クラリッサ。わたくしも愛し合う恋人達を引き裂くようなことを口にするのは心苦しいのですけれど、そろそろ六の鐘が鳴ります。寮へ戻りましょう」

わたしが声をかけると、完全に二人の世界に浸っていた彼等がこちらを向いた。

「ローゼマイン様……。仕方がありません。今日はここまでのようです」

「わたくし、もっと語り合っていたいです」

ハルトムートの袖をつかんだクラリッサの青い瞳が熱っぽく潤《うる》んで、恋人との別れを惜しんでいる。ハルトムートも至極《しごく》残念そうな顔でクラリッサを見つめながら、「私も同じ気持ちです」と微笑んだ。

「これほどローゼマイン様について語り合える時間が楽しかったのは初めてです」

見つめ合う二人の世界にはお互いの姿しか映っていないのがよくわかる。図書館へ同行することを断られてガッカリしていた顔はもうどこにもない。

どうしようかと思っていると、ハンネローレが「コルドゥラ」と少し振り返って自分の側仕えを見上げた。指名されたコルドゥラが「では、僭越《せんえつ》ながら……」と静かに前へ出てくる。

「クラリッサ、このままではエアヴェルミーンを失ったエーヴィリーベになりますよ」

コルドゥラに声をかけられた瞬間、クラリッサがパッとハルトムートの袖から手を離して、ハンネローレの側近達の最後尾に並んだ。目を瞬くわたしにハンネローレがニコリと微笑む。

「クラリッサが大変失礼いたしました、ローゼマイン様」

「いいえ、わたくしこそお手数をおかけしました」

領地対抗戦の研究発表についてまた話し合いましょうねと約束をして別れると、わたしとハンネローレはそれぞれの寮へ戻った。

お茶会と交渉

「ハルトムート、急いでエーレンフェストに戻らなくては六の鐘が鳴りますよ」

基本的に六の鐘が鳴ったらお仕事は終わりである。緊急事態のために転移の間に騎士は詰めているけれど、時間外はよほどの理由かアウブの連絡がない限りは動いてくれない。

そして、成人であり、神官長であるハルトムートの貴族院滞在は儀式を行う今日しか許可されていない。間に合わなければ罰されるのである。

神具の詰まった箱の数々を載せたワゴンと共に、神官服のハルトムートを転移の間に放り込む。

「わたくし達の儀式用の衣装は清めてから後日送ります、と養父様に伝えてくださいませ。それと、ハルトムートからも本日の儀式に関する報告書を提出してくださいね」

「かしこまりました」

実に慌ただしかったけれど、無事にハルトムートは時間内に転移することができた。見送って自室に戻った時、ちょうど六の鐘が鳴り始める。

「夕食の時間ですよ、ローゼマイン様。お召し替えをしましょう」

リーゼレータとグレーティアに神殿長の儀式服を脱がせてもらい、寮内で動くための普段着に着替えた。わたしが食堂へ向かうと、ヴィルフリートとシャルロッテはすでに食べ始めている。

「遅かったな、ローゼマイン」

「図書館の礎の魔術具に皆の魔力を供給したのですけれど、普通の学生が入るところではないため、場所が少し遠かったのです。でも、楽しかったですよ。たくさんの魔術具があって」

ライムントからの報告で有益な魔術具があれば、自分の図書館にも導入するつもりだ。

「お片付けの方はどうでした？」

「これといって報告しなければならぬようなことは……。あぁ、ダンケルフェルガーのレスティラウト様からお茶会の要請を受けている。今回の儀式も含めて共同研究をまとめたり、領地対抗戦における発表の仕方などを決めたりしなければならぬ」

わたしもハンネローレと約束したけれど、男同士でも同じ話をしていたようだ。わたしが「いつが良いでしょう？」と側仕え達を見回していると、シャルロッテがクスクスと笑った。

「お姉様、お兄様はレスティラウト様と……」

「シャルロッテ！」

何かを言いかけたシャルロッテの声に、ヴィルフリートの少し慌てたような声が重なった。まるで麗乃時代のわたしにいかがわしい本の隠し場所を知られて、お母さんには知られまいと必死に隠そうとしていた幼馴染みのような姿にピンときた。

「ヴィルフリート兄様はどこに隠しているのですか？　寝台の下はありきたりですよ」

「何の話だ、ローゼマイン？」

全く理解できないという顔をされて、あれ？　と首を傾げる。ピンときたと思ったのに、完全に的外れだったようだ。わたしがシャルロッテに視線を向けると、説明してくれる。

「別に隠す必要などありませんよ、お兄様。むしろ、きちんと報告しなければならないことではありませんか。次のお茶会でレスティラウト様は描かれた絵をいくつも持って来てくださるそうです。その中から本の挿絵に相応しいと考えられる絵を買い取ってほしい、ということでした。少しでも早く挿絵の入ったディッター物語を読みたいそうです」

シャルロッテの言葉にヴィルフリートが少し不満そうな顔になる。

「レスティラウト様がカッコイイ絵に仕上がったとおっしゃったので楽しみだったのだが、ローゼマインは男心を解さぬからな。報告するのは少し躊躇《ためら》ってしまうのだ。それに、お茶会の話が出れば、側仕えから伝わることではないか」

不満そうなヴィルフリートの言葉に、わたしは溜息を吐きたくなった。

「絵の買い取りは貴族院で行われることですけれど、寮の費用ではなく、わたくしの予算か、印刷業の予算から出ることになるのです、ヴィルフリート兄様」

「ぬ？」

「どこから予算を出すのかエーレンフェストと話し合いが必須で、お金を出すにも書簡でやり取りすることになるので時間が必要なのですよ」

レスティラウトからイラストを買うことになった時に、ある程度エルヴィーラと手紙のやり取りはしている。けれど、明確ではないのだ。まず、レスティラウトのイラストが挿絵として使えるレベルにあるのかないのかで変わる。挿絵として使えないレベルであれば、わたしの私費で買い取って、ダンケルフェルガー向けに少数印刷して売り出す。広く売り出せそうならば、印刷業の予算で買い取ることになり、お金を出してもらうにはエルヴィーラの決済が必要だ。

「本に関する費用は全て其方が出しているので、そのようになっているとは知らなかったな」

わたしの私費はフェルディナンドがいなくなった今、ハルトムートが管理している。自由にできる金額があっても、手元に現金があるわけではない。

「ですから、きちんと報告してくださいませ」

「その言葉を其方に言われるとは……。其方も報告はきちんとするのだぞ。今日のことにしてもそうだ。あのように大規模な癒しを行う予定はなかったではないか。何故、そのようなことになったのだ。報告が必要ではないか。適当に省略せず、きちんと父上に報告するのだぞ」

ヴィルフリートへのお説教はそのまま自分に返ってきて、わたしは肩を落とした。

エーレンフェストに報告書を送った後、わたしは疲れから熱を出して寝込んだ。寝込んでいる間にもダンケルフェルガーとのお茶会の予定が着々と決まっていく。どのようなことが決まったのか、予算に関してどうするのか寝台の中から尋ねると、リヒャルダに呆れた目で見下ろされた。

「姫様はダンケルフェルガーとのお茶会までに体調を整えてくださいませ」

「儀式の後にお茶会の予定を入れなくて正解でしたね」

リヒャルダとブリュンヒルデがわたしの体調をよく観察しながらダンケルフェルガーとの予定を立てているのを見ていると、フィリーネとミュリエラが報告に来てくれた。

「エルヴィーラ様からお金が届きました。ローゼマイン様の私費だそうです。これでレスティラウト様の絵を購入できますね」

良い絵だったら、改めて印刷業の方で買い取ってくれるらしい。

「ですから、ローゼマイン様は早く体調を整えてくださいませ」

わたしが動けるようになったのは二日後だ。寝込む時間がちょっと短くなった気がする。丈夫になったと感動しながら食堂で食事を摂り、多目的ホールで寝込んでいた間の報告を聞いた。

「お姉様が寝込んでいらっしゃる間、わたくしとお兄様はグンドルフ先生の研究室にお招きされていました。御加護を得るためにドレヴァンヒェルでは皆が本当に真剣でございましたよ」

「うむ。これだけ早くに全員がお守りを準備している領地など他にないのではないか」

ヴィルフリートも真剣な目で頷いた。二日と経《た》たずに全員にお守りを配布できる、少なくともそのための素材が与えられるというのはすごいと思う。

「ドレヴァンヒェルが大領地として君臨《くんりん》できる理由がよくわかりますね」

「あぁ。エーレンフェストは事前に情報があったにもかかわらず、誰も神々の印を刻んだお守りを持っていない。そして、同じように儀式を経験した文官見習いがいるのに、皆に広げてお守りを作ろうとする動きも見えないであろう？　この差はとても大きいと思うのだ」

奉納式に参加できたエーレンフェストの文官見習い達は基本的にヴィルフリートとシャルロッテの側近ばかりだ。わたしの文官見習い達は中級と下級なので参加できていない。

「今、イグナーツとマリアンネに調合室でお守りを作らせている。事前情報があっても上手く使えていないのだ。正直なところ落ちこんだぞ、私は」

同じ年のオルトヴィーンと違って上手く皆を導けていない、と呟くヴィルフリートにシャルロッテが「すぐに身につくことではございませんよ、お兄様」と慰めの言葉をかける。

「わたくしは明日、中位領地とお茶会の予定がございます。他領の方々の反応を見てまいりますね。お兄様とお姉様はダンケルフェルガーとのお茶会を頑張ってくださいませ」

シャルロッテの言葉にわたしはコクリと頷いた。

お茶会当日。わたしは約束の時間にヴィルフリートとダンケルフェルガーのお茶会室へ向かう。レスティラウトやハンネローレと挨拶を交わし、席を勧められる。いつも通りの流れだと思っていたら、レスティラウトが自分の側近に何やら合図をした。

「では、こちらを見てほしい」

「お兄様、絵は研究のお話の後と……」

「こちらを先に済ませた方が集中できるではないか」

軽く手を振ってハンネローレの言葉を遮ると、レスティラウトは文官見習いに十枚ほどのイラストを並べさせた。わたしとヴィルフリートが見やすい位置に白黒のイラストが並ぶ。

「白黒の加減がどのようになるのかわからないので、こちらで選ぶよりも其方に選んでもらう方が良いと判断した。本にするのに良い物を選べ」

騎獣に跨《またが》り、武器を構える騎士の姿が大きく描かれ、マントの翻る音が聞こえそうな迫力のあるイラストが一番に目に入った。ヴィルマの挿絵を参考にしたのだろう。ある程度線が整理された白黒のイラストがそこにある。けれど、優しくて柔らかい印象のヴィルマのイラストとは違って、宝を巡って争うディッターの様子が生き生きと描かれている。

……正直なところ、レスティラウト様の絵の才能をなめてたよ。

ハンネローレが「嗜《たしな》み」ではなく「得意」と言った時に察するべきだった。レベルが段違いだ。

「すごいですね。想像以上です」

わたしが見ているイラストを覗き込んで、ヴィルフリートが深緑の目を輝かせた。尊敬の眼差しでレスティラウトを見つめて褒めちぎる。

「素晴らしいです、レスティラウト様！　このような挿絵があれば、ディッター物語はもっと面白くなるでしょう。ローゼマイン、そう思わぬか？」

「えぇ。素晴らしいと思います。ただ、絵を印刷する上でガリ切りという工程があるのですが、それを他者の手に委《ゆだ》ねると多少雰囲気が変わると思います。それもご了承いただけますか？」

わたしの言葉にレスティラウトがわずかに眉間に皺《しわ》を刻んだ。

「……雰囲気が変わるというのはどういうことだ？」

「技術の流出を防ぐために詳しい説明はできませんが、印刷する過程で他者の手が入ります」

わたしの説明にレスティラウトはハッキリと顔をしかめた。芸術家肌の彼はやはり他者の手が入ることを許容できないようだ。

「その工程を私が行えばよかろう」

「いいえ。技術の流出を防ぐため、それは受け入れられません。今のところ、エーレンフェストでは絵を買い取り、こちらで印刷することにしています。他者の手が入ることを拒《こば》まれるのでしたら、レスティラウト様の絵は買い取りいたしかねます」

誰のイラストを買い取っても、エーレンフェストの工房でガリ切りをする予定だ。側近にしたり、結婚したりしてエーレンフェストに移住した場合を除いて、ガリ切りを他領の者にさせるつもりはない。特に上位領地の領主候補生であるレスティラウトは尚更《なおさら》だ。

買い取りをしないという言葉に慌てたのは、レスティラウトではなくヴィルフリートだった。

「だが、ローゼマイン。これほど素晴らしい絵は他に得られぬぞ！　ディッター物語をより良くするためにもこれは買い取るべきだろう？　レスティラウト様には技術の流出をせぬように契約してもらい、その工程を行っていただければ良いではないか」

よほどディッター物語とレスティラウトのイラストに思い入れがあるらしい。ヴィルフリートが本にのめり込んでくれるのはありがたいし、嬉しいけれど、今はちょっと困る。

「ヴィルフリート兄様、素敵な絵と印刷しやすい絵は別物です。エーレンフェストにとって必要なのは印刷しやすい絵。それが素敵であればより良いのですけれど、いくら素敵であっても印刷できない絵では買い取る意味がありません。正式な本の売り出しさえ始まっていない現時点で、ダンケルフェルガーのような大領地に研究されて印刷技術を奪われるのは困りますもの」

レスティラウトは「なるほど。そういうことか」と納得したようだが、ヴィルフリートはまだ諦めきれないようだ。縋《すが》るような目でイラストとわたしを交互に見る。

「せっかくの、これほどの絵が……」

「えぇ。これほど素晴らしい絵です。エーレンフェストで本が売り出された後で立派な革の表紙を付けて製本する時に、レスティラウト様の絵を入れると素晴らしい本に仕上がると存じます」

「それでは、わ……他の者が見れぬではないか」

私が、と言いかけた言葉を呑み込む様子を見て、わたしは軽く肩を竦める。

「仕方がありません。技術の流出が一番の心配事ですもの。第二位のダンケルフェルガーに今の時点で技術を奪われてしまっては、エーレンフェストではとても対抗できないでしょう？」

ガリ切りはガリ版印刷の要《かなめ》である。見る目のある人が見れば、孔版《こうはん》印刷の原理がわかるかもしれない。それに、ロウ原紙も、ガリ切り用の鉄筆《てっぴつ》も、やすりも、全てグーテンベルク達が頭を寄せ合って、技術を磨《みが》き上げて時間をかけて作り出し、改良してきた物だ。簡単に奪われるわけにはいかない。いずれは印刷業を他領に広げていくことになるけれど、それは本さえ売りに出ていない今ではない。もっとエーレンフェストの立場が安定してからの話である。

それに、「ダンケルフェルガーの領主候補生ならばガリ切りまで自分で行えるのに、こちらには許可しないのか」と他領からクレームが来ても困る。全員を契約魔術で縛《しば》っていく方が大変だし、コストがかかりすぎる。何事も最初が肝心なのだ。わたしはエーレンフェストに引き込める腕の良い絵師がほしいのであって、領主候補生のイラストがほしいわけではない。

「それに、ペンで描くのと、印刷するのはどうしてもまるきり同じではありません。ですから、他者の手が入ることを許せないのならば、印刷して仕上がった物を見た時にも苦情をいただくことになると思います」

麗乃時代のコピー機でさえ、完全に同じではなかった。薄すぎる線が出なかったり、逆に小さな埃の影が妙な線になって写り込んだりした。このイラストは白黒でも映えるように描かれてはいるけれど、細かい線が多い。ガリ版印刷すれば、印象が変わることは避けられないだろう。

「初めて他領から買い取った絵に対する評価がレスティラウト様からの苦情では、印刷業に対する印象も悪くなります。それならば、最初から買い取りしない方が、レスティラウト様も不愉快《ふゆかい》にならず、エーレンフェストも困りません。お互いのためではありませんか」

「そうだな……」

ヴィルフリートが至極残念そうに引き下がる。それに少し安堵して、わたしは興味深そうにこちらを見ているレスティラウトの赤い瞳を真っ直ぐに見て尋ねた。

「以上のことを踏まえた上で、レスティラウト様はこれらの絵をエーレンフェストに売ってくださいますか？」

彼はこちらを見極めようとじっと見つめていた赤い目を少しだけ笑みの形にする。

「エーレンフェストの意見は理解した。他者に委ねられるかどうか考えた上で返事をしよう」

「レスティラウト様の絵は本当に素敵ですから、良いお返事を期待しています」

わたしは営業用スマイルでイラストに関する話を終えた。レスティラウトが軽く手を振ると、文官見習い達がイラストを片付け始める。

それを見ながらレスティラウトがお茶を一口飲み、わたしとヴィルフリートを交互に見た。

「イラストの話が終わったならば、共同研究の発表について決めておきたい。領地対抗戦での発表はどちらでどのように行うつもりだ？」

レスティラウトによると、共同研究の場合はそれぞれの場所で同じように展示をしても大領地にしか客が足を運ばないらしい。そのため、下位の領地で発表させることもあるそうだ。

「今回の研究で共通するのは、騎士見習いやダンケルフェルガーの学生達を対象に行った聞き取り調査の部分だけです。実際に自分達の領地で行っている儀式には大きな違いがあるので、両方で展示すれば良いと思います。ねぇ、ヴィルフリート兄様？」

「そうだな。……ダンケルフェルガーでは儀式で祝福を得るための光の柱を立てることにも成功していると聞いているので、そちらの記述も行うでしょう。エーレンフェストはエーレンフェストの儀式について発表することにすれば、どちらかに見物人が偏ることもないと思います」

わたしとヴィルフリートの言葉にハンネローレがホッとしたように微笑んだ。共同研究においてどのように発表するか、ということは領地対抗戦にやってくる大人の印象に大きな違いが出るため、一番揉《も》める部分になるらしい。

「では、共通する部分は文官の打ち合わせで行い、それ以外はそれぞれの領地で自由に行うということでよろしいですか？」

ハンネローレの確認にヴィルフリートとわたしは同意する。その場にいる文官見習い達に視線を向ければ、共同研究に関わっている者達は承知したように頷いた。

……ライムントの研究はアーレンスバッハ側で行うことになっているから、後はドレヴァンヒェルとの交渉をどうするか、だね。

エーレンフェストは素材を提供しているだけで、あまり研究に貢献できていないみたいなので、基本はドレヴァンヒェルに任せた方が良いかもしれない。わたしとしては研究結果がわかって、魔木から作られた紙の需要が増えればそれで良いのだ。

「予想外に早く話し合いが片付いたな。……ふむ、ゲヴィンネンでもどうだ？」

女性のお茶会はお茶とお喋りでいつまでも続くが、男にとっては退屈なものに分類されるらしい。レスティラウトは決めるべきことを決めてしまうと、ヴィルフリートをゲヴィンネンに誘った。

ヴィルフリートはゲヴィンネンが結構得意なようで、よくドレヴァンヒェルのオルトヴィーンと勝負していると聞いている。大喜びの顔で頷いた。

「去年は負けましたが、レスティラウト様が卒業されるまでに一度は勝ってみたいと存じます」

「残念だが、オルトヴィーンにも負けることがある其方ではまだ私に勝つのは無理だ」

フンと鼻を鳴らしたレスティラウトの言葉にヴィルフリートが闘志を燃やした顔になる。

ダンケルフェルガーの側近達がにわかに動き始め、すぐに別のテーブルにゲヴィンネンが準備され始めた。最初から時間が余ればゲームをする予定だったのだろう。側仕え達の動きにはほんの少しも慌てた様子がない。

お菓子を食べながら準備ができるのを何となく見ていると、テーブルに並べられるゲヴィンネンの青い駒が目に入る。そこで初めてわたしはダンケルフェルガーのお茶会室に飾られている青いクリスタルのように澄み切った彫刻がゲヴィンネンの駒を模していることに気付いた。

「ダンケルフェルガーはディッターだけではなくゲヴィンネンも愛好されていらっしゃるのですね。あちらの置物はゲヴィンネンの駒でしょう？」

「え？　えぇ。その、ディッターの反省会をする時にゲヴィンネンを利用するのです」

ハンネローレが少し恥ずかしそうにそう言った。なんとディッターが大好きなダンケルフェルガーでは試合の前後に儀式を行い、更に反省会まで行うらしい。一年間でディッターのために使う時間はどれくらいになるのだろうか。

「何の神具かわからなくても、フェアフューレメーアの杖が伝わっているのですもの。儀式とディッターを大事にしていなければ、とても残りませんよね」

「神具といえば……。昨日、わたくしが参加した上位領地が集まるお茶会では、先日の儀式の話題でずいぶんと賑《にぎ》わっていたのですよ。直接参加していない方も参加した方からお話だけは聞いていたようで……」

ハンネローレによると、奉納式の参加者は初めての神事にとても衝撃を受けたそうだ。皆で一つのことを行う一体感、聖杯から立ち上がる光の柱など、日常では味わえない衝撃的な出来事だったらしい。参加できなかった者は、次の機会があればぜひ参加したいと考えているようだ。

「ツェント・トラオクヴァールから直接お言葉を賜るなど、最優秀でも獲得しない限り、難しいでしょう？　皆様、感激されておいでした。それから、ローゼマイン様の神々《こうごう》しいまでのお姿に心打たれた方も多かったようです」

……神々しい？　何それ？

ハンネローレはどことなくうっとりとした様子で、傍から見ていた儀式の様子を教えてくれる。儀式中のわたしは次々と神具を出し、皆が体験したことがない神事を行い、魔力回復と癒しまで行う聖女だったらしい。貴族らしく、何事もないように振る舞えていたようだ。

……えーと、つまり、魔力が漏れそうになってオロオロしながら何とか回避《かいひ》しようとしていたことはバレてないいってことだよね？　わたし、マジ成長してる！

「お祈りをするためのお守りを作るのが流行し始めているようですし、ローゼマイン様と同じように神具を扱うことができないか、考えている方々もいらっしゃるようです」

一気にたくさんの者を癒したフリュートレーネの杖を扱えるようになりたいと考える者、ライデンシャフトの槍を得ようと奮闘している者がいるそうだ。

「けれど、まだ神具を作り出すことに成功した者はいません。シュタープで作り出した今まで通りの槍で、儀式の時に魔力を打ち出すのが一番安定して祝福を得られるようです」

けれど、青く光るライデンシャフトの槍を持ちたくて仕方のない者もいるらしい。貴族院からの報告を聞いたアウブ・ダンケルフェルガーだそうだ。

「ですから、その、どうしても教えられない秘密というのでなければ、ローゼマイン様はどのようにして複数の神具を作れるようになったのか、教えていただけませんか？」

きっと聞き出してほしいと言われているのだろう。ハンネローレがとても申し訳なさそうな顔をしている。

「ダンケルフェルガーで儀式に使うフェアフューレメーアの杖はどのように覚えるのですか？」

「杖は両親が作るのを見て、触れて、自分の魔力を流すことで作れるようになるのです。……このようにして」

わたしとしては小さな疑問を口にしただけだが、「先にそっちの作り方を教えろ」という意味に取られたらしい。ハンネローレが席を立つと、シュタープを出して魔力を集め始める。

「シュトレイトコルベン」

杖を出す呪文をハンネローレが唱える。その手にはフェアフューレメーアの杖が握られていた。

「触ってみてもよろしいですか？」

「えぇ、どうぞ。少し魔力を流してみてくださいませ」

わたしは杖に触れて、少し魔力を流す。魔法陣が浮かび上がるのと、「きゃっ⁉」とハンネローレから小さな叫び声が上がって、魔力が反発するのはほぼ同時だった。

「も、申し訳ございません。……その、少し驚いたのです。他人の魔力が流れ込んでくる現象に」

家族は魔力が似通っているため、魔力を流し合ってもそれほど気にならなかったけれど、他人であるわたしの魔力はハンネローレにとって異質で驚いたらしい。他人の魔力が流れ込んでくる不快感は知っている。わたしは急いで謝った。

「不快な思いをさせてしまって申し訳ございません」

「いいえ、わたくしがよく理解していなかったのが悪いのです。……この杖の作り方が領主一族の血脈だけで受け継がれている理由がよくわかりました」

ハンネローレが「皆が使えるようになると便利だと思ったのですけれど」と肩を落とす。皆で使いたい理由があるのだろうか。もしかしたら、ダンケルフェルガーはとても暑い地域で、夏の暑さを和《やわ》らげるのに大勢で儀式を行いたいのかもしれない。

「魔法陣を知るだけならば、図書館のあの書庫で調べることはできそうです。先程浮かび上がったものと同じような魔法陣が儀式の行い方に描かれていましたから」

「まぁ、それでは王族からの要請を待つしかありませんね」

ハンネローレがクスリと小さく笑いながら「ローゼマイン様はどのようにして神具の作り方を覚えたのですか？」と尋ねる。わたしは「フェアフューレメーアの杖とほぼ同じですよ」と微笑み返して答えた。

「神殿にある神具に魔力を奉納すると、魔力が流れて魔法陣が浮かび上がります。ある一定量を超えて奉納すると、その魔法陣が頭に刻み込まれた感じになるというか、シュタープを変化させる時に自然と思い浮かぶようになるのです」

わたしの場合、初めての奉納で浮かんだ魔法陣がシュツェーリアの盾を作る時の基本になっている。神殿の神具はシュタープで自分の神具を作るための補助器のような物ではないだろうか。

「初代の王は神殿長だったそうですから、その子等も神殿で神具に魔力を奉納することで、自分の神具を作れるようになっていったのではないかと考えています」

「政変が終わった後、神殿から貴族院へ入った者は何人もいましたけれど、ローゼマイン様のように神具を扱う者はいなかったそうですよ？」

ハンネローレが不思議そうに言うけれど、何の不思議もないと思う。

「作るだけならばできた者はいると思います。ただ、これだけ神殿が蔑《さげす》まれている状態で扱う者はいないでしょうね。それに神具を扱うにはハンネローレ様もご存じのように、魔力がかなり必要です。特例で貴族院に入り、初めて魔力圧縮を行うようになった元青色神官や青色巫女では神具の形を維持することも難しいと思われます」

魔力圧縮を頑張って、何とか中級レベルまで魔力量を増やしたダームエルが形を維持できないのだ。青色上がりの学生では扱うことなどできないと思う。

「神殿にいる間、真面目に、真摯《しんし》に、儀式を行っていれば、複数の御加護を得た学生はいると思うのですけれど、貴族社会に戻りたくて神殿を憎んでいたり、自分の境遇と共に神々を恨んだりしている者では難しいと思います」

前神殿長がいた頃の青色神官の生活が神殿の普通ならば、自堕落《じだらく》すぎて御加護を得られないだろう。それに、御加護を得る儀式で魔法陣に魔力が行き渡らなかった可能性も高いかもしれない。余計なことを言わないようにハンネローレには微笑みながら、わたしは心の中で呟いた。

「ダンケルフェルガーには神殿に祀られていない神具や神々のお話があるのですもの。その歴史には圧倒されます。先日、クラリッサを窘めるためにハンネローレ様の側仕えが口にした言葉があったでしょう？　エアヴェルミーンを失った、と……。あれは何でしょう？　わたくしが知っているお話には出てきていないのです」

初めて聞く単語だったと思う。わたしの質問にハンネローレは「これからお貸しする本に載っているのですけれど……」と前置きをしながら教えてくれた。

「縁結びの神エアヴェルミーンは命の神エーヴィリーベの眷属であり、友人でした。土の女神ゲドゥルリーヒに求婚し、闇の神の許しを得るために協力したのはエアヴェルミーンです」

エアヴェルミーンの協力があって結婚できたが、結婚後の生活は聖典の通りだ。ゲドゥルリーヒやその眷属の扱いに憤《いきどお》ったエアヴェルミーンはエーヴィリーベと喧嘩別れし、土の女神の眷属を水の女神フリュートレーネのところへ連れて行き、ゲドゥルリーヒを助けるために動いたらしい。

「エアヴェルミーンを失ったエーヴィリーベになるというのは、結婚する上での協力者を失うという意味や、大事にすべきものを蔑ろにすることで最愛の人を失うという意味になります」

……なるほど。エーレンフェストの神官長をしているハルトムートに嫁《とつ》ごうと思ったら、クラリッサには協力者が必要不可欠だもんね。

「でも、縁結びはリーベスクヒルフェの管轄ですよね？」

「自分が縁を結んだせいでゲドゥルリーヒが大変な目に遭《あ》った、とエアヴェルミーンは縁結びの神としての力をリーベスクヒルフェに譲り、神としての力を失ったとされています」

「そうなのですか。それで聖典にはエアヴェルミーンが神として載っていないのかもしれませんね。そんな零れ話がたくさん載っている本を読めると思うと、楽しみでなりません」

わたしはわくわくしながらちらりとダンケルフェルガーの文官達が準備している本に視線を向け

る。ハンネローレは少しだけ膨れっ面になった。

「わたくしはとてもひどいと思いましてよ。貸してくださったフェルネスティーネ物語がまさかあのようなところで終わっているなんて……。続きが気になって仕方がございません」

どうやらハンネローレは見事に「続きが読みたい病」にかかったらしい。いい傾向である。第一夫人が行った様々な嫌がらせに背筋を震わせ、フェルネスティーネの状況に涙を流し、庇ってくれる異母兄にときめきを覚えたらしい。

……感動の言葉にも神様がいっぱい出てきてるけど、方向性は間違ってないと思う。多分。

「これがローゼマイン様を基にしたお話でなくて、本当によかったですわ」

「わたくしが基になっているならば、アウブが本にすることをお許しになりませんよ」

「自分がひどい扱いをしていると広げるような行為ですものね。ただ、洗礼式を前に引き取られたという状況や髪の色、成績優秀なところなど共通点は多いですから。誤解される方は他にもいらっしゃるかもしれません」

ハンネローレは心配そうに声を潜めて忠告してくれる。わたしはお礼を言った。

「ご心配ありがとう存じます。でも、二巻が出れば、別人とわかるでしょうから問題ありません。もうじきできると思うのですけれど……」

「ぜひ貸してくださいませ！　やっと意地悪な第一夫人から逃れて貴族院に入学し、素敵な出会いがあったところで終わってしまったのですよ。この後、どうなるのか、わたくし……」

ハンネローレは、フェルネスティーネを庇おうとする異母兄と出会ったばかりの王子の二人が素敵で、どちらの恋を応援するか悩み中らしい。「二巻では異母兄がさっさと他の相手を見つけちゃいます」なんてネタバレはもちろんしないけれど、これだけ第一夫人に対して怒り、恋の行方を楽しみにしている読者がいるのだから、エルヴィーラも喜んでくれることだろう。

……お母様の前にミュリエラが喜んでるよ。ものすごく頷いてる。

「一つ心配なのは、あの方が書かれるお話には時折悲恋物語もあることです。とても美しいのですけれど、もし、フェルネスティーネが不幸なままで終わるお話ならば、わたくしは……」

ハンネローレが不安そうにおろおろとしているので、「最終的には幸せになりますよ」とだけ教えてあげる。これで安心して続きを待てるだろう。

「わたくし、フェルネスティーネが幸せになるまで応援したいと思います」

ハンネローレが笑顔でそう言った時、ゲヴィンネンをしていたヴィルフリートが顔色を変えて立ち上がった。

「違います、レスティラウト様！」

……何事⁉

突然の大声にわたしとハンネローレはもちろん、部屋中の者の視線がヴィルフリート達に向けられる。ヴィルフリートがきつく奥歯を噛み締め、レスティラウトを睨んでいた。睨まれた方は軽くシュタープを振ってゲヴィンネンの駒をスッと動かした後、ゆっくりと赤い目を向ける。

「……何が違うのだ？」

「エーレンフェストの次期アウブは私です。ローゼマインではありません」

対立

ハンネローレはわたしに席を立つことを一言断り、ゆっくりとレスティラウトのところへ歩く。

「お兄様、ヴィルフリート様に一体何をおっしゃったのですか？」

静かな問いかけに、レスティラウトは片方の眉を上げてヴィルフリートを見ながら「何ということもない」と呟いた。しれっとしたその態度にハンネローレが顔を曇らせる。

「何ということもないことでヴィルフリート様がお声を荒げるわけがございません。よほど失礼なことをおっしゃったのでしょう？　大変申し訳ございません、ヴィルフリート様」

彼女の謝罪に、ヴィルフリートはハッとしたように表情を改めて微笑んだ。

「ハンネローレ様に謝罪いただくようなことではございません。ゲヴィンネンのゲーム中の挑発《ちょうはつ》に乗ってしまった私が浅はかだったのです。こちらこそ大変失礼いたしました」

二人に謝罪した後、ヴィルフリートはゆっくりと椅子に座り直し、正面に座っているレスティラウトに向き直って、一つ駒を動かす。

「父上は……アウブ・エーレンフェストはローゼマインをアウブにすることを考えていません。そのような非道なことはしない、と」

「アウブに就けることが非道、だと？」

駒を動かしていたレスティラウトが訝しむように赤い目をヴィルフリートに向ける。ヴィルフリートは一つ頷きながら、また一つ駒を動かした。

「ご存じの通り、ローゼマインはお茶会で何度も倒れたことがあるほど虚弱です。健康に不安のある娘に激務を押し付けるような酷い真似はしません。その点はご理解いただきたく存じます」

……これはヴィルフリート兄様による養父様のイメージアップキャンペーンかな？　確かに実子でも健康に不安がある娘をアウブにはしないよね。

その言葉で、次期領主とジルヴェスターの悪評で挑発されたことがわかった。しつこく繰り返される悪い噂には、わたしもイライラしたので気持ちはよくわかる。ここではダンケルフェルガーを立ててヴィルフリートを注意するのが普通の領主候補生かもしれないけれど、わたしには難しい。

「本来は魔力が多く、より領地に利益をもたらす者がアウブになると思っていたが……。なるほど。健康状態に不安があるから、能力に関係なく、其方が次期アウブなのか」

ハンネローレが間に入ったことで少し落ち着きを取り戻したように見えたが、レスティラウトの挑発は止まらない。ヴィルフリートの拳に力が籠もっていることがわかる。わたしはゲヴィンネンの駒が浮いているテーブルの横、レスティラウトとヴィルフリートの間に立った。

「礎を支える魔力が足りていれば、健康な殿方を次期領主にするのは当然ではありませんか。何の不思議がございます？」

多少健康になりつつあるとはいえ虚弱で、しかも、妊娠や出産で執務に就けない時期がある女のわたしより、貴族院で優秀な成績を収めているヴィルフリートを次期領主にする方が自然だ。

その主張に、レスティラウトが少しばかり楽しそうに見える赤い目をわたしに向けてきた。面白がっているようで、その実、何かを見極めようとしている目が何だか怖く思えて、一瞬怯《ひる》む。

「つまり、其方はそれだけ突出した優秀さを持ちながら、第一夫人の座に甘んじるというのか？」

「甘んじるという言葉は相応しくありません。わたくしは今まで領主の地位など求めたことがございませんから」

「ならば、其方は何を望む？」

レスティラウトの問いにわたしはニコリと笑った。わたしが望むものは決まっている。

「領主の第一夫人になって図書館の司書になります。わたくしは自分の図書館にどんどんと本を増やしていくのです」

そのために印刷業を始めた。貴族院で色々なお話を集められるようになり、毎年新しい本が作られるようになって、じわじわと読者が増えている。この調子で貴族を読書に染めたら、次は平民だ。識字率の高い富豪から、最終的には誰でも本を読めるようにする。わたしには壮大な野望がある。それを叶えるための地位は欲しいけれど、本作り以外の仕事はあまりしたくないので、領主になるつもりはない。神殿長でもいっぱいいっぱいなのだ。

「領主の第一夫人と司書が望みならば何の問題もないな。私の第一夫人になれ、ローゼマイン」

……はい？

一瞬の沈黙の後、部屋中にざわりとした声が上がる。

「お兄様！　突然何を言い出すのです⁉」

「黙っていろ、ハンネローレ」

さっと手を振ってレスティラウトはハンネローレを黙らせる。きゅっと唇を引き結び、ハンネローレが一歩下がった。驚きの声を上げていた側近達もレスティラウトの迫力に口を閉ざす。けれど、皆が驚愕《きょうがく》の顔を見せていた。

正直なところ、唐突過ぎて意味がわからない。聞き間違いだと思いたいところだが、周囲が唖然としていることから考えても、多分聞き間違いではないと思う。

「大変申し訳ございません。まるでレスティラウト様がわたくしを第一夫人に望んでいる、と聞き取れたのですけれど……」

「間違っていないな。確かにそう言った」

平然とした調子で言われて、わたしは頬に手を当てた。第一夫人に望むということは、求婚ではないだろうか。だが、おかしい。レスティラウトには髪飾りを贈る相手がいたはずだし、貴族の求婚では親同士の話し合いがあるはずだ。いや、貴族院で学生同士が恋愛する場合は、後から親に報告するのかもしれない。早々に婚約した自分には関係ないと知ろうともしなかったせいで、貴族内の常識がわからない。

……でも、求婚なら魔石を捧げて神の名前が羅列《られつ》される長い口説き文句があるんじゃなかったっけ？　こんな世間話のついでのように直球で言われることじゃなかったと思うんだけど、わたし、覚え間違ってる？

レスティラウトの言葉をどう受け止めれば良いのだろうか。わたしとヴィルフリートの婚約は知られているはずだし、本気で受け取ったら笑われるパターンかもしれない。

わたしが首を傾げたまま動けずにいると、レスティラウトがわたしとヴィルフリートを見た。

「其方は自分の価値を見せつけた。神具を二つも同時に扱える魔力、御加護の数、新しい流行、領地に利益をもたらす産業、王族や上位領地との繋がり、聖女としての名声……」

それなのに、これからの主産業となる印刷に詳しくないヴィルフリートが次期領主を名乗っているのはおかしいだろう、とレスティラウトは挑発的に笑う。

「それに、エーレンフェストは全体的な成績が上がってきているものの、其方とその側近だけが突出していて、他はまだまだだ。共同研究をすれば領主候補生の間にある差がよくわかる。其方の功《こう》績《せき》だけで急激に順位を上げてきた弊害だろう。周囲が全く追いついていない。政変前は底辺をさまよい、政変後になって中位に浮上してきたエーレンフェストに、其方は分不相応だ」

領主一族を守るため、ボニファティウスに鍛えられまくった騎士見習い達にはそれほど大きな差はない。魔力圧縮を始める時期によって多少の差があるけれど、元々の素質と努力による差くらいだ。けれど、神殿に通ってフェルディナンドに仕事を叩きこまれた文官達や、わたしが何を始めても準備のために動けるようになっている側仕え達のレベルは、ヴィルフリートやシャルロッテの側近に比べると非常に高い。

「下位領地の古いやり方では、次々と新しい物を生み出す其方には窮屈《きゅうくつ》すぎないか？　其方の力だけで順位を上げているが、周囲が追い付かないのだからエーレンフェストにはもっと下位がお似合いだ。其方を神殿から拾い上げたアウブは慧眼であったが、次期領主を名乗る者は其方が持つ価値に気付いておらぬ。これから先、其方を扱うための器がエーレンフェストには足りぬ」

不敵な笑みを浮かべながらレスティラウトはヴィルフリートと部屋の中にいるエーレンフェストの側近達を見回した。

「其方がアウブを望まずに第一夫人として生きると決めているならば、ダンケルフェルガーに来い。長い歴史と共に蓄積《ちくせき》されてきた本や資料はユルゲンシュミット内でも随一《ずいいち》だぞ」

……長い歴史と共に蓄積されてきた本や資料？　ユルゲンシュミットでも随一？　はぅん。なんて素敵な響き。

思わずうっとりとしてしまい、ぐらりと心が揺れたのがわかる。だが、わたしはゆらりと身体が揺れるのを必死に押し止《とど》めた。よく考えてみよう。誘っているのはダンケルフェルガーである。本を読みにおいでという誘いではない。これまでの経験からもディッターの関与を疑うべきだ。

「……い、行きません」

「揺れたな」

「ゆ、揺れてなどいませんよ。そ、それに、わたくしとヴィルフリート兄様の婚約は王の許可を得たものです。解消はできません」

ダンケルフェルガーが何を言っても無駄だ。わたしが胸を張ってそう言うと、レスティラウトは馬鹿馬鹿しいと言いたげに手を振った。

「ただ許可を得ただけではないか。王命でも何でもない。アウブが取り消しを願えば簡単に受け入れられる程度のものだ。他領との婚約ではない分、解消は容易だ」

王の許可があれば絶対に安全というわけでもないらしい。ジルヴェスターが望めば、ヴィルフリートとわたしの婚約は解消できるそうだ。

「ダンケルフェルガーからアウブ・エーレンフェストに圧力をかけることもできる。今までしなかったのは、そこまでするほどの価値を其方に見出していなかったからだ。私を相手に一歩も引かぬ商談ができるのだから、ダンケルフェルガーの第一夫人も務まるだろう。其方の知識を広げ、本を作るならばダンケルフェルガーの方が相応しい。私のところへ来い、ローゼマイン」

資金力、人手、新しいものを取り入れることに対するフットワークの軽さ、新しい技術に対する重要性の認識……。次から次へとダンケルフェルガーが優《まさ》っているところを並べ立てられる。その全てが、わたしにとって欲しいものだ。ゆらりゆらりと心が動く。

「エーレンフェストのような片田舎《かたいなか》よりずっと良い人材もいるだろう」

……はい？　わたしのグーテンベルクより良い人材なんているわけがないでしょ！

反射的に心の中で反論した瞬間、ふっと興奮が冷めた。ダンケルフェルガーに行けば、わたしは家族の姿を見ることさえできなくなる。貴族と商人や職人達との橋渡しという大事な仕事を放り出すことになる。それに、フェルディナンドから譲られたわたしの図書館があるのはエーレンフェストだ。何より大切にしたい微《かす》かな繋がりを自分から切り捨てるつもりはない。

「……大変魅力的なお話ですが、お断りいたします」

こういう時は即座にハッキリと断った方が良い。返事を躊躇っていると大領地の良いようにされてしまう。まずは意思表示が大事だ。わたしはダンケルフェルガーに行くつもりなどない。

レスティラウトが駒を動かした後、ゆっくりと自分の顎《あご》を撫でた。

「こちらとしては良い条件を示したつもりだが、断るか……」

かなり揺れていたはずなのにどこで失敗したか、という呟きからわたしの心の動きが結構読み取られていたことがわかる。

無事に断れたことに安堵していると、レスティラウトがガラリと雰囲気を変えた。貴族らしいゆったりとした空気が、ディッターを前にした騎士達のように猛々《たけだけ》しいものになる。

「……断られたならば、力ずくで奪うしかあるまい」

「レスティラウト様⁉」

「お兄様、待ってくださいませ」

ハンネローレの制止を振り払い、レスティラウトの目が獲物を狙ったものになる。

「欲しいものは手に入れる。勝ち取るために必要な力を付け、諦めずに何度でも手を変え、品を変え、挑戦し続ける。それがダンケルフェルガーだ」

ダンケルフェルガーが欲しいもののためには手段を選ばないところがあるのは、クラリッサの求婚からも知っている。偽物聖女だとか、悪辣《あくらつ》で卑怯《ひきょう》だとわたしを評していたレスティラウトからそんな目を向けられるとは思っていなかった。シュバルツ達のことで初めて対峙《たいじ》した時と同じような横暴《おうぼう》さを感じさせる物言いと雰囲気に、わたしはじりっと一歩引いた。

「ローゼマイン」

背後からかかったヴィルフリートの呼びかけにわたしは振り返る。

「……レスティラウト様に指摘された通り、足りぬところばかりなのだが、其方はエーレンフェストを望むのか？」

バツの悪そうな顔でヴィルフリートが問いかける。

「私は、その、レスティラウト様の言葉を聞くまで其方の価値をよく理解できていなかった。どちらかというと、其方を抑えることばかりを考えていて、ダンケルフェルガーやドレヴァンヒェルのように其方の知識を利用したり、広げたりすることは考えていなかったのだ。私が次期アウブとなるならば、抑えるのではなく、活用することを考えねばならなかったのに……」

ヴィルフリートが肩を落としてそう言った。

「私は貴族院で二年連続優秀者となり、オルトヴィーンと競い合い、仲良くなることで上位領地の貴族と肩を並べたつもりになっていた。そのくせ、共同研究で文官見習い達に差があるのは相手が上位領地だから仕方がない、と諦めていたのだ」

エーレンフェスト内では常にわたしと自分を比べてまだまだだと思っていたのに、貴族院で他の領主候補生と接することで、自分は優秀だと自信を持つようになったらしい。その自信が「これくらい努力すれば十分だろう」という慢心に繋がったと呟く。

「大領地は其方の良いところをすぐに取り入れることができたのに、私は思いつきもしなかった。自領の産業も其方の趣味から始まったものだから、其方に任せておくのが一番だと思っていた」

周囲全体の意識が下位領地のままだと言われているのに、ヴィルフリートだけが上位領地の感覚に育つはずがない。上位領地の友人達と付き合いながら馴染んでいくしかないのだ。

「活かせていないことに気付けば、これから活かせばよいではありませんか。わたくしの大事な物は全てエーレンフェストにあります。離れるつもりはありません。わたくしのゲドゥルリーヒはエーレンフェストです」

「そうか。ならば、私は次期アウブとして其方を守る。それに、エーレンフェストにいたいと思う其方をここで守れなければ、家族としても失格だからな」

ヴィルフリートが胸を張ると、レスティラウトはニヤリと獰猛《どうもう》な笑みを見せた。

「其方が次期アウブを名乗るならば、その気概を見せ、ダンケルフェルガーからローゼマインを守ってみよ。ディッターの勝負を申し込む」

……やっぱりディッター。

「ローゼマインをダンケルフェルガーの第一夫人に、と望むのは私だけではない。両親からも同意を得ている。こちらが勝てばあらゆる手段を使い、エーレンフェストに婚約の解消を迫る」

第二位の大領地としてガンガン圧力をかけてくるつもりらしい。それはきっとジルヴェスターの胃が持たない。

「勝負を受けない場合はどうなりますか？」

ヴィルフリートの問いにレスティラウトがフンと鼻を鳴らした。

「最初から勝負を打ち捨てるならば、勝った時と同様の手段を取るまでだ」

「つまり、エーレンフェストが勝てばダンケルフェルガーはローゼマインから手を引く、と？」

「ディッターの勝負は神聖なものだ。神に誓って、今後の手出しはしない」

横暴でディッター馬鹿で面倒なダンケルフェルガーだが、こういうところは信用できる。けれど、勝負を受ける前からやられっぱなしで、相手の思い通りに事が運ぶのは非常に面白くない。

……レスティラウト様の弱みは何？

ジルヴェスターの悪い噂に加えてヴィルフリートの痛い部分、わたしの本好き、それぞれに弱いところをどんどんと攻められて、今ディッターの勝負を迫られている。ちょっとくらい反撃して一《ひと》泡吹《あわふ》かせなければ気が済まない。

部屋の中をぐるりと見回す。レスティラウトがディッターを止めそうな弱みがどこかにないだろうか。わたしの目に留まったのは、レスティラウトを止めきれなかったことを後悔し、心配そうにこちらを見つめているハンネローレだった。

「では、エーレンフェストが勝利した暁《あかつき》にはハンネローレ様をヴィルフリート兄様の第二夫人にいただきましょう」

「はぁ⁉　何を言い出すのだ、ローゼマイン⁉」

「ローゼマイン様⁉」

ヴィルフリートとハンネローレが表情を変えた。側近達もざわりとする。驚かせ具合はレスティラウトがわたしを第一夫人に、と言い出した時よりちょっと大きい。勝った。

「わたくしはこの通り健康状態に不安がございますし、ヴィルフリート兄様には第二夫人が必須なのです。その第二夫人がダンケルフェルガーの領主候補生ならば、エーレンフェストの箔付《はくづ》けには最高でしょう？」

「ダンケルフェルガーの姫をエーレンフェストごときが第二夫人にするだと？　ふざけるな！」

眦《まなじり》を裂いたレスティラウトがハンネローレを守るように彼女の前に立った。どうやら弱いところを狙って反撃することには成功したらしい。

「ふざけているかどうかはレスティラウト様が判断してくださいませ。王の許可をいただいている婚約を解消しろと無茶をおっしゃるダンケルフェルガーとわたくしは同じ気持ちなのです」

そちらが本気ならば、こちらも本気でハンネローレをいただく。ダンケルフェルガーがディッターの申し込み自体をお茶会の戯言《ざれごと》として済ませるならば、こちらもただの冗談で済ませる。

「レスティラウト様は本当にディッターの申し込みをなさいますか？」

ここで引いてくれたら嬉しいな、と思っている。ハンネローレをエーレンフェストに第二夫人として出すというのはあり得ないことだ。わたし達がダンケルフェルガーを止めるためには勝負を受けるしか選択肢がないのと違って、ハンネローレを中領地の第二夫人に出すという条件はアウブと相談しなければ決められることではない。

……ごめんね、ハンネローレ様。でも、わたし、できるだけディッターを回避したいの。

わたしの提案がディッターを止めるためだとわかったのだろう。ヴィルフリートもすぐに驚きから立ち直り、レスティラウトに向かって不敵な笑みを浮かべる。

「レスティラウト様、大事な妹姫の行く末をこのようなディッターなどで決めてしまってよろしいのですか？　ディッターを持ち出す前にアウブとご相談されることをお勧めいたします。このまま受けてしまってはハンネローレ様があまりにもお可哀想です」

「ヴィルフリート様……。そうです、お兄様。このようなお茶会での戯言で、ローゼマイン様やわたくしの将来を決めないでくださいませ。ローゼマイン様はすでに婚約されているのですよ」

ハンネローレの訴えはレスティラウトに届かなかったらしい。

「……お茶会の戯言ではない。私はダンケルフェルガーの未来の利益を見据え、ローゼマインを第一夫人として得ると決めたのだ」

「お兄様、そのような重大なことを勝手に決めないでくださいませ！　負けたらわたくしは……」

「ハンネローレ、其方の嫁入り先を決めるのは父上と私だ」

レスティラウトの決断にハンネローレは小さく戦慄《わなな》いた後、俯いて一歩下がる。

「どうするつもりだ、ヴィルフリート、エーレンフェスト？」

ちらりとヴィルフリートがわたしを見た。自分が決断を下しても良いのか、と迷っているような顔だ。

「ローゼマイン、其方の行く末、私に預けてもらっても良いか？」

「わたくしを宝とするディッターならば負けませんよ」

自分の将来がかかっているのだ。全力でやらせてもらう。わたしが後押しすると、ヴィルフリートは部屋にいる側近達を見回した。

「エーレンフェストの宝であるローゼマインを全力で守る。皆、力を貸してくれ！」

騎士見習い達が声を揃えて「はっ！」と答える。ヴィルフリートはそれで力を得たようにレスティラウトを見上げた。

「受けて立ちます！　私が次期アウブだ。エーレンフェストの宝を易々《やすやす》と他領には渡さぬ」

「よく言った」

ディッター準備

「そのディッターはいつ行うのですか？　今すぐはいくら何でも無理ですし、騎士の人数も合わせなければなりません」

「わかっている。こちらも場所の手配をする必要がある。審判《しんぱん》役のルーフェンの予定と訓練場を押さえたら連絡しよう」

ヴィルフリートとレスティラウトがディッターの細かな打ち合わせを始めると、騎士見習い達も集まってくる。一年生でディッターには参加できないテオドールをわたしの護衛に付けると、レオノーレ達もそちらの話し合いに向かった。

「ローゼマイン様、少しお茶をいかがですか？」

ハンネローレが今にも泣きそうな顔でテーブルを示す。ほんの少しの時間に色々とありすぎた。確かにわたしも少し喉《のど》を潤したい。わたしがテーブルに向かうと、側仕え達がすぐにお茶を淹れ直すために動き出した。ブリュンヒルデがお茶を淹れてくれるのを見ていると、ハンネローレがレスティラウト達の方を気にしながら「コルドゥラ、ローゼマイン様とお話がしたいのです」と小さな声で呟いた。

「こちらをどうぞ」

コルドゥラに差し出されたのは盗聴防止の魔術具だった。レスティラウトには聞かれたくない話なのだろう。わたしはすぐにそれを手に握る。

「お茶会がこのようなことになってしまい、申し訳ございません。わたくしの力不足です……」

せっかく楽しいお茶会だったのに、レスティラウトがヴィルフリートに失礼なことを言って挑発した。それをヴィルフリートが収めてくれたのに、今度はエーレンフェストを貶《けな》し、婚約者の目の前でわたしに求婚した。それをわたしが断ったら圧力をかけてディッターに持ち込んだ。

「ローゼマイン様が全てなかったことにしようとご提案くださったのに、それを踏みにじるような結果になってしまい、本当に申し訳なく思っています」

「わたくしもレスティラウト様にディッターを止めていただきたいという思惑だけで、ハンネローレ様を巻き込んでしまいました。わたくしこそ申し訳なく思っています」

「いいえ。ローゼマイン様がせっかくくださったディッターを取り止めるための口実を潰したのはお兄様ですから」

悲しげなハンネローレの笑みに、わたしは一度レスティラウトの方を睨む。

「わたくしはエーレンフェストが勝てば、ハンネローレ様に関する条件を取り消すつもりです。レスティラウト様を止めたかっただけですし、ハンネローレ様を第二夫人にいただくのはあまりにも失礼ですもの」

「……お気持ちは大変ありがたいのですが、ディッターで決まったことは覆りません。少なくともダンケルフェルガーでは」

「なんて面倒……いえ、頑固な……えーと……」

適切な貴族言葉が出てこないわたしに、ハンネローレが「その通りなのです」と言って項垂れた。

「……ハンネローレ様はどうされたいですか？」

「どう、というのは？」

「将来の相手のご希望がおありならば、わたくし達が勝った時にはその方と結ばれるようにダンケルフェルガーと交渉いたしますよ」

エーレンフェストの第二夫人になるよりはダンケルフェルガーも受け入れやすいだろう。わたしの提案にハンネローレは目を瞬いた。

「……わたくしの結婚相手は両親やお兄様が決められることですから、そのような希望を抱いたことはございません。でも、そうですね。お兄様の圧力にも怯まず、自分の意志を貫くローゼマイン様のお姿を拝見《はいけん》して、今日、初めて自分で選びたいと思ってしまいました」

「では、エーレンフェストが勝利した時は、それをダンケルフェルガーに望みましょう」

「いいえ。これ以上エーレンフェストにご負担をかけるわけには参りません。お気持ちだけ、ありがたくいただきます」

ハンネローレが微笑んだ。けれど、その笑顔もいつもの笑顔に比べると、少し曇っている。

「仮にハンネローレ様がエーレンフェストへ来ることが避けられない状況になれば、わたくしは歓迎いたしますし、ハンネローレ様が幸せになれるように全力を尽くしますから、安心して来てくださいませ」

エーレンフェストに来たら新刊が一番に読めるよ、本好きの楽園にするから、と必死でアピールすると、ハンネローレがクスクスと笑った。

「今回の件でローゼマイン様がお友達を止めるとおっしゃらなかったことが、わたくしにはとても嬉しいです」

確かにダンケルフェルガーはかなり面倒だけれど、ハンネローレは大事なお友達だ。少なくともわたしはお友達を止めるつもりはない。

「ハンネローレ様はわたくしの心の友ですから！」

「では、心の友にわたくしからも一つだけ。ローゼマイン様はあの風の盾があれば勝てるとお考えかもしれませんけれど、全く攻略方法がないわけではございません。お兄様はもうそれを知っていますす。……くれぐれもご油断なさいませんように」

そんなハンネローレの呟きでお茶会は終わった。


「お兄様、お姉様。意味がわかりません。何故お茶会に行って、お二人の婚約解消を賭《か》けたディッターを行うことになっているのですか？」

寮へ戻り、多目的ホールに皆を集めてディッター勝負を行うことになった説明をすると、シャルロッテが青ざめてそう言った。レスティラウトの我儘であるが、説明してもどうしてそのような流れになったのかわかってもらえない。

「……ローゼマイン、私は其方が事を起こした時、答えに窮する気持ちが今わかった」

「理解していただけて何よりです。では、シャルロッテへの説明はお任せいたしますね」

わたしがニコリと笑うと、ヴィルフリートもニコリと笑った。

「いや、ここは慣れている其方に任せたい」

「あら、わたくしに任せきりになるのが良くない、とレスティラウト様から示されたところではありませんか」

わたしはそう言ってヴィルフリートに説明役を委ねた。

……別に押し付けたわけじゃないよ。ヴィルフリート兄様の成長を願ってのことだからね。

ヴィルフリートは頑張って説明していたけれど、「これ以上説明しても無意味だ！　対策を立てる方が先決であろう！」と終わらせた。シャルロッテもそれ以上を求めるのは諦めたらしい。

「やはり経緯は理解できませんが、ここからは対策を考えましょう。お姉様のシュツェーリアの盾があれば、勝利はそれほど難しくないのですよね？」

「それですが、ハンネローレ様から忠告を受けました。ダンケルフェルガーは風の盾を破る方法を知っているのだそうです。レオノーレ、勝算はありますか？」

問われたレオノーレの表情は硬い。

「盾が使えなくなると、非常に低くなりますね。けれど、どの程度盾が使えなくなるのかわかりませんから、最初から全く使わないという方法は悪手でしょう。それに、盾が使えなくてもローゼマイン様には騎獣もございます」

レオノーレの言葉に頷きながら、ラウレンツが意見を出す。

「それよりも、ローゼマイン様が風の盾を作るまでに時間がかかることが最大の弱点だと思います。私ならば開始と同時にローゼマイン様を狙います。仮に破る手段があるとはいえ、盾の中に籠もられると厄介《やっかい》ですから」

盾を張るには詠唱《えいしょう》に時間がかかる。その間を守り切れるかどうかが重要だと言う。

「どのようにして守るのが良いでしょうか？　広域で派手に使って相手を怯ませる魔術があれば……こう、ドーンと敵に向かって滝のようなヴァッシェンを使うとか……」

わたしの提案をマティアスが冷静に却下する。

「それほど大規模に魔術を使えるのはローゼマイン様くらいです。それに、騎士達がそこで魔力を使い切ると、その後戦えません。何より、盾を張るための時間稼ぎです。ローゼマイン様が行うのではなく、騎士達にできることでなければ……」

マティアスの指摘はもっともだ。わたしがむぅっと唇を尖らせていると、リヒャルダが「少しよろしいですか？」と口を開いた。

「貴族院で起こったことに大人が口出しするのは憚《はばか》られるのですけれど、姫様をダンケルフェルガーに奪われるわけにはまいりませんからね。助言させてくださいませ。宝盗りディッターでしたら、魔力が少ない騎士と魔力の多い上級側仕えを二人ほど入れ替えた方が効果的ですよ」

リヒャルダは昔の宝盗りディッターのやり方を取り入れることを提案した。

「側仕えはディッターでどのような役目を負うのですか？」

「魔術具に魔力を込めたり、回復薬の管理をしたりするのです。ユーディットは遠距離攻撃が得意でしょう？　彼女に魔力が多い側仕えを付けて、魔力の籠もった魔術具を使わせるのです。ユーディットだけに任せるよりも使える魔術具の数が数倍に増えます」

戦いに出る騎士達は一人で持てる回復薬の量も限られるけれど、側仕えが回復薬を管理していれば、薬のなくなった騎士達に配布することができる。

「癒しの魔術が使える側仕えを陣に待機させることもございました。側仕えは騎士と違って直接戦うのではなく、魔力を供給するお手伝いを主にしていましたね。文官達は魔術具や回復薬の準備で戦い当日には使い物になりませんでしたから」

ヴィルフリートが考え込み、その場にいる側仕え達を見回す。

「最も魔力の多い側仕え見習いは誰だ？　二人ほど騎士の代わりに入れよう」

魔力圧縮方法を知っている上級側仕えとして、ブリュンヒルデとヴィルフリートの側仕え見習いのイージドールが選ばれた。

「私も含めて三人でローゼマインが提案したようなヴァッシェンができないか？　それならば、騎士達が魔力を使うことなく時間稼ぎができるし、騎士が戦っている間に魔力を回復させることができるのだが……」

ヴィルフリートの言葉にブリュンヒルデがハッとしたように振り向いた。

「ローゼマイン様、そういえばクラリッサ様が去年の領地対抗戦で広範囲に影響を及ぼす魔術を補助するための魔術具について研究していると言っていませんでしたか？」

「ブリュンヒルデ、それは使えるかもしれません。さすがにクラリッサ本人に尋ねることはできませんが、その場にいたハルトムートやライムントに詳細を覚えていないか尋ねましょう」

「その場にいたはずの其方は覚えてないのだな？」

わたしはそっと視線を逸らした。その時は大して興味もなかったし、「皆、専門的で難しい話をしているな」とアンゲリカのようなことを考えていたのだ。面目ない。

「基本の作戦はレオノーレに任せるつもりだが、私の魔力を活かした作戦を立ててほしい」

ヴィルフリートは領地で騎士達と訓練をしているし、領主候補生で魔力が豊富なので強い攻撃ができる。けれど、騎士ではないので連携訓練はあまりしていない。ヴィルフリートの申し出にレオノーレがニコリと笑った。

「ヴィルフリート様には守りをお願いしましょう。ローゼマイン様、遠隔攻撃を得意とするユーディット、側仕え見習い達。そこに魔力が豊富なヴィルフリート様が守りについてくださると、攻撃に出られる騎士が増えます」

ヴィルフリートが「わかった」と言いながら、わたしを見た。

「ローゼマイン、私に扱えそうな神具はないか？　ターニスベファレンの時も其方は神具のマントを出して、皆が攻撃できる隙を作ったであろう？　あのように其方等を守りつつ、ダンケルフェルガーが知らぬ攻撃をできれば、不意を突くことができるのではないだろうか」

確かにそれができれば、騎士の連携に入れないけれど魔力の多いヴィルフリートも力を振るうことができるだろう。わたしは神殿にある神具を思い浮かべる。

「神具を作るためには魔力の奉納が必須です。今から奉納をしても、ディッター当日までに使えるようになるかどうかわかりません。それよりも、養父様にお願いして神殿の神具を借りましょう。それが一番簡単だと思いますよ。魔力を込めるだけで使えます」

シュタープで神具を作ろうと思うと、魔法陣を得るまでに奉納する魔力、神具を作る魔力、維持する魔力、使用する魔力とかなりの魔力が必要になる。けれど、わたしが初めての冬の主討伐でライデンシャフトの槍を使った時のように神具そのものを使えば、必要なのは使う魔力だけになる。

「ただ、ライデンシャフトの槍は使えません。一気に宝を倒す場合は良い武器なのですが、ハンネローレ様相手にそのような攻撃はできませんもの。槍が盾を貫いた時が怖いですから」

「うむ」

ヴィルフリートが同意して頷く。加減して攻撃するならば、慣れた武器の方が使いやすいと思う。

「シュツェーリアの盾はわたくしが使いますし、破る方法があるならばヴィルフリート兄様が作る意味がありません。それに、フリュートレーネの杖は辺りにいる人全員を癒すので、戦いの場では敵味方関係なく癒してしまいます」

「それは困るな」

「あと、闇の神のマントは使用しない方が無難《ぶなん》ですね。黒の武器と間違われて面倒事になる可能性があります。光の冠は契約の時に使う物で、戦いの最中に使える物ではないようです。わたくしが今まで使ったことがない神具といえば、エーヴィリーベの剣でしょうか……」

「エーヴィリーベの剣はどのようなことができるのだ？　その、全て害意を弾く風の盾のように何か特殊な効果があるのか？」

「わたくしには使い道がありませんし、冬にしか使えなくて使い勝手が悪いのです。けれど、今回の戦いにはちょうど良いかもしれません。エーレンフェストに緊急で連絡を入れて借りましょう」

ダンケルフェルガーからの圧力でディッター勝負を避けられないこと、負けた時の条件などを報告書にまとめ、神殿からエーヴィリーベの剣を送ってもらえるように頼む。ついでに、クラリッサの研究について詳しいことを覚えていないかハルトムートに尋ねてほしい、と書き加えた。

「これを大至急エーレンフェストに送れ！」

「かしこまりました」

ヴィルフリートの側仕えが駆け出していった時、ローデリヒが顔を上げた。

「こちらにフェルディナンド様のディッター指南書から使える魔術具を書き出しました。レオノーレが作戦を立てる時の役に立ててください」

受け取ったレオノーレは「ありがとう存じます」と微笑んだ後、皆に指示を出していく。

「文官見習いはここにある魔術具と回復薬を作製してください。騎士見習いは採集場所へ移動。訓練を兼ねて素材採集です」

レオノーレの指示に動き出す学生の中、マティアスが「ローゼマイン様、祝福をお願いできませんか？」と言った。

「ローゼマイン様の祝福に身体を慣らすことができれば、少しは勝率が上がるかもしれません。

我々が自力で祝福を得られる成功率は低いのです」

「わたくしが祝福を与えるのは、皆のためにならないのですけれど……」

それでも自分の将来を思えば背に腹は代えられないし、手段を選んでいられる余裕はない。正直なところ、ダンケルフェルガーがどの程度の祝福を得られるようになっているのかわからないのだ。わたしは騎士見習い達にアングリーフの祝福をかけて送り出す。ヴィルフリートも騎士見習い達と一緒に出て行った。残っているのは最低限の護衛騎士とシャルロッテと側仕え達だ。

「……できれば、ダンケルフェルガーの祝福を奪いたいです」

こちらはほとんど祝福が使えない状態なのに、すでに祝福状態が身体に馴染んでいるだろうダンケルフェルガーの騎士見習い達は大変な脅威《きょうい》だ。今日、フェアフューレメーアの杖をハンネローレに触らせてもらったけれど、さすがに一度では覚えきれていない。

「うぅ、あの書庫に入りたいです。王族の許可が必要なのですけれど……王族は今魔力供給に忙しいのですよね？　貴族院にいらっしゃるヒルデブラント王子は許可をくださらないかしら？」

リヒャルダは「くださらないと思いますよ」と言ったけれど、わたしはひとまず頼んでみることにする。やってダメならば諦めれば良いだけだ。そう思いながら手紙を出したら、オルドナンツが飛んできた。

「明日の午前だけならば大丈夫です。ハンネローレにも声をかけておきますね」

ヒルデブラントの楽しそうに弾んだ声が三回繰り返される。

「……リヒャルダ、ずいぶんと急ですけれど許可が出ましたよ」

「王族によほど余裕ができるまで許可は出ないと思ったのですけれど……」

不思議そうなリヒャルダには悪いけれど、せっかく王族から許可が出たのだ。わたしは図書館へ行く予定を立てた。

次の日の午前、わたしはうきうきで図書館へ向かう。地下に入れる上級騎士レオノーレとディッターには出られない一年生のテオドール、それから、リヒャルダとブリュンヒルデを連れている。

「ひめさま、きた」

「ひめさま、ひさしぶり」

歓迎してくれるシュバルツ達は非常に可愛いけれど、何故わたしが「ひめさま」と呼ばれているのかわからない。わたしはオルタンシアとソランジュを見上げた。

「オルタンシア先生、シュバルツ達の呼び方がおかしくありませんか？」

「先日、皆様の魔力を注いでくださった後から呼び方が変化したようなのです。アナスタージウス王子にご相談したところ、そのうちまたわたくしに替わるだろうということでした……」

まだ替わっていないらしい。オルタンシアは突然のヒルデブラントからの連絡に驚いたと言いながら、執務室へ案内してくれる。そこにはすでにヒルデブラントが来ていた。

「お忙しい中、申し訳ございません。ヒルデブラント王子にご足労いただくことになって……」

「ずいぶんと急で驚きましたが、ローゼマインは何を調べるのですか？」

「書庫が開いてからお話ししますよ」

ヒルデブラントと挨拶を交わしていると、ハンネローレも到着した。彼女の側近も少なく見えるのは、やはりディッターの特訓中だからだろう。挨拶を交わした後、「最終試験が近付いていますから、閲覧室を閉めるわけには参りません」と二人の司書から説明があり、わたし達は閲覧室にいる学生達の注目を浴びながら閉架書庫へ入った。

そこから先はオルタンシアの案内で地下へ下りていく。前回と同じように鍵を開けると、側仕え達はお茶の準備のために動き始めた。

「ローゼマイン、書庫の鍵が開きましたよ。一体何を調べるのか、教えてください」

「ダンケルフェルガーとエーレンフェストがディッター勝負をすることになったので、儀式と神具について少し調べたいのです」

わたしの言葉にハンネローレが少しだけ面白がるように笑う。

「ローゼマイン様はそれをわたくしに言ってしまってもよろしいのですか？」

「知られて困るようなことではございませんから」

「ダンケルフェルガーとのディッターは何故行うことになったのですか？　先日は儀式に参加するためにたくさんの領地とダンケルフェルガーが勝負していたのでしょう？」

わたしは少し肩を竦めた。

「レスティラウト様に求婚されて、ディッターで勝負をつけることになったのです。ねぇ、ハンネローレ様？」

「え、えぇ。それよりも、時間がございません。早く調べましょう、ローゼマイン様」

少し焦った様子のハンネローレにそう言われ、わたしはヒルデブラントに軽く手を振ると、透明な壁の向こうにある書庫へ歩き始める。

「ハンネローレ、詳しいお話を聞かせてくださいませ。貴女《あなた》は調べることがないのでしょう？」

ヒルデブラントの呼びかけにハンネローレが驚いたように足を止めるのを見ながら、わたしは書庫に入る。シュバルツがわたしを見上げて、前と同じ言葉を言った。

「ひめさま、いのりたりない」

「わかりました。今日は時間がないのでまた今度お祈りしますね。それよりも、夏の暑さを和らげるフェアフューレメーアの儀式と春を呼ぶ儀式に関する資料を出してくださいませ」

シュバルツにそう頼んで、わたしは資料でフェアフューレメーアの杖の作り方とハルデンツェルの春を呼ぶ儀式に必要な魔法陣の刻まれた土台の作り方を調べて書き写していく。

「ヒルデブラント王子にディッターのことが知られてしまいましたね」

ハンネローレの声に顔を上げると、わたしが資料を書き写している様子を見下ろしていた。

「ヒルデブラント王子に知られて何か困ることでもあるのですか？」

わたしが首を傾げると、ハンネローレは苦笑した。

「アナスタージウス王子から余計なことをしないように、とお叱りを受けたではありませんか。また王族から呼び出されてしまいますよ」

「……今回、わたくし達は悪くないですよね。レスティラウト様が原因なので、アナスタージウス王子にはレスティラウト様を叱っていただきましょう」

わたしが同意を求めると、ハンネローレが「そうですね」と曖昧な笑みを浮かべた。

「悪くないと主張してもー緒にお叱りを受けることになると思いますよ。わたくし、お兄様が何かした時に叱られなかったことがないのです」

ハンネローレが諦め気味にそう言いながら書庫から出るように促した。もうじき四の鐘が鳴るそうだ。見回すと、いつの間にか透明の壁の向こうにヒルデブラントの姿が見えなくなっている。

わたしはハンネローレとオルタンシアと共に書庫の鍵を閉めた後、リヒャルダにヒルデブラントの動向を尋ねた。

「しばらくはブリュンヒルデとエーレンフェストの本について話をしていたのですけれど、大事な御用を思い出されたそうですよ」

側仕えが予定を管理しているのに、大事な御用を忘れているはずがない。こういう場合は、席を外すための言い訳だ。きっとまだ幼いヒルデブラントには長時間待っていることが辛かったに違いない。リヒャルダの言葉にわたしは納得した。


寮へ戻ると、エーヴィリーベの剣がハルトムートごと届いていた。報告書を読んだジルヴェスターもフロレンツィアも頭を抱えて動けないレベルで困っているらしい。

「まさかハルトムートがまた来るなんて……」

「神具を運ぶのは神官長の務めですから。それに、クラリッサの研究について詳細を教えてほしいと書かれていたではございませんか」

「覚えているのですか？」

わたしが目を瞬かせると、ハルトムートは当たり前の顔で「もちろんです」と頷いた。

「クラリッサの相談にも乗りましたし、多少手伝いましたから設計図は覚えています」

「ハルトムート、素晴らしいです！　なんて頼りになる側近でしょう！」

わたしが興奮気味に褒めると、ハルトムートは「ローゼマイン様に喜んでいただけて光栄です」と嬉しそうに微笑んだ。その後、スッと表情を引き締める。

「私はディッター勝負の日まで城に部屋を与えられ、エーヴィリーベの剣を届けるためにこちらへ日参することになりました。寮内で魔術具作製のお手伝いもできます。ローゼマイン様をお守りするため、全力を尽くしましょう」

「……ハルトムートに魔術具を作ってもらうのはズルではありませんか？」

わたしが首を傾げると、エーヴィリーベの剣を受け取ったヴィルフリートが嫌な顔をした。

「神殿から神具を運び込んだり、ヒルデブラント王子にお願いして資料を書き写してきたりしていた其方が今更何を言うのか。とにかく勝たねばどうしようもないのだ。使える者は使え」

ハルトムートを中心に、文官見習い達がどんどん戦いのための魔術具を作っていく。騎士見習い達は戦いの訓練と素材採集を繰り返し、いくつもの作戦について考えている。側仕え見習いのブリュンヒルデとイージドールは少しでも魔力を増やせるように魔力圧縮を必死に行いながら、次々と作られる魔術具の扱いを覚えている。

わたしは騎士見習い達と採集場所へ同行して祝福を与えたり、その祝福を取り消せるようにフェアフューレメーアの杖を使えるように練習したり、寮の外でヴィルフリートにエーヴィリーベの剣の使い方を教えたりしていた。

「お手本として、わたくしがシュタープでエーヴィリーベの剣を作りますね」

シュタープで剣を作り、命の神の祝詞を唱える。吹雪が巻き起こり、白い光の柱が立って、またもやどこかに魔力が飛んで行った。

今回のディッターではダンケルフェルガーでもエーレンフェストでもたくさんの光の柱が立ちそうだな、と思った。

嫁取りディッター

「おぉ、ローゼマイン様。とうとうこの日がやって来ましたね」

ディッター当日、指定された競技場へ向かうと、ルーフェンが一見爽《さわ》やかに見える暑苦しい笑顔で待っていた。貴族院で宝盗りディッターをできることが楽しくてならないらしい。

「領地内では珍しくありませんが、まさか貴族院でこれほど大規模な嫁取りディッターをするとは思いませんでした。いやぁ、情熱的で素晴らしい」

……口で断っても諦めない上に、上位領地が圧力をかけてディッターを強要することをダンケルフェルガーでは「情熱的で素晴らしい」って言うのか……。

ルーフェンの説明によると、今回のディッターは宝盗りとほぼ同じだが、嫁取りディッターと呼ばれるそうだ。ダンケルフェルガーで男性側が求婚して女性の親に反対された時、花嫁を得るために両家の親戚《しんせき》同士で行うらしい。本来、婿側は負けた時に諦めるだけで特に賭けるものがないため、今回ダンケルフェルガーが負けた時にはハンネローレをもらうと、わたしが条件を付けたことに驚かれた。けれど、そんな風習はエーレンフェストにないので、何も得るものがないディッターなどしていられない。

……しつこいダンケルフェルガー男子が諦めるというのは、確かに大事かもしれないけどね。

「ローゼマイン様にはぜひダンケルフェルガーへ嫁いでいただきたい。全力で応援します」

ルーフェンは笑顔で言うが、まるでわたしがディッターを望んでいるような言い方は止めてほしいものだ。けれど、わたしが反論するより先にヒルシュールがルーフェンを押し退《の》けた。不機嫌極まりない顔でわたしを見下ろしている。

「ローゼマイン様、わたくしの研究を邪魔しないでくださいとお願いしたはずですが、どういうことでしょうか？」

今日、ヒルシュールはエーレンフェスト側の審判として、観客席から審判をすることになっているらしい。ルーフェンは騎獣で競技場内を飛び回って審判をするそうだ。寮監として断れず、領地対抗戦を控えて研究熱が盛り上がっている時に研究室から引きずり出されることになったヒルシュールの機嫌は悪い。

「ダンケルフェルガーに申し込まれて、領地の順位的に断れない状況にされたのです。苦情はわたくしではなくダンケルフェルガーへお願いします」

「すでに苦情は入れました」

状況がわかっていても一言言わなければ気が済まなかったようだ。わたしとヴィルフリートは揃って「申し訳ございません」と謝罪しておく。

「やっとわたくしの研究環境が整ってきたのに、今、負けられるとわたくしが困ります」

これはヒルシュールなりの応援だろう。「……精一杯頑張ります」と答えるしかなかった。

観客席をぐるりと見回せば、ダンケルフェルガーとエーレンフェストの学生達が総出で応援に来ている。観客席にいるダンケルフェルガーの数人が大きな魔術具を持っているのが見えた。

……あれ、何だろう？

わたしは兜《かぶと》こそ被っていないものの、騎士見習い達と同じように全身鎧で固めたハンネローレに問いかける。

「あの、ハンネローレ様。観客席の者がどうして魔術具を持っているのですか？　観客席からの参戦は禁止ですよね？」

「あれは戦いの様子を知りたいとアウブが持たせた物で、ディッターの様子を収めるための魔術具です。戦いには何の支障《ししょう》もないので、お気になさらないでくださると嬉しいです」

アウブ・ダンケルフェルガーは嫁取りディッターを観戦するために貴族院へ入りたいと言って、ルーフェンを困らせたらしい。この魔術具を使うことで、何とか我慢してもらったそうだ。

「このような魔術具を持たせるなんて、アウブ・ダンケルフェルガーはハンネローレ様のお嫁入りがかかったこの勝負に乗り気なのですか？」

レスティラウトの独走を、アウブが止めてくれるのではないかという希望を抱いていたのだが、ハンネローレは悲しそうに目を伏せた。

「一度決まったディッターを取り下げるようなみっともないことはできぬ。何が何でも勝て！　だそうです」

「取り下げてくださると、こちらは大変ありがたかったのですけれど……」

宝として賭けられているわたし達は二人とも勝負を望んでいないのに、儘ならないものである。

「では、行きましょう」

ルーフェンを先頭に、騎獣に乗って騎士見習い達が競技場へ降りていく。ハンネローレと手を振って別れ、わたしも騎獣に乗りこんだ。わたしの騎獣には魔術具や回復薬がたくさん入った箱が載せられている。

「お兄様、お姉様。頑張ってくださいませ」

騎獣に駆け寄ってきたシャルロッテの応援を受けて、わたしはシャルロッテを囲む低学年の騎士見習い達を見回した。今日は上級生の強い護衛騎士が全員ディッターに出場するので、どうしてもシャルロッテの周囲が不安だ。わたしはそこにいるテオドールへ声をかける。

「テオドール、シャルロッテを守ってくださいね。頼みましたよ」

「お任せくださいませ。私はここからローゼマイン様や姉上の御武運をお祈りいたします」

シャルロッテ達の応援を背に受けながら、わたしは競技場のエーレンフェストの陣地に降り立った。選手全員が騎獣を一度消し、陣地に並ぶ。イージドールとブリュンヒルデがわたしの騎獣から箱を運び出したのを確認してから、わたしも一度騎獣を消して整列する。

最前列には魔力が豊富な上級から中級の騎士見習いが並んでいる。マティアス、ラウレンツ、トラウゴットの姿がある。その次の列には中級騎士見習いと共に全体の指示を出すレオノーレがいる。二列に並んだ騎士見習い達の後ろにいるのは、全身鎧ではなく、一部分を守るための簡易の鎧をつけた側仕えの二人だ。ちなみに、わたしも簡易鎧である。魔石で作る鎧なので、重さはないけれど、全身鎧は慣れていなければ視界が良くないし、動きにくい。段ボールで作った鎧が軽くても、色々なところに動きの制限があるのと同じ感じである。ただでさえ動きの遅いわたしがこれ以上遅くなることは避けなければならない。

イージドールとブリュンヒルデの間には全身鎧でしっかり固めたヴィルフリートがいる。一番後方にいるのが、今回の宝であるわたしとわたしの護衛をしつつ遠距離攻撃を行うユーディットだ。

……開幕一番にわたしがシュツェーリアの盾を張れるかどうかが勝負の要。

開始の合図と共にゲッティルトで盾を出し、その盾に隠れるようにして祝詞を唱えてシュツェーリアの盾を完成させるように、とレオノーレに言われている。騎士見習い達の予想から風の盾を張らせないようにダンケルフェルガーの妨害があるのは確実だそうだ。けれど、開始時点では両者ともそれぞれの陣地にいて離れているため、遠距離攻撃が来るに違いないらしい。

そのため、エーレンフェストの騎士見習い達は全員がゲッティルトでダンケルフェルガーの攻撃を防いで詠唱時間を稼ぎ、ヴィルフリートとイージドールとブリュンヒルデの三人が広範囲のヴァッシェンをダンケルフェルガーの陣地に叩きこむことになっている。

最初に広範囲魔術を補助する魔術具を使うイージドールは緊張した面持ちで腰のベルトに触れた。始めの合図があるまで、シュタープも魔術具も持ってはならない。

皆の緊張感が伝わってくる。わたしは打ち合わせた戦術を思い返してゴクリと息を呑んだ。


「両者、前へ！」

ルーフェンの声にヴィルフリートが兜を小脇に抱えて、前に進み出る。ダンケルフェルガーの陣地からはレスティラウトが同じように兜を手に進んできた。

そこで初めてわたしはダンケルフェルガーの陣地に目を向けた。視力を強化すれば、相手の陣地の様子もよく見える。あちらにも大きな箱を足元に置いている者がいることに気付いた。魔術具や回復薬をたくさん持ち込んでいるようだ。全身鎧で固めた者ばかりなので、ダンケルフェルガーは全員が騎士だと思っていたが、もしかしたら武よりの側仕えがいるのかもしれない。

……考えることは同じってことかな？　それとも、向こうにとってはこれが普通の嫁取りディッターなのかな？

こちらと同じように領地の者から助言や協力があった可能性は高い。

……大丈夫かな？

不安と緊張で小さく身体が震える。ダンケルフェルガーにはすでにディッター物語が渡っているので、フェルディナンドの戦術がいくつか流出している。過去に戦った騎士達からの助言があれば、こちらの狙いがいくつも漏れている可能性がある。

絶対に負けるな、とハルトムートを毎日のように送り込み、神具を貸し出してくれたジルヴェスターからの全面的なバックアップはもちろん、ボニファティウスやカルステッドからも色々な戦術に関する助言があった。負けるわけにはいかない。

ルーフェンを中心に、ヴィルフリートとレスティラウトの二人が向かい合った。二人が睨み合う前でルーフェンはシュタープを出した。二人もシュタープを出して前に差し出し、ルーフェンの動きに合わせて上へ高く上げていく。真上にシュタープを掲げ、二人が言葉をかけ合う。

「正々堂々と戦おうではないか」

「我々もアウブより何が何でもローゼマインを守れ、と言われています。負けません」

お互いに背を向けると陣地に戻っていく。ルーフェンはシュタープを上げたままだ。

陣地に戻った二人が兜を被った。それを確認したルーフェンがシュタープを青く光らせると、ブンと大きく振り下ろした。

「始め!」

「ゲッティルト!」

エーレンフェストの騎士見習い達がシュタープを出して、一斉に盾を構える。わたしも同じようにゲッティルトで円い盾を出し、その陰で祝詞を唱え始める。

「守りを司る風の女神シュツェーリアよ」

祝詞を唱え始めたわたしの前でイージドールが腰に下げていた魔術具を一度強く握って、空高く投げた。空中にいくつもの魔法陣が描き出される。ハルトムートが作った広範囲魔術の補助具だ。元々はクラリッサの研究だった魔術具である。

「側に仕える眷属たる十二の女神よ」

空中に魔法陣が展開されたのを見たヴィルフリート達三人がシュタープを高く掲げた瞬間、「ダンケルフェルガーが何かを投げたぞ！　全員構え！」というマティアスの声が上がった。

「我の祈りを聞き届け　聖なる力を与え給え」

次の瞬間、ものすごい光がエーレンフェストの陣地を照らした。わたしは何人もの騎士見習い達の後ろにいたこと、そして、何よりも一人だけ飛びぬけて背が低いおかげで光はほとんど当たらず、祝詞を唱え続けることができた。けれど、最前列の騎士見習い達は完全に目が眩《くら》んだようで、「目が！　目が見えぬ！」と叫んでいる声がする。

「ヴァッシェン！」

ヴィルフリート達も片腕で顔を庇うようにしながら呪文を唱えた。とりあえずダンケルフェルガーの陣地に向かって水が流れれば良いのだ。目が眩んで前がほとんど見えていなくてもできる。魔力量だけならばエーレンフェスト寮で上位に入るヴィルフリート、イージドール、ブリュンヒルデの三人がほぼ全力を叩きこんだヴァッシェンである。滝のような大量の水がダンケルフェルガーに向かって流れ込んでいった。

「うわああぁぁぁ！」

「何だ、これは⁉」

エーレンフェストの目が眩んでいる間に攻撃を仕掛けようと騎獣を出していたダンケルフェルガーの騎士見習いや全力で攻撃しようと大きな剣を振り上げて魔力を溜《た》めこんでいた騎士見習いが水竜のようにうねりながら襲い掛かって来る大量の水に押し流されてゴロゴロと転がって行く。

これでハンネローレが陣地から押し流されていたら勝負は決まったのだが、残念ながら宝を守るために盾を構えた騎士見習い達によって陣地内で踏み止まっていたようだ。

三人が大量の魔力を込めたヴァッシェンの威力は強いけれど、効果自体はほんの十秒程度である。ヴァッシェンはその場を綺麗《きれい》に洗浄するだけで、跡形もなくなるので、水に濡れたマントが重いということもない。

あまりの水の勢いに押し流され、呆気《あっけ》にとられていたダンケルフェルガーの騎士見習い達が「急いで戻れ！」と命令されて態勢を整えるまでに更に十秒もかからない。合計で二十秒ほどの時間稼ぎだが、わたしがシュツェーリアの盾を完成させるには十分な時間だった。

「害意持つものを近付けぬ　風の盾を我が手に！」

キンと硬質な音がして、半球状のシュツェーリアの盾が完成する。同時に、シュツェーリアの盾から黄色の光の柱が立ち上がった。

「うぇっ⁉」

光の柱は貴族院で儀式を行った時にはよく起こる現象だが、これまで盾を作った時にはなかったので、ものすごく驚いた。驚きつつ、光の柱を見上げる。そういえば、普段は指輪に魔力を込めてシュツェーリアの盾を作っている。シュタープをゲッティルトで変化させた盾を作ってから祈りの言葉を唱えたのは初めてだった。

「……ダンケルフェルガーが祝福を得られることから考えても、シュタープを使って儀式をしたり、祝詞を唱えたりするのが大事だということかしら？」

わたしが光の柱を見上げながら呟いていると、レオノーレが目の眩んでいる騎士見習い達に盾の中へ入るように指示しながら、わたしとユーディットを振り返った。

「ローゼマイン様は急いで海の儀式を！　ユーディットは時間を稼いで！　騎士達が使い物になりません！」

わたしは即座にシュタープをもう一つ出して、図書館で調べて特訓した海の女神フェアフューレメーアの杖を作り出す。シュタープを光らせ、海の女神フェアフューレメーアの記号を空中に描きながら「シュトレイトコルベン」と唱えるのだ。フリュートレーネの杖と混同しないために一手順必要なのである。

「海の女神フェアフューレメーアよ」

わたしは覚えたばかりの祝詞を唱えながら、杖をゆっくりと振り回し始める。ダンケルフェルガーがこの試合のために与えられている祝福を神々に返すのだ。

わたしが杖を出している間にユーディットが「行きます！」と声を上げ、騎獣に飛び乗った。回復薬を飲むために下がるヴィルフリート達三人と入れ替わるように、ユーディットの騎獣が駆け出していく。

「やぁっ！」

ユーディットがスリングを使い、態勢を整えつつあるダンケルフェルガーの陣地に向かってソフトボールくらいの大きさの魔術具を飛ばす。

「何かが飛んで来るぞ！　叩き返せ！」

「駄目だ！　網で受け取れ！」

爆発の可能性があることを示唆《しさ》した騎士見習いがシュタープを変形させた網で飛んでくる魔術具を捕らえた。魔術具は網に触れた瞬間、爆散《ばくさん》し、周囲にほのかに赤い煙幕《えんまく》のような煙と細かい粉塵《ふんじん》を撒《ま》き散らす。

「ぎゃあああぁぁ！　目が！」

「げほっ！　ごほっ！　喉が……」

「吸い込むな！　手足が痺《しび》れる」

態勢を整えつつあったダンケルフェルガーの陣営で騎士見習い達がのたうち、もがき苦しむ状態になった。とても攻め込んで来られるような状態ではない。

「さすがハルトムート。ローゼマイン様の敵には容赦《ようしゃ》ありませんね」

回復薬を飲んで魔力回復中のブリュンヒルデが感心したようにそう言う。ハルトムートは採集場所で騎士見習い達にネガローシという白と赤の斑《まだら》の実を採集させた。それをすり潰して粉末状にし、爆散するための魔術具を作ったのだ。

目に入ると涙が止まらず、鼻から吸い込むと鼻の奥が痛んで鼻水が出てきて、口から吸い込むと喉の奥がヒリヒリと痛み、人によっては熱が出たり、手足が痺れたりするらしい。ヴァッシェンで洗い流せば、目の痛みくらいは取れるはずだし、痛みがそれほど長引くこともないとハルトムートは言っていた。けれど、光で目を眩ませただけのダンケルフェルガーに比べるとエーレンフェストの魔術具は悪辣この上ないと思う。

「くっ！　ローゼマインがとても聖女と思えぬような悪辣で卑怯な手を使うことなど、二年前からわかっていたことではないか。怯むな！　このような粉塵はヴァッシェンで洗い流せ」

……わたしじゃなくて、ハルトムートが考えたんだけどな。

そう思いながら、わたしは身体強化の魔術具に魔力を流しつつ、ぐるんぐるんと大きくフェアフューレメーアの杖を回す。杖の動きに合わせて、ざざん、ざざんと潮騒の音が聞こえ始めた。それに合わせてダンケルフェルガーの騎士見習い達の身体から祝福が吸い取られ始める。

強制的に祝福を打ち切られるのだ。祝福に身体を慣らしていた騎士見習い達がつんのめるのが見える。ついでに、闘争心に燃えていたダンケルフェルガーの戦意を奪い取って心を穏やかにするのである。戦いの気分を盛り上げるまでに、また更に時間がかかるだろう。

「ディッター勝負が終わっていないのに何をするのだ⁉」

ダンケルフェルガーの陣地でレスティラウトの叫ぶ声が聞こえる。けれど、これは元々暑さを和らげるための儀式で、ディッターの後でなければ行ってはならない儀式ではない。

……まぁ、真冬に行うことでもないけどね。

「我等に祝福をくださった神々へ　感謝の祈りと共に　魔力を奉納いたします」

祝詞を唱え、高く空に向かってフェアフューレメーアの杖を掲げる。ドンと音を立てて光の柱が立ち、ずわっと皆から奪った祝福の魔力が空に向かって駆け上がっていった。戦う前から祝福を奪われた騎士見習い達は呆然としているけれど、これで少しは互角に近付くはずだ。

もう一度ダンケルフェルガーの騎士見習い達が戦闘態勢に入る頃には、エーレンフェストの騎士見習い達の眩んでいた目も戻ったようで、皆が騎獣に乗って戦闘態勢に入っている。

「ローゼマイン様が祝福を消してくれたとはいえ、気を抜かないでください。ダンケルフェルガーにはラールタルクがいます。ラールタルクにはトラウゴットとラウレンツの二人で必ず対抗するように。いいですね」

レオノーレの声に「はっ！」とラウレンツとトラウゴットの声がした。エーレンフェストの近距離戦では一、二を争う二人が、二人がかりで止めなければならない相手らしい。

一瞬で蹴散らされた二年前に比べれば、エーレンフェストの騎士見習い達は連携も取れるようになっているし、魔力も増えていて強くなっている。それでも、ダンケルフェルガーは別格らしい。

「最近は儀式で祝福を得るためにディッターが以前より盛んになっているくらいなので」とマティアスが言っていた。

戦力を将棋にたとえると、人数の少ないエーレンフェストが普通に歩兵交じりで駒を揃えているのに、人数が多いダンケルフェルガーは歩兵以外の駒ばかりを選別する余裕がある状態だ。そのうえ、ラールタルクはトラウゴットとラウレンツの二人がかりで止めなければならないのだから、最初から飛車が裏返しになっているくらい個人的技量に差があると言えるだろう。

「エーレンフェストの皆に武勇の神アングリーフの祝福を」

少しでも互角に戦えるように、わたしは指輪に魔力を込めてアングリーフの祝福を贈る。だが、立て続けに儀式を行ったことで、わたしも魔力を回復させなければまずい状態になってきた。

……これからヴィルフリート兄様がエーヴィリーベの剣を使うことになるから、わたしも盾を維持するために魔力がたくさん必要なんだよね。

色々と試してみたが、近くでエーヴィリーベの剣を使われるとシュツェーリアの盾の強度が弱まるのだ。神話的にシュツェーリアの盾よりエーヴィリーベの剣の方が強いらしい。ダンケルフェルガーの盾対策もその辺りではないかと、わたしは睨んでいる。

「ローゼマイン様は騎獣に乗りこんで、中で回復に専念してください。ヴィルフリート様は合図をしたらエーヴィリーベの剣を使えるように準備をお願いします。ブリュンヒルデ、イージドール。二人は魔力残量に気を付けながら、交代でユーディットに魔力の籠もった魔術具を渡してください」

レオノーレとマティアスによると、少しでも互角の勝負に持ち込むためにはユーディットの存在が重要になるそうだ。

「ラウレンツとトラウゴットがラールタルクに集中できるように、ナターリエやアレクシスは動いてください。マティアス、上は頼みます」

「はっ！」

レオノーレの指示に騎士見習い達が陣を飛び出していく。エーレンフェストが動いたことに合わせてダンケルフェルガーも動き出す。

「祝福を奪われたところで、ダンケルフェルガーが負けるわけがない！　行け、ラールタルク！　エーレンフェストを蹴散らせ！」

「はっ！」

ダンケルフェルガーの騎士見習い達が騎獣に乗って駆け出した。そこから先は騎士同士の戦いだ。わたしは優しさ入りの回復薬をレッサーバスの中で飲みながら、戦況を見つめる。

レオノーレ達の作戦通り、ユーディットによる魔術具の投擲《とうてき》で、守りをエーレンフェストより増やし、攻撃に出る人数を減らすことに成功している。それでも、一人一人がエーレンフェストの上級騎士並みに強いのだ。ダンケルフェルガーに対抗することを考えると、ギリギリだ。

……うわ、速い。

祝福を奪ったはずなのに、ダンケルフェルガーの騎士見習い達の動きはエーレンフェストの騎士見習い達より少し速いように見える。

「祝福がなくなったところで、剣技自体がそれほど衰《おとろ》えるはずがなかろう！」

剣を構えて斬りかかってくるラールタルクをラウレンツが必死に止めるのが見えた。

「ユーディットの魔術具を正面から受けて鼻水を垂らしていたくせにカッコつけるな」

「だ、黙れ！　こちらの魔術具に目が眩んで動けなかったのは其方等ではないか！」

上空の戦いは罵《ののし》り合いの挑発合戦から始まった。

「ラールタルクを抑え込めるかどうかが勝負の分かれ目になる。押し負けるな」

わたしのシュツェーリアの盾が完成し、ダンケルフェルガーの祝福を奪うことに成功した今、敵の中で最も強いラールタルクを抑え込めるかどうかが第二の山場だ。ダンケルフェルガーが陣地の守りに人数を割《さ》いている最初の内にどれだけ相手の戦力を削れるか。それでエーレンフェストの勝敗が決まる、とマティアスが言っていた。

「はあぁぁぁぁ！」

トラウゴットが気合いの入った声を上げながら、剣に魔力を込めてラールタルクに斬りかかっていく。短い間隔で剣戟《けんげき》の音が響き、激しい打ち込みを行っているのがわかった。ラウレンツはどちらかというとトラウゴットの補佐をしているような感じで立ち回っている。

「勢いだけは良いが、いつまでもつかな」

トラウゴットとラウレンツが必死に攻め込んでいるけれど、ラールタルクはそれを危なげなく捌《さば》いている。彼にはまだ余裕がありそうだ。

「……最初から全力のようにも見えますけれど、トラウゴットは大丈夫なのでしょうか？」

とにかく攻撃、ひたすら攻撃、周囲なんて見ていないトラウゴットが成長していないように思えてハラハラしてしまう。けれど、レオノーレはわたしを安心させるように笑った。

「ラールタルクは全力を出さずに抑えられる相手ではございませんし、最近のトラウゴットは周囲の言葉を聞くことができるようになっています。それに、トラウゴットの勢いが落ちて来たらマティアスが交代するので大丈夫ですよ」

器用なマティアスは今あちらこちらの戦いに指示を出しつつ、弓矢で援護をしている。けれど、常にラールタルクに注意を払っていて、いつでもトラウゴットやラウレンツと交代できるようにしているらしい。

「わたくしも指示を出しつつ、援護に向かいます。ユーディット、敵陣への攻撃は頼みましたよ」

戦況を睨んでいたレオノーレはそう言って騎獣に飛び乗ると、シュツェーリアの盾から飛び出して行った。わたしはレッサーバスから身を乗り出すようにして見上げてみるものの、上空の騎獣達は動きが速くてよく見えない。

……どれが誰だろう？

位置がくるくると入れ替わり、武器を交わしている音はするけれど、皆が兜を被ってるため、誰がどれなのかわからない。上で周囲を常に見回し、指示を出しているのがマティアスなのと、二人がかりで挑んでいるのがラウレンツとトラウゴットなのしかわからない。

王族の前で中央騎士団が強度確認をしたせいだろうか、シュツェーリアの盾に向かって攻撃してくる敵がいない。攻略を後回しにされているようで、完全に放置されている。

「ユーディット、次はこれだ」

イージドールがハルトムートの作った魔術具に魔力を込めて渡す。騎獣に乗ったユーディットはシュツェーリアの盾から出ると、スリングでそれを敵陣に向かって投げつける。

「やぁっ！」

投げつけたユーディットが盾の中に戻って来る頃には、敵陣の方で爆発音が上がったり、叫び声が上がったりしている。ハルトムートの魔術具はかなり威力を発揮しているようだ。

「それにしても、よくこれだけの魔術具を作りましたね、ハルトムートは」

わたしが一人用のレッサーバスの中から魔術具の詰まった箱を覗き込んでいると、魔力回復中のブリュンヒルデが小さく笑う。

「文官見習い達が調合室で動けなくなっていましたよ」

ハルトムートが作っていた魔術具には色々な物があり、被害度によってレベルが分けられている。

低レベルは、ダンケルフェルガーが放った物と同じで目が眩むような閃光《せんこう》を放つ物や大きな炸裂《さくれつ》音《おん》がするだけの物。それから、悪臭がしたり、ちょっと気持ちの悪い虫が降り注いだりするような物。これらは比較的肉体の被害が少ない。近くにいた者がしばらく視覚や聴覚が使い物にならなくなったり、虫の退治に時間がかかったりするだけだ。

中レベルは、戦いの最初に投げ飛ばした涙や鼻水が止まらなくなる物や痺れ薬や眠り薬が粉末状で混入されている物だ。肉体的に被害が出るけれど、これは基本的に粉末なので、慣れてくればすぐにヴァッシェンで洗い流せるようになる。すぐにヴァッシェンできず、完全に吸い込んだり飲み込んだりすると被害はちょっと長続きする。

高レベルはフェルディナンドの参考書を参照した、えげつない作戦の時に多用されていたらしい魔術具だ。やや殺傷力《さつしょうりょく》が高めの爆発物である。爆発して石礫《せきれき》が飛び出したり、まるで花火のように多段階で爆発したりする物もあるらしい。盾がなければ大変なことになる魔術具である。

イージドールが低レベルと中レベルを結構手当たり次第に渡しているので、爆発してみなければ何を投げたのかわたしにはわからない。ダンケルフェルガーの陣地も何が飛んでくるのかわからなくて、皆が盾を構えながら戦々恐々としていることだけはよくわかった。

……陣地に対する攻撃は今のところ問題ないみたい。

そう判断した直後、ヴィルフリートの護衛騎士であるアレクシスが騎獣でシュツェーリアの盾の中に勢いよく飛び込んできた。

「癒しをください！」

騎獣から転がり落ちるようにして降りたアレクシスが腕を押さえながら自分の背後を振り返る。つられてそちらを見ると、剣を振り上げた状態ですぐ後ろを追いかけてきていたダンケルフェルガーの騎士見習いが盾から噴き出した風でバッと勢いよく追い払われるところだった。

盾に弾かれて姿勢を崩したダンケルフェルガーの騎士見習いだったが、この中に入れないことはわかっているようで、すぐに体勢を立て直して戦いの場へ飛んで行った。追っ手が背を向け、盾の中が安全であることを確認し、アレクシスが安堵の息を吐きながら兜を脱ぐ。

「貴族院が始まった頃に比べると、ダンケルフェルガーがずっと強くなっています。個々の技術が上がっていて、戦列が崩れるのは予想以上に早くなると思います」

「何⁉」

アレクシスは自分一人で抑えきれるだろうと思っていた相手にやられたらしい。今はレオノーレやマティアスが援護することで何とか戦列を保っているが、長くはもたないと感じたようだ。

その報告に主であるヴィルフリートがバッと顔を上げて戦いの場を見上げた。わたしも同じように上を見上げる。確かにエーレンフェストの動きに余裕がなくなってきている。

「ダンケルフェルガーでは儀式で祝福を得られるようになるために寮内で何度もディッターを行っ

ていると聞いています。訓練時間と真剣度が例年とは比べものにならないのかもしれません」

「……エーレンフェストもかなり訓練していますが」

　アレクシスの悔しそうな言葉に、わたしは「相手はそれ以上に訓練していたということです」と返した。訓練の回数や真剣度に違いがあるのは、一目瞭然《いちもくりょうぜん》だ。エーレンフェストではまだ騎士見習い達だけでは祝福を得られないのに対し、ダンケルフェルガーが儀式で安定して祝福を得られるようになっているのだから。

「それに、ダンケルフェルガーは上級騎士が多いですけれど、エーレンフェストは中級騎士の方が多いですからね。魔力圧縮を頑張っているとはいえ、魔力量にどうしても差が出ます」

　魔力圧縮は基本的に自分が必死に行わなければならない。わたしが多段階の圧縮方法を教えたところで、魔力量の増加は本人の努力次第なのだ。ダンケルフェルガーは常にディッターを行っているし、技量によって領地対抗戦に出られるかどうかが決まる。ボニファティウスによって訓練が強化されたことでエーレンフェストの戦力の底上げはされているけれど、ダンケルフェルガーと比べると個人個人の必死さが違う。

「アレクシス、癒しを与えます。早く戻れるように」

　わたしは指輪のはまっている手を窓から出して、アレクシスに近付いてくるように言うと、ルングシュメールの癒しをかけた。緑の光に傷を癒されたアレクシスが回復薬を一気飲みして、新しい回復薬を腰の革ベルトに引っ掛ける。

「やられました！」

今度はナターリエが飛び込んできた。アレクシスは表情を厳しくすると、飲み終わった瓶《びん》をブリュンヒルデに渡して兜を被り、ナターリエと入れ替わるように騎獣に乗って飛び出していく。

「ナターリエ、こちらへ。ルングシュメールの癒しを」

「恐れ入ります、ローゼマイン様」

ナターリエに癒しをかけていると、今度は二人の騎士見習いが盾に飛び込んできた。ダンケルフェルガーの守りに人数を割かせ、こちらの方が人数的に有利な状態で戦っているはずなのに回復を求める人数が増えてきている。回復に戻る者が増えると戦場の人数は拮抗《きっこう》し、エーレンフェストはすぐに不利になってしまう。

「戦況はどうなのですか？」

「良くはありません。私の代わりにマティアスが、彼の代わりにレオノーレが戦っています」

戦場を見回して、指示を出す二人が攻撃に回らなければならない状況になっているらしい。

……マティアスはトラウゴットやラウレンツの交代要員じゃなかった⁉

わたしは慌てて青いマント一つに二人がかりで戦っているエーレンフェストのマントを探す。最初から全力で戦っていたトラウゴットの動きが鈍っていて、今はラウレンツが前面に出てトラウゴットが補佐的な動きをしていた。

「トラウゴット、回復のために一度戻れ！」

ラウレンツの声が響く。けれど、トラウゴットは「駄目だ！」と叫んだ。

「私は其方と二人でラールタルクを抑えることを命じられている。交代要員が来るか、別の命令があるまでここを離れられぬ。耐えるぞ！」

自分がただ戦いたいからではなく戦況を見て動けない、と判断したらしいトラウゴットの言葉に彼の成長を感じた。ラウレンツが「おぅ！」と応じる。

二人の連携は今のところ上手くいっているようだが、マティアスが怪我人《けがにん》の穴埋めをしている状態では、トラウゴットと入れ替わることもできない。二人に疲労が溜まってくれば、ラールタルクを抑えられる者がいなくなる。

……最初に考えられてた戦い方が崩れてきてる。

戦列が乱れてきている上に、わたしも魔力の回復途中で癒しを連続してかけているので、魔力が完全には回復していない。

……困ったな。

だが、今は騎士見習いが戦えるようにすることが大事だろう。ダンケルフェルガーにじりじりと押されているのを感じながらわたしが次々と戻って来る騎士見習い達に癒しをかけていると、レスティラウトの声が響いた。

「あちらの戦列が乱れている！　今の内に一気にエーレンフェストを叩き潰せ！」

今が勝機と見たのだろう。ダンケルフェルガーは陣地の守りを減らして、攻撃に転じてくる。ギリギリの人数になってきているエーレンフェストの騎士見習い達に耐えきれるわけがない。

「ローゼマイン、私が行っても良いと思うか？」

ヴィルフリートがエーヴィリーべの剣が入っている箱へ深い緑の目を向ける。

「一度全員を回復させて、戦列を組み直す必要があろう。時間を稼ぐ」

「全力で補佐しますから、ヴィルフリート兄様は決して儀式を中断させないでくださいませ」

「うむ」

ヴィルフリートがエーヴィリーベの剣を手にするのを視界の端に映しながら、わたしは盾の中にいる者達をぐるりと見回した。

「ブリュンヒルデはユーディットに付いて、二、三回連続で高レベルの魔術具を使ってください。低レベルと中レベルの魔術具ばかりを受けていて油断している今ならばダンケルフェルガーに大きな被害を与えることができるでしょう。守りと回復に向かう者を増やせるかもしれません」

「かしこまりました」

ブリュンヒルデが高レベルの魔術具を手に取って渡す。ユーディットが緊張した面持ちで魔術具を手にして騎獣を駆っていく。

「やぁっ！」

これまで陣を守っていた騎士見習い達が陣を飛び出した直後の手薄になった敵陣に向かってユーディットが魔術具を投げ飛ばす。

これまでは音、光、粉末などだったが、今回は違う。着弾と共にドン！　と大きな爆発音がして煙と炎が上がり、ハンネローレの悲鳴が響いた。陣を飛び立ったばかりの騎士見習い達ばかりではなく、エーレンフェストを押していた騎士見習い達が大慌てで振り返る。

「今までと被害が違う！　戻れ！　また来るぞ！」

ユーディットが第二弾を投げ飛ばすのを見た騎士見習いの声が上がり、陣にいた者が盾を構えて防御の体勢を取る。直後に爆発と共に石の礫《つぶて》が飛び出した。

悲鳴の上がる敵陣と、これまでとは規模の違う爆発に迷いの生じたダンケルフェルガーの騎士見習いを見たヴィルフリートがエーヴィリーベの剣を持って、シュツェーリアの盾を出る。中で発動させると、シュツェーリアの盾が消えてしまうからだ。

「回復した騎士は全員ヴィルフリート兄様の護衛に付いてください。儀式を中断させないように全力で守って」

「はっ！」

エーヴィリーベの剣にはもう魔力を満たしているが、ライデンシャフトの槍が青い稲光をまとうのに満タン以上の魔力が必要だったように、エーヴィリーベの剣が神具としての威力を発揮するにはそれ以上の魔力が必要になる。

「イージドールは回復の準備を」

「心得ています」

エーヴィリーベの剣を使用すると、ほぼ全ての魔力を使うことになり、その後動けなくなるのだ。使用するには回収係が必須になる。これはヴィルフリートの側仕えであり、男性であるイージドールの役目だ。ブリュンヒルデには任せられない。

「何かするつもりだ！　阻止しろ！」

「させません！」

エーヴィリーべの剣に魔力を注いでいくヴィルフリートを守る騎士達が投げ網を投げたり、ハルトムートの魔術具を投げつけたりしながら、近付いてくる敵を牽制《けんせい》する。

次第にヴィルフリートが握るエーヴィリーべの剣に変化が現れ始めた。白の魔石でできていた刀身が白く光り始め、冷気をまとい始める。更に魔力を込めていくと、ゆらりとしていた冷気が次第に濃くなって行き、氷雪へ変化していくのだ。

「再生と死を司る命の神エーヴィリーべよ　側に仕える眷属たる十二の神よ」

ヴィルフリートが軽く目を閉じて祈りの言葉を詠唱し始めた。彼の胸の前に柄《つか》を握った拳があり、そこから刀身は天に向かっている。エーヴィリーべの剣を握ったヴィルフリートの口から神の名が出たことで、ダンケルフェルガーの騎士見習い達が顔色を変えて殺到《さっとう》し始めた。

「最後まで祈らせるな！　阻止しろ！」

これまで切り結んでいた騎士見習いが突然方向転換をしたことに驚きつつも、エーレンフェストの騎士見習い達は必死に後を追う。

「守れ！　近付けるな！」

祈りを中断させようとダンケルフェルガーの騎士見習いから矢が降り注いでくる。周囲の騎士見習い達が必死で叩き落としているけれど、一つ二つはヴィルフリートに届いた。だが、それはフェルディナンドのお守りによって弾き返され、矢を射た者に魔力の攻撃が返る。

「我の祈りを聞き届け　聖なる力を与え給え　我がゲドゥルリーヒを奪おうとする者より　ゲドゥルリーヒを守る力を我が手に」

ヴィルフリートを中心に氷と雪の混じった風が吹き始める。エーヴィリーベの力を感じ、何が起こるのかと警戒したダンケルフェルガーの騎士見習い達がやや距離を取ろうとする。

「御身《おんみ》に捧ぐは不屈の想い　最上の想いを賛美し　不撓《ふとう》の御加護を賜らん　敵を寄せ付けぬ　御身が力を与え給え」

カッとヴィルフリートが目を見開き、剣を構える。

「エーレンフェスト、戻れ！」

何が起こるのかわかっているエーレンフェストの騎士見習い達は、即座にシュツェーリアの盾へ戻ってくる。わたしは魔力をどんどん注いで盾を少し広げたけれど、維持することで精いっぱいになってきた。シュツェーリアの盾とエーヴィリーベの剣を同時には使えない。近くでエーヴィリーベの剣を使われると、盾の維持に非常に魔力を消耗《しょうもう》するのだ。

「たあああぁぁぁぁ！」

ヴィルフリートが気合いを入れて、エーヴィリーベの剣を横薙《よこな》ぎに払う。それと同時に、雪と氷でできた冬の主の眷属達が二十四ほど形を取った。ダンケルフェルガーの騎士見習いに、陣に、冬の眷属が襲い掛かる。術者の魔力によって強さが変わる眷属である。一振りで魔力のほとんどを奪われる大技だ。

「うわっ⁉　なんだ、これは⁉」

「倒せ！　怯むな！　これは魔獣だ！」

冬の主の眷属が剣から飛び出していくと、ヴィルフリートはその場に崩れ落ちるように座り込ん

だ。盾の一番端で待機していたイージドールが彼を回収してきて優しさ入りの回復薬を飲ませる。

「少しは……時間が稼げそうか？」

「えぇ。ヴィルフリート兄様のおかげで皆の回復ができそうです。ユーディット、回復したら準備をしてちょうだい。攻撃を畳みかけます」

冬の眷属を倒せば、ダンケルフェルガーも一度回復のために陣へ戻るだろう。そこが狙い目だ。

「あちらが回復しているところに一番威力が高い物を連続で打ち込みます。できれば、あちらの回復薬を破壊できるような物が良いのですけれど」

今、ダンケルフェルガーの回復薬は全身鎧の騎士がしっかりと守る箱の中に詰められているけれど、回復薬を使う者が増えれば開けざるを得ない。そこに魔術具を投げ込んで、できれば回復薬を破壊したい。

「次は回復薬を狙うのか。確かに回復や補給を断つ重要性が叔父上の資料にも載っていたが……」

箱に布で巻いたエーヴィリーべの剣を片付けながら、ヴィルフリートが「わかってはいるし、必要な作戦だが、悪辣と言われても当たり前だ」と呟く。

「えぇ。エーレンフェストはダンケルフェルガーに比べると攻撃力が明らかに劣ります。あちらの宝が魔獣ならば一気に片を付けるのですけれど、ハンネローレ様ですからね。長期戦でじりじりと戦力を削っていくのが一番無難でしょう。そのためには回復薬が邪魔です」

去年のフェルディナンドとハイスヒッツェの戦いにおいて、宝であるハンネローレは自分から陣地を出ることはなかった。シュタープの光の帯が届く場所まで近付き、無理やり引っ張り出さなければ、自ら陣を出ることはないだろう。

「あと少しだ！　さっさと倒せ」

「順番に回復を始めろ！」

ヴィルフリート一人の魔力で作り出した魔獣である。ダンケルフェルガーが総出で倒せば、時間はかかるけれどそれほど苦労するわけでもない。冬の眷属を倒しながら、回復を始めている。

「ユーディット！」

ブリュンヒルデから魔術具を受け取ったレオノーレとユーディットの二人が飛び出していき、連続して高レベルの魔術具を投げる。敵陣の上で爆発し、回復中の者が悲鳴を上げた。

「うわあぁぁ！　回復薬がっ！」

「どれが無事だ!?」

「次が来たぞ！　盾を！　防げ！」

「先に箱を閉めろ！」

ダンケルフェルガーが大変なことになっている。レスティラウトが怒りの声を上げた。

「ローゼマイン、いくら何でもえげつないぞ！　卑劣《ひれつ》にして性悪《しょうわる》！　其方、それでも聖女か!?」

わたしは聖女を名乗った覚えはないいし、フェルディナンドの指南によると油断した方が悪いそうだ。油断したダンケルフェルガーと、そんな指南書を書いたフェルディナンドが悪いと思う。

……つまり、わたし、悪くない。

「魔術具を飛ばす射手を狙うんだ。もう何も投げられぬように徹底的に狙え」

これまでのダンケルフェルガーは、ちょっとだけ盾から出ては大した肉体的被害のない魔術具を投げていたユーディットより、攻撃力の高い騎士見習い達を優先的に攻撃していた。けれど、魔術具による被害が甚大《じんだい》になれば話は別ということだろう。

「あの射手は投げる時には必ず盾から出ている。シュツェーリアの盾に攻撃判定されるからに違いない。こちらへ攻撃する時には必ず盾から出てくる。その一瞬を逃すな！」

「はっ！」

レスティラウトの声にユーディットがビクリと震える。レスティラウトは実際に戦いに出ているわけではなく、陣で戦況を見ていたせいだろうか。よく見ていると思う。その通りだ。

レスティラウトが「それから、ローゼマインも狙え」と付け加える。

「最初から儀式を立て続けに行い、その後ずっと盾を張り、騎士見習い達が休憩している間も癒しの魔術をかけ続けてきたのだ。ローゼマインの魔力はそれほど回復していないはずだ。回復する余裕を与えず、全員で一気に攻撃を仕掛けてあの盾を破るぞ。私はアレを使う」

奉納式でも中央騎士団から大量の攻撃を受けた後、わたしが儀式の前に薬を飲んで回復していたことを例に出しながらレスティラウトがそう言った。

「ローゼマイン様、そうなのですか？」

レオノーレの質問にわたしは頷いた。最初に立て続けに儀式を行い、回復しきる前に癒しを連続で行い、エーヴィリーベの剣に負けないように盾を維持するためにはかなり魔力を使った。そして、皆が攻撃に転じてから回復すればいいか、と自分の回復は後回しにして癒しを続けていた。

「盾と騎獣を維持するための魔力はまだ残っていますから、攻撃してくる人数が少なければ耐えられるでしょうけれど、ダンケルフェルガーの総攻撃になると心許《こころもと》ないですね」

中央騎士団に盾の強度を調べられた時もかなり魔力を削られた。今日のダンケルフェルガーの戦いぶりを見ていると、騎士見習いだからといって油断はできない。

「ローゼマイン様の魔力が心許ないなんて……」

シュツェーリアの盾の中にいる騎士見習い達が一斉に不安そうな顔になる。絶対安全圏《あんぜんけん》がなくなることが不安なのはわかる。けれど、ダンケルフェルガーはシュツェーリアの盾もなく、個人個人の盾だけで防いでいるのだ。

「そのような顔をしなくても、皆で敵の数をできるだけ減らせば良かろう」

ヴィルフリートが立ち上がってそう言った。

「私も其方等もローゼマインの癒しを受けて、すでに回復しているではないか。エーレンフェストの皆で守り、魔力が回復するまでの時間を稼げば良い。それほど難しいことではない。違うか？」

「はっ！」

先程あっという間に押し切られて、戦列を崩されたばかりだ。ダンケルフェルガーの騎士見習いの数を減らすのが簡単でないことは誰にだってわかっているだろう。それでも、まるで難しいことではないように騎士見習い達が奮い立つ。

「守れ、エーレンフェストの聖女を！　シュツェーリアの盾に近付けるな！」

何やらシュツェーリアの盾を攻略する秘策があるらしいダンケルフェルガーを近付けまいと、エーレンフェストの騎士見習い達はそれぞれの手に魔術具を持ちながら盾を飛び出していく。

盾の中に残るのは、わたしとユーディットとイージドールとブリュンヒルデの四人だけだ。ヴィルフリートも「こういう時は領主候補生が真っ先に動くものだ」と言いながら魔術具を手に出て行った。皆の先頭に立とうとするところはジルヴェスター譲りだと思う。

「必ずお守りします、ローゼマイン様」

そう言ってシュツェーリアの盾から出て行く皆の背中を頼もしく見送りながら、わたしは腰に下げている薬入れの一つ、激マズ回復薬が入った筒に手を触れた。

……どうしよう？　できるなら、魔力を回復させたいんだけど……。

魔力があればできることが増えるので、少なくとも安心できる。ただ、わたしはすでに優しさ入り回復薬を飲んでいる。まだ効力さえ切れていないのに、更に激マズ回復薬を飲むのは危険だ。過《か》剰摂取《じょうせっしゅ》になる。飲む量をリヒャルダやハルトムートが厳しく管理していることからもわかるように、魔力が必要だからとぐびぐび飲むわけにもいかない。

……勝手に用量を超えて飲んだら、絶対にフェルディナンド様に怒られるよね。

騎獣と盾の維持に常時魔力を使っている状況から考えると、今の回復スピードではダンケルフェルガーの攻撃を全て受けきれるかわからない。魔力の残量や回復速度を考えると、激マズ回復薬が欲しい。けれど、下手すると魔力が増えすぎて奉納式のように困る可能性もある。

……最後の手段にしよう。

本当に盾を破る秘策に効果があるのかどうかもわからない。ダンケルフェルガーの出方を見てからにしよう。わたしは筒からそっと指を離し、盾の向こうへ視線を向けた。そこでは激しい戦いが始まろうとしていた。

「行けえぇぇ！　蹴散らせ！」

「絶対に近付けるなっ！」

エーレンフェストとダンケルフェルガー、それぞれの陣から飛び出して行った騎獣が中央に近い場所を目がけて駆けていく。大きな一つの塊《かたまり》となって駆けてくる青いマントと、それを包み込めるように広がった明るい黄土色のマントが対照的だ。

「ローゼマイン様、わたくしも皆の援護をしますね」

ユーディットはブリュンヒルデから受け取った魔術具を手に、盾を少し出たところからダンケルフェルガーの一群に向かって魔術具を投げ飛ばす。エーレンフェストに被害がないように、まだ離れているダンケルフェルガーに向かって投げたのは高レベルの魔術具だ。

「避《よ》けろ！」

一丸となってこちらに向かって地を、空を駆けていた青いマントが飛来する魔術具に気付いたようで、一斉に上下左右に散る。地面に落ちて炸裂した魔術具に被害を受けた者はほとんどいないようで、ダンケルフェルガーの騎士達はすぐにまた集まって一塊になった。

「一斉攻撃！」

ヴィルフリートの声に合わせて、大きく広がって騎獣で駆けていたエーレンフェストの騎士見習い達があちらこちらから魔術具を投げ付ける。

競技場内のそこかしこから爆発音が起こり、土埃が立つ。ダンケルフェルガーの騎士見習いが一人、また一人と騎獣から転落したり、衝撃に跳ね飛ばされたりしているけれど、それでも駆けてくるダンケルフェルガーの勢いは止まらない。ラールタルクを中心に、魔術具を避けながら蛇行《だこう》したり、散っては集まったりを繰り返しながらエーレンフェストの陣地に向かって突き進んでくる。

「ラールタルク！」

レスティラウトの声が響いた。同時に、指名されたラールタルクの剣が虹色のような複雑な色合いに光り始める。フェルディナンドが強大な魔獣を倒す時によく使っている、大量の魔力を放つ大技だ。周囲に巻き起こる衝撃だけでも十分な攻撃力になるような技である。

それが自分に向けられている。わたしは血の気が一瞬で引いた。

「正気か⁉」

ヴィルフリートの叫ぶ声が聞こえたが、全力で同意したい。わたしは回復しつつある体内の魔力を必死で掻き集めるようにして急いでシュツェーリアの盾を強化し始めた。さすがにあんな攻撃を自分で受けたことはない。

……死ぬから！　あんなのを真正面から受けたら絶対に死ぬ！

二年前のダンケルフェルガーとのディッターで魔獣を仕留めるためにコルネリウスが見せた光よりも数段小さい光だった。ラールタルクの戦いぶりから考えると、もっと大きな光が出せるはずなので、多少は手加減されているのだろう。それでも、全く安心できない威力だ。

「死にたくなければ退《ど》けぇぇぇぇ！」

ラールタルクが大きく振りかぶった剣を振り下ろす。ドッと光が放たれた。複雑な色合いの光の奔流《ほんりゅう》がエーレンフェストの陣地を目がけて飛びかかってくる。ゲッティルトでそれぞれが防御しているようだが、エーレンフェストの騎士見習い達が攻撃の衝撃に巻き込まれ、耐え切れず吹き飛ばされていく様子が見えた。

皆を蹴散らしながらこちらに真っ直ぐ向かって来る光の奔流に、このような戦いの場に出たことがない側仕えのブリュンヒルデが「ひっ！」と気を失ってその場に崩れ落ち、イージドールが腰を抜かして座り込んで自分を守るように頭を抱える。

一人だけわたしの護衛として盾の内部に残っているユーディットは、光に背を向けるようにしてわたしの騎獣の前で大きくマントを広げ、自分の背中でわたしを光から守るように立った。

「わたくしにはこのくらいしかできませんけれど」

ユーディットの声を掻き消すようにバリバリバリとシュツェーリアの盾が鳴動する。盾を打ち破ろうとぶつかって来た巨大な光に、ユーディットのマントに守られていても視界は真っ白になった。耳がキンと痛くなるような轟音《ごうおん》と共に、盾の維持に必要な魔力が一気に引き出されていく。

わたしは、ただひたすら盾に魔力を込めることだけに集中していた。意識を失って倒れているブリュンヒルデ、うずくまるように頭を抱えているイージドール、マントを広げて立っているユーディット。三人を守れる物はシュツェーリアの盾しかないのだ。

その光に耐えているうちにどれだけの時間が経ったのかわからない。ほんの数秒のことだったのか、ものすごく長い時間だったのか。光が消えて、真っ白だった視界に色や形が戻ってきた。耳はまだ膜がかかったようにぼんやりとした音しか拾っていないけれど、遠くの方で戦っている音が聞こえている。我に返ったわたしの前にはまだユーディットがマントを広げて立っていた。同じ姿勢なのに、彼女を見上げているわたしから見えている角度が違う。

「……あ」

盾の維持に集中しすぎたせいか、それとも、盾の維持に全ての魔力を注ぎ込もうとしたせいか。乗り込んでいた騎獣が消え、わたしは地べたに座り込んでいた。コロリと転がってきた騎獣用の魔石が指先に当たる。

「……終わったのでしょうか?」

マントを広げた体勢のまま、呆然とした様子のユーディットが問いかける。わたしは立ち上がって上を見て、シュツェーリアの盾がまだそこにあることを確認して頷いた。

「まだ盾はあります。終わったのでしょう」

ホッと二人で息を吐いて笑い合った瞬間、二人の間に暗い影が落ちる。

「……え?」

真上に何かがやって来たことに驚いて、もう一度上を仰ぎ見た。かなり近い位置で騎獣が大きく羽を広げていたかと思うと、フッと騎獣が姿を消した。代わりに、黒い大きな盾を左腕に付けたレスティラウトがシュツェーリアの盾に向かって飛び降りてくる。

「きゃっ⁉」

弾かれる、はずだった。ディッター勝負中の敵が入れるわけがない。それなのに、レスティラウトは黒い盾に自分の身体を押し付けるようにして、シュツェーリアの盾を越えてきた。

「ど、どうして⁉」

レスティラウトとシュツェーリアの盾を見比べる。まだシュツェーリアの盾はある。破壊されたわけではない。少し魔力を吸われただけで、盾自体には何の変化もない。

上から飛び込んで来たレスティラウトは軽く受け身を取って立ち上がる。ガシャガシャと鎧が立てる音にユーディットが即座にわたしを庇って前に立った。

「ローゼマイン様、わたくしの後ろへ」

すぐさまユーディットはシュタープを剣に変形させてレスティラウトに斬りかかる。けれど、その剣がレスティラウトに届くよりも先に、ユーディットが盾の外に弾き出された。

「あっ⁉」

「この盾の中にいる者に害意や敵意を持つ者は入れない。害意なく中に入ったとしても、中で攻撃に転じれば弾き出される……だったな？」

レスティラウトがクッと笑いながら振り返り、シュツェーリアの盾に再び入れずにいるユーディットを見た。今、シュツェーリアの盾の中にいるのは、わたし、レスティラウト、ブリュンヒルデ、イージドールだ。レスティラウトに敵意を持つユーディットは戻れない。

「どうしてレスティラウト様が入れたのですか？」

じりっと一歩下がりながらわたしが問うと、レスティラウトは片方の眉を上げた。

「私は其方に害意などないからな」

嘘だ。ディッターで敵対している今、害意がなくてもわたしが敵だと認識している者に入れるはずがない。レスティラウトが手にしている、つるりと光る黒い大きな盾。あれが盾の魔力を吸い取ってその部分だけ穴を開けたに違いない。

「……その黒い盾のせいですよね？」

わたしの言葉に「正解だ」と言いながら、レスティラウトは黒い盾をゆっくりと撫でる。

「最高品質の闇の魔石で作られた盾で、魔力の攻撃を防ぐにはこれ以上の盾はない。こうして魔力で作られた壁を抜けることもできる。今回のディッターで其方の盾を越えるために、アウブが送ってきたダンケルフェルガーの秘宝だ」

レスティラウトが得意そうに笑って「そう簡単にハンネローレをエーレンフェストに渡すわけにはいかぬからな」と言った。わたし達がアウブから神具を借り出したように、ダンケルフェルガーもアウブからこの黒い盾を借りたようだ。

「きゃあっ！」

ユーディットの悲鳴が響いた。ダンケルフェルガーの騎士見習い達に囲まれて、シュタープの光る帯で縛り上げられている。

「ユーディット！」

「盾を消せばどうだ？　そうすれば、味方が弾かれることはない」

レスティラウトの言葉にわたしは唇を噛んだ。見回せばすぐにわかる。ユーディットを助けられる味方など近くにはいない。シュツェーリアの盾の近くにいるのは、青いマントばかりだ。それぞれがシュタープを構えていることから考えても、盾を消し去った時点で光の帯で引っ張り出されるだろう。盾を張っていれば、少なくともわたしが攻撃を受けることはないけれど、こうして盾の中にいる以上、外からの応援は期待できない。レスティラウトを追い出すなり、倒すなり、自力で対処しなければならないのだ。

……ヤバい。魔力がない。

魔力なしの自分がどれだけ非力なのか、わたしはよく知っている。戦う技術などないし、多少健康になっているとはいえ、下手に動き回ったらその場で倒れる可能性もあるのだ。

じりっともう一歩わたしは下がった。下がりながら魔術具の詰まっている箱との距離を測る。向き合うわたしとレスティラウトと箱はほぼ二等辺三角形を描いているが、距離がほぼ同じならば、わたしが取りに行くよりもレスティラウトの方が速いと思う。破壊されたり、盾から押し出されたり、余計なことをされる危険性を考えると、箱の中の魔術具は狙わない方が無難だろう。

わたしが必死に勝ち目と攻撃手段を探している間にも、レスティラウトが一歩、また一歩と距離を詰めてくる。

「ラールタルクに半分以上の騎士が吹き飛ばされ、残った騎士もダンケルフェルガー相手に苦戦している。其方の盾ももはや機能していない今、勝敗は決した」

ほとんど成人しているレスティラウトの大きな手がわたしに向かって伸びてきた。自分の目の前に手のひらが広げられる。

「私の手を取れ、ローゼマイン」

シュツェーリアの盾の中ではレスティラウトからわたしに攻撃はできない。無理やり引きずり出すこともできない。わたしから手を取って陣を出るまで勝敗は決まらないということだ。広げられた手と勝利を確信しているレスティラウトの表情を見比べ、わたしはキッと睨み上げる。

「嫌です」

自分から投降《とうこう》などしない。それではまるでわたしがダンケルフェルガーを選んだようではないか。勝手な勝負を仕掛けてきたレスティラウトに怒りを感じているのだ。わたしからダンケルフェルガーを選ぶつもりはない。

わたしが出した答えに、レスティラウトはほんの少し驚いたように目を瞬いた後、身体の位置を少し変え、バサリとマントを翻した。

「強がるのも悪くはないが、其方が意地を張れば張る程、エーレンフェストの騎士見習いの怪我が増えるぞ」

彼のマントが翻ったことでシュツェーリアの盾の外で戦う騎士見習い達がよく見えた。盾の向こうでわたしの護衛騎士達は必死に抗《あらが》っている。主を守ろうと、負けまいと戦っているのがわかる。

「ローゼマイン！」

ヴィルフリートが剣を繰り出し、ダンケルフェルガーの騎士見習いと切り結びながら叫ぶ声が聞こえた。まだ誰も諦めていない。

わたしは更に投降する気が失《う》せた。負けたくないという気持ちだけが募《つの》ってくる。

「……この手段だけは取りたくありませんでした」

自分の腰に手をやって激マズ薬の入った筒を取り、上部の魔石を押して蓋を開ける。何とも言えない強烈な臭いが辺りに漂い、わたしは思わず「うぐっ」と息を呑んだ。激マズ薬は久し振りすぎて飲むこと自体を躊躇ってしまう。

「ローゼマイン、其方……何を飲む気だ？」

余裕たっぷりだったレスティラウトの目に動揺が生まれる。わたしは激マズ薬を一気飲みした。

「んぐうぅぅっ！」

舌の痺れるような強烈な苦みと壮絶《そうぜつ》な臭いが喉の奥から込み上げてくる。とても耐え切れず、わたしは口元を押さえたまま、その場に崩れるように倒れた。涙を零して身体を捩《よじ》りながら苦悶《くもん》する。

……勝つ前に死ぬかも！

「服毒だと⁉」

顔色を変えたレスティラウトが駆け寄って来て、わたしの前に膝をついた。

……違う！　毒じゃないよ。薬だよ！……一応。

反論したいが、とてもできる状態ではない。わたしは涙目で口元を押さえたまま、ひどい味にしばらく耐える。みるみるうちに魔力が回復してくるのがわかって身体の力を抜いた。苦悶していたせいで、体力がかなり減った気はするけれど、その体力も回復してくる。

ぐってりと倒れたまま回復を待っていると、レスティラウトが動転したように軽くわたしの頬に触れた。バチッという小さな音と共に、その手が弾かれる。黒い盾を持っているレスティラウトがシュツェーリアの盾に弾かれることはなかったけれど、フェルディナンドが持たせてくれていたお守りは反応したようだ。

「……それほど嫌か、ローゼマイン」

レスティラウトの力が抜けたような呟きにわたしは「当たり前ではありませんか」と言いながら、ゆっくりと目を開ける。

「ねぇ、レスティラウト様。わたくし、まだ、負けていませんよ」

大きく目を見張ったレスティラウトの前で立ち上がり、わたしは髪や服に付いた草や土を払った。魔力は回復している。

「ヴィルフリート兄様、わたくしは良いので、ハンネローレ様を奪ってください！」

盾が消えた瞬間にわたしを捕らえようと、余裕のあるダンケルフェルガーの騎士見習いはシュツェーリアの盾の間近にいる。ハンネローレに一番近いのは、ダンケルフェルガーの騎士見習いを一人倒したばかりのヴィルフリートだ。

「エーレンフェストの勝利をヴィルフリート兄様に託《たく》します。……ランツェ！」

青い稲光をまとうライデンシャフトの槍を手にして、わたしは向き直った。ハンネローレ相手には神具を使う気は全くないが、レスティラウト相手に遠慮はいらないだろう。

レスティラウトが神具の槍を警戒しながら黒い盾をかざす。ダンケルフェルガーの騎士見習い達にはハンネローレを守るために騎獣に乗って駆け出した者もいれば、ライデンシャフトの槍に見入っている者もいる。

自分のシュタープで作っているため、重みを感じないライデンシャフトの槍をわたしは両手で持った。狙いは黒い盾だ。あれさえなければ、レスティラウトを盾の外へ追い出せる。

武術には全く通じていないわたしにできるのは槍を振り回すことだけだ。

「たぁっ！」

わたしが突き出した槍を、レスティラウトが軽く避けた。避けられてしまったので、わたしはそのまま槍を横に回す。めちゃくちゃでも良い。とりあえず当てれば、何らかの攻撃になるはずだ。

「ていっ！　ていっ！」

「この上なく下手くそだが、その槍は危ないな」

わたしの技量はともかく、神具の槍は間違いなく危険物だ。彼も触れるわけにはいかないのだろう。何度目かの攻防の後、適当に振り回されるライデンシャフトの槍を黒い盾で受けた。

ガチン！　と硬質の音がして、槍と盾がぶつかった。次の瞬間、魔力と魔力が反発しあうような激しい音がして、黒い盾の表面で光が弾ける。予想外のことに驚いたらしいレスティラウトが盾を大きく振って、わたしの槍を弾いた。

「其方、その槍……」

わたしの手にあるのは、青の光を失った槍だった。レスティラウトが信じられないものを見たような目で光を失った槍を見つめる。わたしは逆に彼が手にしている盾を呆然と見ていた。

……盾が真ん中から金粉化してる。

ライデンシャフトの槍の魔力を全て吸い込んだのか、黒の盾は今や黒ではなく、薄い黄色に染まり、槍が当たっていた真ん中辺りから金粉となって散り始めていた。

わたしの視線の先に気付いたレスティラウトが「うわっ⁉」と声を上げて、盾を見下ろす。

「ローゼマイン、其方……何ということを⁉」

金粉化していく盾に気付き、わたしを睨んで叫んだ直後、レスティラウトが弾かれたようにシュツェーリアの盾の外へ追い出された。

「ローゼマイン、この盾はダンケルフェルガーの秘宝ぞ！」

徐々に形を崩していく盾を見ながら、レスティラウトがシュツェーリアの盾の向こうで吠《ほ》えているけれど、魔力飽和《ほうわ》して金粉化を始めた物はもうどうしようもない。

「そのようなことをおっしゃられても、ゲドゥルリーヒを外に出せばフリュートレーネに奪われるのは当然ではございませんか。エーヴィリーベの油断が招いた事故ですよ」

怒りに任せてシュツェーリアの盾を攻撃し、跳ね返されているレスティラウトを見て、わたしは胸を撫で下ろす。敵を追い出すことには成功した。わたしは「リューケン」と唱えて槍を消す。

「これでエーレンフェストの負けはなくなりましたね。後はヴィルフリート兄様がハンネローレ様を口説き落としてくれれば……」

「上空から何かが来ます！　皆様、気を付けてくださいませ！」

競技場よりも高い位置にある観客席で審判をしているヒルシュールが突然大声を上げた。鋭い警告の声にバッと上を見ると、競技場の上空にたくさんの影が現れ、鬨《かちどき》の声を上げながら突っ込んでくる様子が見えた。

乱入者

「何だ、あれは？」

「ディッターの最中だぞ！」

降り立つ訓練場を間違えているのではないかと考えていたところに、いくつかの攻撃用魔術具が落ちてくる。明確な攻撃だ。騎士見習い達はゲッティルトの盾を頭上にかざして攻撃を防ぐ。

勢いよく競技場に飛び込んできたのは、一つの領地ではなかった。オレンジや濃い紫色のマントの騎士見習い達が鎧に身を固め、武器を手にしている。

「エーレンフェストの聖女は勝者のものだ！　ダンケルフェルガーには渡さぬ！」

「邪魔立てするなあぁぁ！」

ディッターを邪魔されたレスティラウトの怒声に応えるように、ダンケルフェルガーの騎士見習い達は騎獣を上に向けた。武器を構え、怒りを露《あら》わにしながら、上空へ駆け上がっていく。

「中小領地が混合したところで、我等に全く勝てなかったことを忘れたか⁉」

次々と上空から攻撃が降ってくるが、相手が何を考えているのか、どれだけの準備があるのか全くわからない。ダンケルフェルガーが彼等を簡単に追い払ってディッターを続けるのかどうかさえ、今の時点では判断できない。

「エーレンフェストは一旦盾に戻ってください！　怪我人も連れて戻って！」

……まずは癒しだ。

こちらの騎士見習い達はダンケルフェルガーとの戦いでボロボロになっていて、競技場内で倒れている者もいる。乱入者への対応より癒しが最優先だ。今のままでは何もできない。

わたしの声に反応して、多少の怪我をしていようとも自力で動ける者達が怪我人を回収してシュツェーリアの盾に戻ってくる。ダンケルフェルガーの騎士見習いによって光の帯でぐるぐる巻きにされたユーディットも、そのままの状態で回収された。この光の帯は縛った者よりも魔力が高くなければ切れない。わたしは即座にメッサーで切って彼女を解放する。

「申し訳ございません。わたくし……」

「謝罪は後で聞きます。今は他の怪我人が放置されていないか、確認を急いでください」

しょげて暗い色合いになっていた菫色の瞳が、やるべきことを見据えて輝く。ユーディットは「はっ！」と短く返事をすると、マントを翻して駆け出した。

そこへハンネローレを連れたヴィルフリートが戻ってきた。

「ローゼマイン、ハンネローレ様もこちらで保護して良いだろうか？　あちらの陣に一人で置き去りにされていたのだ」

「すぐにお入りくださいませ、ハンネローレ様。領主候補生を一人で置き去りにするなど、護衛騎士は何をしているのですか!?　乱入者を排除するより先にやるべきことがあるでしょう」

わたしは次々と攻撃魔術が降り注いでくる上空に集まっている青いマントを睨み上げてそう言う

と、ヴィルフリートとハンネローレが入れる場所を作る。

「この分ではディッターは仕切り直しだろう。とても続けられぬ」

「ダンケルフェルガーは彼等を追い払って続ける気でしょうけれど、こちらの戦力は心許ないですね。魔術具もかなり使ったし、回復薬も飲み過ぎていますから」

ヴィルフリートとそんな会話をしながら、わたしは皆を癒すために「シュトレイトコルベン」と唱えてシュタープをフリュートレーネの杖に変えた。

「ルングシュメールの癒しを」

盾の中に集う皆を一気に癒すと、緑の光の柱が立ち、上空ではどよめきが起こる。このディッターに参加していたダンケルフェルガーやエーレンフェストにとっては見慣れてきた光の柱であるけれど、上空に集っている者達はどうやら光の柱を見ていない者達のようだ。

頭の冷静な部分でそんなことを考えながら、わたしは盾の中にいる騎士見習い達を見回す。気を失っていたブリュンヒルデも意識を取り戻したようだ。起き上がり、土や草が付いている自分の髪にほんの少し顔をしかめた。それからすぐにヴァッシェンで洗浄する。

……あ、貴族は手でパンパンって汚れを払うんじゃなくて、ヴァッシェンするのか。

ブリュンヒルデは数秒で綺麗になって、いつもどおりの様子を見せる。戦いの最中とはとても思えない立ち居振る舞いだ。だが、それによって貴族的な女子力の差が露わになった。やはりわたしの感覚は貴族失格らしい。そんなことを考えていると、一瞬視界がチカチカと点滅した。

「え……？」

ほんの一瞬だったけれど、身体が不調を訴え始めたに違いない。わたしは自分にあまり時間が残されていないことを悟る。早くこの乱戦を終わらせなければならない。わたしは周囲の騎士見習いを見回した。ルングシュメールの癒しで怪我は治ったが、魔力の回復はまだ終わっていない。

「魔力の回復は各自回復薬を使ってください。それから、回復薬と魔術具の残りを確認して……」

やるべき指示を出していると、観客席から「危ないっ！」とか「きゃあぁぁ！」と口々に大きな悲鳴が上がる。急いで周囲を見回すと、ダンケルフェルガーの騎士見習いが一人、騎獣を失って墜落《ついらく》してきた。ドッと鈍い音を立てて地面に叩きつけられた彼はピクリとも動かない。

「癒しに行きます！　護衛を！」

わたしが騎獣の魔石に手を触れるのを見たユーディットは即座に盾を出した。レオノーレは騎獣を出して飛び乗りながら盾の中を見回し、驚きに動きのない護衛騎士を叱咤《しった》する。

「マティアス、ラウレンツ！　ぼんやりしないで！」

わたしは自分の騎獣に乗ると、ダンケルフェルガーの騎士見習いのところへ向かう。本当ならば盾の中に連れて来てもらえれば一番良い。だが、衝撃に強い魔石の全身鎧で守られているとはいえ、あれほどの高さから墜落したのだ。頭を打っている可能性は高く、安易に動かすのは危険である。

「ローゼマイン様が危険を冒してダンケルフェルガーの騎士見習いを救うのですか!?」

「当然ではありませんか！　目の前に怪我人がいて、わたくしには癒す力があるのです」

わたしは騎獣から降りると、護衛騎士達の盾に守られながら指輪でルングシュメールの癒しを与える。ふわりとした小さな緑の光を注いでいると、不意にラウレンツが「誰か嘘だと言ってくれ」

と呟いた。

わたしが顔を上げると、ラウレンツだけではなく護衛騎士達は揃って上空を見ている。何があるのかと目を凝《こ》らせば、その上空に向かって騎獣が移動していくのが見えた。ダンケルフェルガーの観客席にいる者達が次々と乱戦に参戦し始めているのだ。

「勘弁してくれ。ダンケルフェルガーには戦力があるが、観客席から参戦すればどうなるか……」

恐れを含んだマティアスの言葉が終わるよりも先に、上空から競技場に向かって降り注いでいた攻撃魔術が観客席にも向かい始める。

「そちらは戦いの場ではないでしょう！」

武よりの文官や側仕えもいて、観客席に残っている全員がすでに守りの盾を張っているダンケルフェルガーと違って、エーレンフェストの観客席にいる者は非常に戦闘能力が低い。魔術具調合のためにハルトムートに限界まで使役されてへろへろの文官見習い。盾の出し方は知っていても戦闘訓練を受けていないため、咄嗟《とっさ》には使えない側仕え見習い。多少戦闘の心得はあってもディッターには参加できない低学年の騎士見習い。それに領主候補生のシャルロッテである。

「シャルロッテ！」

わたしの悲鳴の直後、焦りが窺えるヴィルフリートの声がシュツェーリアの盾の中で響いた。

「回復した騎士見習いはエーレンフェストの観客席を守りに行け！　こちらに連れてくるのだ。回復中の者はここに残ってこちらの護衛を！」

「はっ！」

回復を終えたらしい騎士見習い達が一斉に観客席へ向かって飛び始めた。皆で盾を張って、守りながらシュツェーリアの盾に合流してくれれば少しは守りやすくなるだろう。「大丈夫、大丈夫」とわたしは自分に言い聞かせ、目の前の怪我人の癒しに集中する。

「……あ、私は……」

ダンケルフェルガーの騎士見習いが意識を取り戻した直後に飛び起きる。思わぬ動きにビクッとして、わたしはその騎士見習いのマントを引っ張った。

「今まで意識を失っていたのです。もう少し安静に……」

「いいえ、聖女の癒しで傷は癒えました。問題ありません。心よりお礼申し上げます」

その場に一度跪いて礼を述べた直後、彼はまた上空へ向かっていく。騎士見習いが元気になって良かったと思うのと同時に、慌てて安全な盾の中から飛び出して癒す必要はなかったのではないか、と何だか釈然としない気持ちになる。

騎獣で駆け上がっていく様子を見上げていると、目の前がまた点滅した。ほんの数秒間のことだが、視界が白と黒で点滅し、周囲が色を失ったように見える。回復薬を立て続けに二種類使った上に、次々と魔力を使っているせいだろう。

「ローゼマイン様、お顔の色があまりよろしくございません。盾に戻りましょう。同乗してくださいませ」

レオノーレが少し硬い表情でわたしを抱き上げるとシュツェーリアの盾に戻り始める。

「ローゼマイン様、回復薬は……？」

「すでに飲み過ぎているのです」

レオノーレはわたしを抱えている腕に少し力を入れた。今、わたしがこの場を放り出して寮へ戻るわけにはいかない。シャルロッテ達が盾に移動し始めた今、非戦闘員達の安全はシュツェーリアの盾にかかっているのだ。


わたしが戻ると、ヴィルフリートが何とか上空の乱戦を止めようとしていた。

「ハンネローレ様、この有様ではディッターは無効でしょうし、海の女神の儀式で彼等の興奮を鎮めていただいてよろしいですか？」

「えぇ。すでにディッターは終わっていますから、それが良いでしょう」

憂《うれ》い顔で上を見上げていたハンネローレがヴィルフリートに同意する。

「では、ハンネローレ様が儀式を行う間、攻撃が降って来ないように我々で広域のヴァッシェンを行います。イージドール、ブリュンヒルデ。魔力は大丈夫だろう？」

イージドールに「広範囲魔術の補助具を取ってくれ」と声をかけ、誰をハンネローレの護衛に付けるか、ヴィルフリートが盾の中に残っている騎士見習い達を見回す。

その途端、突然カァン！　と大きな金属音が鳴り響いた。

「きゃっ⁉」

「わっ⁉」

ビクッとしたわたしやヴィルフリートと違って、周囲の騎士見習い達は一斉に姿勢を整え、上空のルーフェンへ視線を向ける。上空で混戦状態になっていた騎士見習い達も即座に攻撃を止めて姿勢を正した。

「傾聴《けいちょう》！」

ルーフェンの声が大きく響いた。

「何故中央騎士団が貴族院にいるのですか⁉　そして、何故ディッターの邪魔をされるのです⁉　こちらから要請した者はおらず、オルドナンツで確認したところ、王族より命令もない状況ではありませんか！」

ルーフェンの怒りに満ちた声が響いた。上空の色とりどりのマントの中に、よく見てみれば黒のマントがいくつかある。ダンケルフェルガーのディッターに乱入するなんてずいぶんと命知らずな領地が多いと思ったけれど、中央騎士団の後押しがあったようだ。

「王族はエーレンフェストの聖女がダンケルフェルガーに移るのを憂えていらっしゃる。王族の憂いを払うのが騎士団の役目だ」

黒のマントをまとう騎士達が力強い声を上げると、中小領地の者達も同じように声を上げる。

「これは王族の望みなのです」

「勝利すればエーレンフェストの聖女を手に入れられるのです」

自分達を正義と称する中央騎士団の言い分と、煽《あお》られて行動を起こしたらしい中小領地の騎士見習い達にルーフェンは愕然とした顔になった。

「そのような理由で王命もなく出撃したのですか⁉　どう考えても異常ではありませんか！」

「中央騎士団はツェントの騎士！　ツェントの憂いを払う者！　ツェントに敵対する者を滅ぼす者！　敵対する者は滅ぼせ！」

騎士の一人がルーフェンに向かって攻撃をする。中央に移籍し、同じく黒のマントをまとっている貴族院の教師に対する攻撃に周囲が呆気にとられた。ルーフェンだけは自分に向かってくる攻撃を即座にかわし、自分の生徒達を見回す。

「其方等はすぐさま引け！　私は確認した！　王命はない！　それを知った上で中央騎士団に加勢した場合は庇いきれぬ！　王族の到着前に去れ！」

ルーフェンは中央騎士団を相手にしながら、色とりどりのマントをまとう学生達に命じた。王族に加勢したわけではなく、自分達が罰せられる可能性があることを示唆されたのだ。中小領地の騎士見習い達は蜘蛛《くも》の子を散らすように飛び去っていく。

一気に上空を埋めていた影が減った。残っているのは、黒いマントの中央騎士団の騎士が三名、ルーフェン、そして、青いマントのダンケルフェルガーの騎士見習い達だけになった。

「王命もなくディッターに乱入するなど言語道断！　縛り上げてツェントの前に引きずり出せ！」

レスティラウトの声にダンケルフェルガーの騎士見習い達が応じて、中央騎士団を捕らえようと戦い始める。けれど、中央騎士団は優秀さが認められ、中央へ移籍した騎士達の集まりである。いくらダンケルフェルガーとはいえ、学生である彼等では中央騎士団に敵わない。捕らえるには相手を上回る魔力が必要だ。

ここで騎士を捕らえることができるのは、成人間近の領主候補生であるレスティラウトくらいである。ルーフェンや数に任せた騎士見習い達が一人の騎士を追い詰めていき、それをレスティラウトが捕らえているのが見えた。

「ローゼマイン様ならば、捕らえられるのではございませんか？」

「残念ながらもっと近付かなければ届きませんし、今のわたくしにはシュツェーリアの盾を維持するので精一杯なのです」

いくら期待されても、できることとできないことがある。元気ならばできるだろうが、今はむしろ、誰かにシュツェーリアの盾の維持を交代してほしいくらいだ。妙な吐き気がし始めた。正直なところ、もうこれ以上魔力を使いたくない。

そう思いながら上空を睨んでいると、黒のマントがいくつも見え始めた。整然と揃った動きは、中央騎士団に違いない。ここにいる中央騎士団への援軍かと思わず身構える。

「ルーフェンからオルドナンツを受けて急ぎ来てみれば、これは一体何の騒ぎだ⁉」

増加した黒いマントから聞こえたのはアナスタージウスの声だった。本当に王族からの命令は出ていないようだ。アナスタージウスはあと二人になって追い詰められている中央騎士団の騎士を光の帯で縛り上げる。さすが王族。魔力は多い。

「話を聞きたい。ダンケルフェルガーとエーレンフェストの領主候補生とその側近及び寮監の二人はここに残れ！　それ以外は解散！」

できることならば日を改めてほしいところだが、ルーフェンのオルドナンツによって緊急の呼び出しを受けたらしいアナスタージウスは、この場で全員の話を聞くことにしたらしい。

アナスタージウスの登場で上空の争いが収まったことに安堵したわたしは、気が緩んだせいで一気に具合が悪くなってきたことを自覚する。シュツェーリアの盾を消して、魔力を消費する物がなくなったのに気分の悪さは悪化するばかりで改善しない。

……王族の前で倒れるのはまずいんだよね？　どうしよう？

「姫様！」

シャルロッテ達と一緒に観客席から移動してきたリヒャルダがわたしを見て目を剥《む》くと、素早くこちらに駆け寄ってくる。

「何という顔色ですか。すぐに寮へ戻りましょう。こちらの始末はヴィルフリート坊ちゃまとシャルロッテ姫様にお任せなさいませ」

「ですが、当事者のわたくしはアナスタージウス王子に残るように言われました。王族の命令に反することになります」

わたしの言葉にリヒャルダは厳しい顔つきで首を横に振った。

「これ以上王族の前で意識を失うような失点を重ねる方が大変です。この場は理由をお話しして戻りましょう」

リヒャルダにそう言われ、わたしは寮へ戻りたいと申し出る。わたしを見たアナスタージウスは何かを思い出したようにものすごく嫌そうな顔をした後、追い払うように手を振った。

「その顔を見れば具合が悪いことはわかる。さっさと戻れ」

「恐れ入ります。アナスタージウス王子の寛大《かんだい》なお心に……」

わたしが吐き気を堪《こら》えながら跪いてお礼を言っていると、アナスタージウスが苛立ったような声を出して「早くこれを連れ出せ！」と命じた。わたしはすぐさまリヒャルダに抱き上げられる。

「ディッターを把握していたレオノーレ、マティアス、盾の中でずっと共にいたブリュンヒルデ、観客席から見ていたローデリヒはわたくしの代わりにアナスタージウス王子にお話を……」

競技場から連れ出されながら、わたしは命じる。リヒャルダの肩越しにアナスタージウスの呆れ返ったような顔が見えた。


寮に戻ると、早速リヒャルダに「上から見えましたよ。回復薬を規定以上飲まれましたね」と叱られた。

「どうしても負けられない勝負ではございましたけれど、姫様の癒しを受けたり、回復薬を飲んだりできる騎士見習い達よりも、フェルディナンド様によって薬の量が厳密《げんみつ》に定められ、自分自身を癒すことができない姫様の方がよほどご自分を大切にしなければなりませんよ」

効力の弱い回復薬で十分に回復できる騎士見習い達は何本でも回復薬を使えるが、わたしはフェルディナンド製の回復薬でなければほとんど効果がない。そのうえ、わたしは飲み過ぎても体調を崩すから用量が決められている。

「回復薬の飲み過ぎでこのような状態になった可能性が高い以上、今の姫様にこれ以上お薬を飲ませることはできません。症状が緩和《かんわ》するまで寝ているしかございませんね」

リヒャルダとリーゼレータに手早く着替えさせられ、ベッドに放り込まれる。ゆっくりと身体を横たえることができる状況にわたしは目を閉じた。

エピローグ

筆頭側仕えに抱えられるようにして退出するローゼマインとほぼ同時に、観客席にいた学生達も退出していく。その場に残るのは領主候補生とその側近及び寮監の二人だけだ。

皆が移動する中、ハンネローレはシュツェーリアの盾に避難した時のまま、エーレンフェストのマントに囲まれた場所でローゼマインが運び出されていく様子を見つめていた。

……これほどひどい顔色をしているなんて……。ディッター中は一体どれほど無理を押していたのでしょう？

ほんの少し前までレスティラウトと対峙し、陣全体をシュツェーリアの盾で覆《おお》って中央騎士団の攻撃を防いでいたとは思えない顔色だった。土気色になっていて、今にも意識を失いそうだ。あのような状態になるまで盾を張り続けられる精神力に、自然と感嘆の溜息が漏れる。

……どう考えても、落下したダンケルフェルガーの騎士見習いよりローゼマイン様にこそ癒しが必要でしょうに。

ざわめきが去った頃には、訓練場の真ん中にアナスタージウスと中央騎士団の黒いマント、ダンケルフェルガーの青いマント、エーレンフェストの明るい黄土色のマントが何となく三角形の頂点になるように集まっており、寮監はそれぞれの領地を代表するように一番前にいる。縛り上げられた三人の乱入者は丁度三角形の真ん中に転がされていた。

「ハンネローレ！　其方はこちらだろう」

レスティラウトが指をクイッと動かし、移動するように指示を出す。そこで初めてハンネローレは皆が領地ごとに分かれて整列し始めていることに気付いた。一人だけぼんやりしていたこと、他領に紛れ込んでいるのが自分だけだという事実に気付き、少し焦る。

「大丈夫ですよ、ハンネローレ様。危険だったためシュツェーリアの盾に逃れたことはレスティラウト様にもご理解いただけるでしょう」

力づけるようなヴィルフリートの言葉に、ハンネローレは曖昧な笑みを浮かべた。そんな言い訳が通用するわけがない。彼女は自らの意思で陣を出て、自領を敗北させたのだから。

◆

乱入者を追い払おうとレスティラウトが騎士見習い達を率いて上空へ向かった時、ハンネローレはたった一人で陣地に残されていた。宝であるため動けないからだ。

それに、彼女はダンケルフェルガーの領主候補生である。魔力が豊富なため、全力でゲッティルトを使っていれば攻撃を受けることはない。近付く敵を追い払うための危険な攻撃用魔術具も渡されていた。たった一人である様子を見て、やって来る敵を魔術具で攻撃するのが彼女の役目だ。上空から様々な領地からの魔力攻撃が降って来る中、彼女はゲッティルトで盾を出し、その陰に座り込んでいた。

「ハンネローレ様！」

騎獣を駆ってきたヴィルフリートの呼びかけが響いた。彼も盾を出して、上からの攻撃に備えている。ハンネローレはゆっくりと手を動かしていくつも身につけている攻撃用魔術具に触れた。

「守りもいない今、ここは危険です。エーレンフェストへ来てください。少なくとも、ローゼマインの盾がある分、ここよりは安全だと思います」

思いも寄らない言葉だった。ハンネローレは目を丸くする。ヴィルフリートが投降を促すのではなく、純粋に彼女を心配していたからだ。

「ですが、わたくしがここを離れるわけには……」

首を横に振って拒否するハンネローレの前で、ヴィルフリートの盾に上空からの攻撃が当たった。思わず彼女が「きゃっ⁉」と小さな叫び声を上げ、彼の口からは「うっ」と小さな呻《うめ》き声が漏れる。

上空からの攻撃に耐えた後、ヴィルフリートは安心させるように笑みを浮かべて手を差し出した。

「ダンケルフェルガーとエーレンフェストだけの勝負ならばこのようなことは言いません。けれど、今は危険な乱入者がいます。このような乱入があってはディッターの継続は難しいでしょう。ハンネローレ様はご自分の身の安全を一番に考えてください」

色とりどりのマントが降りてこようとしているのを押し止めようとしている青いマントは、勝負の邪魔をされたことに怒っている。まだ勝負がついていないから、邪魔者を排除しようと躍起になっていることがわかる。

次々と降り注いでくる攻撃の魔術を見れば、相手がディッターに参加したいのではなく、エーレンフェストの聖女を得ようとしているダンケルフェルガーの邪魔を目的にしていることがわかる。

審判のルーフェンを見れば、乱入者への対応を優先していて、ディッターを休止したり中止にしたりする指示を出していないことがわかる。

そして、手を差し出しているヴィルフリートの深緑の目を見れば、勝負の行く先よりもハンネローレの身の安全を案じているのがわかる。彼の手にあるのは、上空からの攻撃を防ぐ盾だけだ。武器も魔術具も持っていない。

「ディッターは仕切り直せば良いが、ハンネローレ様にお怪我があれば大変です」

彼女が持たされている攻撃用魔術具を使えば、彼を退けることは簡単だ。むしろ、攻撃力が高すぎて危険なくらいだというのに、彼は自分が攻撃される可能性を全く考えていないように見える。

……ヴィルフリート様は本気でわたくしの心配しかしていないのですね。

武を貴《とうと》ぶダンケルフェルガーの領主候補生として育ったハンネローレは、危険から守られることが少ない。領地に迫る危険を排除するために護衛騎士達を率いるのが領主候補生だ。それが上手くできなくて「もっとしっかりしなさい」と叱られてばかりなので、ハンネローレは自分のことをどちらかというと出来損ないだと思っている。

そんな自分をヴィルフリートは危険から守ろうとしてくれているのだ。上手く戦えなくても叱られず、誰かが守ってくれるというのは、今までにない立場でドキドキした。彼の真っ直ぐな瞳を見ていると、何だかひどくくすぐったいような気分になる。

「ローゼマインの盾の中は安全です。行きましょう」

ハンネローレは立ち上がった。自らの意思で盾を消して陣を出ると、差し出されたままの手を取る。安堵の表情を見せて盾をかざすヴィルフリートに、ハンネローレもまた笑い返した。

「えぇ。わたくし、エーレンフェストに参ります」

◆

ダンケルフェルガーの敗北はハンネローレがヴィルフリートの手を取って自ら陣を出たことで決まった。様々な領地からの攻撃が降り注ぐ中、レスティラウトや騎士見習い達が乱入者を追い払おうと戦っている隙にひっそりと陣を出たのだ。

ハンネローレはその決断と行動を後悔しているわけではない。それでも、皆が怒っていることを考えると足取りは重くなるし、及び腰になってしまう。

……自分がしたことですもの。

何とか己《おのれ》を奮い立たせ、彼女はダンケルフェルガーの整列に加わった。領主候補生である彼女は最前列に兄やルーフェンと並ばなければならない。レスティラウトに睨まれたが、王族の前で叱責が始まることはないだろう。それだけが救いだ。

全員が整列し、王族を前に跪くとアナスタージウスが今回のディッターについて説明を求めた。それに対してルーフェンとヒルシュールが回答する。全体的な流れを説明されても理解しにくいのだろう。眉を寄せた険しい顔になっている。

……今回のディッターは普通ではございませんからね。

貴族院で結婚を賭けたディッターを行うことも異例、一家の長を中心とした親族ではなく、未成年の領主候補生が護衛騎士や騎士見習い達を率いて戦うことも異例、ヴィルフリートから直接求婚されたわけでもないハンネローレまで巻き込まれたことも異例、中央騎士団から横槍が入ることも異例……異例ずくめだ。

「結局、この騒ぎの原因は何だ？」

「大変申し訳ございません」

苛立ちを含んだ問いかけに対して即座に謝罪したのはヴィルフリートだ。回答ではなく謝罪があったことに困惑し、アナスタージウスはわずかに眉を動かした。それに気付いて、ハンネローレはヴィルフリートの方へ視線を向ける。王族から問いかけの声がかかっただけでエーレンフェストの者達は顔色を悪くしていた。軽く舌打ちした兄のレスティラウトとは反応が大違いだ。

……あら、でも……。

王族の離宮で見たローゼマインは質問されただけで顔色を失って謝罪するようなことはなかったし、王族に阿《おもね》ることなく自分の意見を述べていた。時折、ハンネローレはヒヤリとするような心地になりながら会話を見守っていたくらいだ。それを思い出したことで、兄が「ローゼマインはエーレンフェストの中で異質だ」と言った意味を彼女は初めて理解できた気がした。

……ローゼマイン様のそういう部分はお兄様と似ていらっしゃるかもしれませんね。

レスティラウトは跪いた状態とはいえ、顔を上げて強い瞳でアナスタージウスを見返しながら反論している。王族が相手でも引く気は全くなさそうだ。

「こちらからも質問がございます。何故アナスタージウス王子がこちらへ？　貴族院で起こったことを管理する王族はヒルデブラント王子ではございませんか？」

責任者でなければ話にならないのでヒルデブラントを呼べと暗に言っている。実際、管理者として王から任命されているのはアナスタージウスではない。越権《えっけん》行為に当たるはずだ。親切めかしてその点を注意しているように見えるが、レスティラウトとしてはまだ幼い上に血族であり、扱いやすいヒルデブラントを裁定者に引きずり出したいのだろう。

……いけません、お兄様！　ヒルデブラント王子はダメです！

ハンネローレはお茶会や地下書庫でのやり取りで、幼い王子がローゼマインに対して憧れや初恋のような想いを抱いていることを感じ取った。彼に初恋相手の嫁ぎ先を決めるディッターの裁定者などさせてはならない。色々な意味で大変なことになりそうだ。

……お兄様の要望を聞き入れないでください！

アナスタージウスに伝わることを祈りながら、ハンネローレはふるふると小さく首を横に振る。目が合うと、彼は腕を組んで一つ頷いた。

「……この問題をヒルデブラントが扱うのは難しい。私が預かるようにツェントから命じられた」

アナスタージウスがこの件の責任者だと宣言すると、レスティラウトはフンと小さく鼻を鳴らした後、殊更に社交的な笑みを浮かべた。

「では、この騒ぎの原因を伺いたいと存じます。我等のディッターは訓練場の使用なども含めて貴族院に申請済みのもの。中央騎士団は一体どのような思惑があって神聖なるディッターに乱入してきたのでしょう?」

　彼はそう言った後、縛り上げられている騎士達をじろりと見つめる。王族に対して慇懃《いんぎん》無礼《ぶれい》で不遜とも言える態度だが、間違ったことは言っていない。中小領地の騎士見習い達を誘い出し、「ローゼマイン様をダンケルフェルガーにやることはできぬ」とディッターに乱入してきたのは中央の騎士達である。

「問題を起こしたのは、中央騎士団。我等ではございません。神聖なるディッターを邪魔した理由と、中央騎士団の管理不行き届きに対する謝罪と、乱入者への厳罰を王へ要求いたします」

「なっ⁉　何をおっしゃるのですか、レスティラウト様⁉」

　過剰に反応したのは、アナスタージウスではなくエーレンフェストだった。レスティラウトは訝しげな顔になって首を傾げる。

「何の疑問があるのだ?　各領地の騎士団が同様のことをした場合は、領主の管理不行き届きを責められる。中央騎士団の不始末の責任者は王族ではないか」

「何の疑問……。その、そのように深刻に捉えることでは……」

「深刻かつ一大事ではないか。領主候補生の行く末を決める神聖なるディッターを汚したのだぞ」

　神に祈り、祝福を得てから行うようになったことで、ダンケルフェルガーではディッターが以前よりずっと神聖視されるようになった。神々に捧げるディッターを邪魔することは、神事や奉納舞を妨害することに等しい。

　……変ですね。エーレンフェストの方々は神事を邪魔されても神々に対して不敬だと考えないのでしょうか？

ハンネローレは貴族院でローゼマインの儀式を見たことにより、エーレンフェストではダンケルフェルガーより神事をもっと頻繁に丁寧に行っていて、神々との距離が近く、御加護や祝福を得ることに慣れていると思っていた。それなのに、エーレンフェストは神事を邪魔されたことに憤っていない。王族より神々を尊重すべきなのに、どうにも認識に差があるように感じられる。

「むしろ、其方等は何故怒らぬ？　そういえば、エーレンフェストの騎士見習い達は乱入者を追い払おうともしなかったな」

「怪我人が多かったのです。彼等の回復や非戦闘員の避難が最優先ではございませんか。むしろ、私としてはハンネローレ様を危険なところに一人で置くダンケルフェルガーの……」

「止めよ、二人とも」

アナスタージウスはダンケルフェルガーとエーレンフェストの言い争いに発展しそうな会話を止めると、レスティラウトを見据えた。

「王族からの命令ではないので、彼等が勝手な行動をした理由はこれから問う。だが、レスティラウト。私も問いたい。確かに今回のディッターも申請されていた。だが、普段の訓練と同じ形式で、領主候補生の嫁ぎ先を決めるとは書かれていなかったと記憶している。そもそもローゼマインとヴィルフリートの婚約は王の許可済みではないか。其方が強引に事を引き起こしたのでは？」

アナスタージウスのグレイの目がレスティラウトを射貫《いぬ》く。訓練場の使用許可を求める申請書に書く使用理由はディッターで事足りる。ディッターの原因や種類まで書かれることはない。ハンネローレは初めて知ったが、どうやらレスティラウトはそういう細かい盲点《もうてん》を突くことで今回の異例ずくめとなるディッターを成立させたようだ。

「おや、ゲドゥルリーヒを得るためにあらゆる手段を講じたアナスタージウス王子ならば、私の気持ちもご理解いただけると思っていたのですが……」

……お兄様、止めてくださいませ！　事実ですが、不敬ですよ！

本来ならば王の取り決めにより、エグランティーヌの選んだ結婚相手が次期王になるはずだった。裏で色々と画策して王の宣言を覆した王子に言われたくないと真正面から反論しているのだ。ハンネローレの胃がしくしくと痛んできた。兄の隣にいたくない。

「ゲドゥルリーヒを得たい気持ちはわかるが、領主同士の話し合いもなく、貴族院で領主候補生の行く末をディッターで決めるなど……」

「ほぅ……。アナスタージウス王子はディッターを軽んじていらっしゃるのでしょうか？」

レスティラウトの声が尖った。二年前ローゼマインの奇策に破れたことで奮起し、去年はダンケルフェルガーの歴史書でディッターの歴史を読み込んで、今年はディッター物語と儀式による本物の祝福を得られるようになった。そのため、ダンケルフェルガー内ではディッターの重要性や神聖さが急速に跳ね上がっている。

そのような裏事情を知らないアナスタージウスだが、中央騎士団の不始末を糾弾《きゅうだん》する立場であるレスティラウトの機嫌を損ねたことは即座に感じ取ったようだ。

「いや、軽んじているつもりはない。だが、中央騎士団の乱入により有耶無耶《うやむや》になったディッターを再び行うのであれば、両領地のアウブに……」

「それこそ神々に対する不敬であり、ディッターを軽視する行為です。神々から祝福まで得たディッターの結果を覆すことはできませんし、するつもりはございません」

キッパリと言い切ったレスティラウトに、「お待ちください」とヴィルフリートが声を上げる。

「あのような状態でディッターの勝敗を決めるのは……」

「ハンネローレが自ら陣を出たのだ。勝敗は明らかではないか」

「ですが、それは危険から逃れるためです。安全なシュツェーリアの盾へ私がお誘いして……最初は、出るつもりがないとおっしゃって……」

「黙れ！　宝が陣から出た時点で勝負は決まる。ダンケルフェルガーは敗北し、エーレンフェストが勝利した。その結果に否はない」

レスティラウトはそう言いながらハンネローレを見た。その一瞬、睨むように目を少し細める。

「何故自ら陣を出たのか」と問いたいのを我慢している顔だ。兄の怒りから逃れたくてそっと視線を逸らした先には、青ざめているヴィルフリートがいた。「ディッターの仕切り直し」を口にしてハンネローレを誘い出した彼は、責任を感じているに違いない。

「アナスタージウス王子、我等はディッターの結果に否はありません。ですが、予定調和的な処分を下される可能性を考えると、乱入者達の尋問と処分の決定には発言権を要求します」

裏に王族の関与があることを疑われてアナスタージウスは顔をしかめたが、そこにレスティラウトが畳みかける。

「幸いなことに、このディッターは貴族院で行ったことです。今ならば領主会議で全領地の領主を交えずに終えることができます。中央騎士団に唆された可哀想な中小領地の騎士見習い達も、同様に」

レスティラウトはもうじき卒業だ。次の領主会議に出席し、領地の大人が関われない貴族院における中央騎士団の不始末を議題に挙げ、関わった中小領地の領主に圧力をかけることもできる。王族が命じた事態ではないならば、尚更、今以上に大事にはしたくないだろうと交渉している兄を見て、ハンネローレはそっと溜息を吐いた。

……お兄様も王の許可を得た婚約を解消させるためにエーレンフェストへ圧力をかけて、強引に貴族院でディッターを行って負けたことを公表されたくないでしょうに……。

自分には弱みなどなさそうな顔で王族と交渉できる兄のふてぶてしさが、ハンネローレには羨ましい。

「ダンケルフェルガーの要求はわかった。エーレンフェストはどうする？」

「……あ……」

突然意見を求められたヴィルフリートは側近達と少しやり取りをした後、王族に恭順《きょうじゅん》を示した。

「いえ、エーレンフェストは王族の決定に従います」

「ふむ。では、今後、ローゼマインを巡る争いがあれば、王族がその身柄を引き受けることで周囲を黙らせることにする。そう心得よ」

アナスタージウスの言葉にエーレンフェストの者だけではなく、その場にいた全員が息を呑んだ。

「ヴィルフリート、其方は挑戦を受ける前に勝負事を回避する手段を考えるべきだった。ローゼマインの婚約者として王族へ進言し、ダンケルフェルガーの要求に抗えばよかったのだ。今回勝負を受けたことで、ローゼマインを狙う上位領地から横槍が入った時に全て受けなければならなくなった。それを理解しているか？」

今まで積み重ねてきたエーレンフェストの流行、貴族院の奉納式、領地対抗戦で披露される共同研究の数々……。ローゼマイン個人の価値と注目度が急激に上がっている。王の許可があってもダンケルフェルガーは機会を得たのだ。こちらにも……と言い出す領地が今後出てくるとアナスタージウスは指摘した。実際、中央騎士団に唆された中小領地の騎士見習い達も「ローゼマイン様を得る」と言っていたのだ。予想できる展開である。

「今回は有耶無耶の内に勝利したようだが、いつも上手くいくとは限らぬ。また、仕掛けられる勝負はディッターだけではなかろう。ローゼマインをエーレンフェストに留めておけるかどうかは、婚約者であり、次期領主である其方の立ち回りで決まるのだ。もっと上手く立ち回れ」

王族から注意されたヴィルフリートは項垂れて退場していった。

寮へ戻ると、ハンネローレはすぐさまレスティラウト達に取り囲まれる。

「ハンネローレ、何故其方は自ら陣を出たのだ？　去年の領地対抗戦の折、ディッターの魔王にさえ抗い、皆に称賛されていたのだぞ。恐怖に駆られ、危険から逃れるために陣を出たと言ったところで誰も信じぬ。其方は何を得るために動いたのだ？」

ヴィルフリートの差し出した手が、真っ直ぐに自分の心配をする深緑の瞳が、ハンネローレの脳裏に鮮やかに蘇《よみがえ》る。兄の言う通りだ。陣から出たのは、危険から逃れるためではない。

「エーレンフェストへ行っても良いと思ったからです」

相手がヴィルフリートでなければ、ハンネローレは多分手を取ることはなかっただろう。あのように危険な場で守ってもらえる存在になりたかった。

「ご自分の恋心のためにレスティラウト様が始めたディッターを利用したのですね。姫様が筆頭側仕えのわたくしにも悟らせずに立ち回れるとは存じませんでした。素晴らしい成長です」

コルドゥラに納得の声を出されて、ハンネローレは驚きに振り返る。「違います」と反論しようと口を開き、何も言えずに閉ざした。結果的に、そして、周囲から見れば、コルドゥラの言う通りなのだ。

……でも、恋心？　これは恋心なのかしら？

ヴィルフリートの手を取りたかったから、エーレンフェストへ行こうと思ったから陣を出た。けれど、まだまだ胸を張って恋心と言えるような感情だと思えない。もっともっと淡くて、まだ名前もつけられない感情なのだ。

ハンネローレが思い悩んでいる内に、周囲の騎士見習い達は口々にディッターの反省を述べ始める。

「ハンネローレ様がエーレンフェストへ嫁ぎたいと考えていたとは思いませんでした」

「それを知っていれば、私はハンネローレ様を陣で一人にしなかったのに……」

「今回は利用されたレスティラウト様が注意不足で情報収集不足だったのですよ」

ハンネローレが陣を出たことは責められなかった。領地としては敗北したが、ハンネローレを主体にすれば、自分の望む将来をディッターで手に入れた勝利になるからだ。それに、領地としては勝っても負けてもエーレンフェストとの繋がりができる。今回の敗北でレスティラウトが得たものはないが、ハンネローレを含めた領地全体で見れば利益はある。

「だが、何故それほど重要なことを先に言わなかった？　其方はローゼマインと結託していたのか？　いつからヴィルフリートと思いを交わしていた？」

先に言えるわけがない。彼女は手を差し出された時に心が変わったのだから。それに、ハンネローレの場合は結果的に重要なことを隠していたことになっただけだが、レスティラウトは意図的に重要なことを隠していた。そちらの方が問題だと思う。

「わたくしもお兄様がお茶会で突然ヴィルフリート様を挑発し始めるまでローゼマイン様を得たいなどと聞いていませんでした。それに、わたくしをエーレンフェストへ嫁がせると決心したのは、お兄様ではございませんか」

ハンネローレの指摘にレスティラウトが言葉に詰まる。「ハンネローレをヴィルフリートの第二夫人にする」と言い出したのはローゼマインだ。だが、それはディッター自体を止めるための言葉だった。それなのに、その条件で受けたのはレスティラウトだ。あの時、ハンネローレは「止めてください」と訴えたが、黙らされた。

「……だが、其方がエーレンフェストへ嫁ぎたがるとは思わなかった。婿を得るならばともかく、ダンケルフェルガーの領主候補生が嫁ぐにはエーレンフェストは下位すぎる」

唸《うな》るような声を出すレスティラウトの肩を彼の側近が軽く叩く。

「ですが、これがディッターの結果です」

「あぁ。わかっている。妹に出し抜かれるとは思わなかった私の甘さが招いた結果であり、ハンネローレが望んだ結末だ」

レスティラウトは溜息を吐いているが、それでもディッターの結果を覆そうとはしない。「情報収集の拙《つたな》さと身内に対する甘さを叱られるであろう」と両親への報告を渋っているだけだ。

ハンネローレは自分の手を見つめる。自らこの手を伸ばしたのだ。ヴィルフリートが差し出してくれた手と重なった瞬間を思い出すと、何だか胸が温かくなったような気がする。

自分の手を握った彼女の顔は、周囲の者達がハッと息を呑むほど柔らかく綻《ほころ》んでいた。

聖女の儀式

「リュールラディ、準備はできて？」

本日はダンケルフェルガーとエーレンフェストが共同研究をしている儀式に参加することになっています。わたくしはもう一度木札の注意事項を見直しました。これは貴族院の恋物語についてよく語り合っているエーレンフェストのミュリエラ様から伝えられたものです。

「大丈夫です、お姉様。注意事項にある通り、身体の清めは終わりましたし、回復薬も準備しました。それに、お祈りの言葉も何とか覚えました」

「祈りの言葉は三年生の御加護の儀式とほとんど同じですよ。リュールラディはまだ儀式を受けていないのですか？　まさか神々の名前を覚えられないのかしら？　エーレンフェストは下級貴族でも一度で合格したのに、ヨースブレンナーの上級文官見習いの貴女がまだなんて……」

お姉様が呆れ顔になりましたが、神々の名前を全て覚えるのはとても大変なのです。初回に全員が合格してしまったエーレンフェストの学生と比べないでほしいと思います。エーレンフェストの三年生は、入学した時から全員が座学に関しては初日合格しているのです。彼等を率いる領主候補生のローゼマイン様は実技でも最速合格なので、比べられても困ります。

「本当に貴女は講義を終えるのも遅いし、碌な情報も得られないのですから……」

「あら、ローゼマイン様の情報を得られないのは、お姉様も同じではありませんか」

わたくしはツンと顔を上げました。お姉様も情報を得ようとしていましたが、ローゼマイン様が入学した一年生の時は側近のハルトムート様が情報統制をしていたようで、「エーレンフェストの聖女ですから」という一言に集約できる自慢情報しか得られませんでした。二年生の時にはダンケルフェルガーのクラリッサ様に「ハルトムートのエスコート相手はわたくしです」と追い払われていたことを知っています。

「お姉様と違って、わたくしはハルトムート様やフィリーネ様からローゼマイン様が好むお話や領地へ帰還する予定を知りましたし、ヴィルフリート様とハンネローレ様の会話から本の貸し借りで上位領地と繋がりを作っていることも知りました。今はミュリエラ様と仲良くしていますもの」

ローゼマイン様は一年生の頃から各地のお話を高額で買い取っています。その際、ヨースブレンナーの下級貴族から「少しでも高額で買っていただくためにどのようなお話を好むのかを尋ねたいのです。けれど、統率しているのが上級貴族なので一緒に来ていただけませんか?」とお願いされてわたくしは図書館へ赴きました。そこでハルトムート様とフィリーネ様から情報を得ることができるようになったのです。

……ローゼマイン様は恋物語を好んでいるそうです。「ウリアゲテキに」という言葉がよくわかりませんでしたけれど。

わたくしはきっとローゼマイン様と気が合うのではないかと思いました。わたくしも恋物語が大好きなのです。新しくローゼマイン様の側近に入ったミュリエラ様もフィリーネ様から紹介されました。ミュリエラ様は恋物語が大好きな方で、二人で話し始めると各地の情報収集よりも恋物語のお話になってしまいます。

……早くローゼマイン様と仲良くなって、エーレンフェストの恋物語を一番に読みたいものです。

ミュリエラ様からどのようなお話があったのか伺うのも楽しいですけれど、やはり自分で読みたいですもの。今年は比較的早い時期のお茶会でシャルロッテ様から運良く本を借りられましたが、最新刊ではありませんでしたし、いつでもすぐに借りられるわけではありません。

……新しい貴族院の恋物語には時の女神が悪戯《いたずら》をする東屋《あずまや》で闇の神が大きく袖を広げて光の女神を覆い隠してしまう素敵な場面もあるのですって。あぁ、いつになれば読めるのでしょう。

「新しい本を読むためにエーレンフェストに嫁ぎたいなんて、ふわふわとしたことを言っていないで、貴女はもう少し現実を見なさい。成績優秀者が増えて、周囲から注目されるようになったエーレンフェストには嫁ぎたくても簡単に嫁げません。数年前とは状況が違うのですから」

「エーレンフェストの中級貴族に嫁ぐならば容易かしら？」

「お父様やお母様はエーレンフェストが底辺だった頃しかご存じありません。そこの中級貴族との結婚など許すわけがないでしょう？　浮かれたことを言っていないで、講堂へ向かいますよ」

お姉様はもう一人の上級文官見習いルストラオネに声をかけます。ヨースブレンナーから共同研究に参加するのは、わたくしとお姉様とルストラオネの三人です。

……今日を迎えるまでが大変でしたわ。

わたくしは少し遠い目になりつつ、今までのことを思い返しました。

◆

エーレンフェストはずっと底辺をうろうろしていた中領地で、政変を中立で乗り切ったことで順位を急浮上させました。そのため、魔力はずいぶんと温存されていたのでしょう。他領に比べると、領地の生産量が上がり、安定しています。土地を満たす魔力が豊富である証《あか》しです。

それに、この五、六年で貴族院の成績もどんどん上がっています。上がり始めた初期は低学年の座学しか変化がなかったので、順位を維持するために必死だと嘲笑《ちょうしょう》されていたそうです。わたくしの入学前、ヨースブレンナーがエーレンフェストより順位が上だった頃の話です。

しかし、実技でも成績を上げる生徒がちらほらと出始め、中領地とは思えない魔力量で実技を終える学生が出始めました。これは今でも続いています。今では領地の半数以上の学生が実技でも好成績を収めていることから魔力圧縮の良い方法を思いついたのだろう、と噂されています。

ローゼマイン様が入学してからは座学の初日全員合格で周囲の注目を集め、数々の新しい物を披露していました。けれど、中小領地から発信した目新しい物が流行するとは限りません。大領地の目に留まって広げてくれなければ、ただ物珍しいだけで終わってしまうのです。

中小領地のお茶会では社交シーズンに体調を崩して領地へ帰還したローゼマイン様を「お可哀想に」と言いながら、「流行を大領地に拾っていただけると良いですね」と皮肉な笑みを浮かべている者が多かったのです。

けれど、一年生の終わり、エーレンフェスト主催の全領地のお茶会で、ローゼマイン様と王族や上位領地との繋がりが明らかになりました。エーレンフェストの髪飾りをアナスタージウス王子が購入していたり、エグランティーヌ様との個人的なお茶会で髪に艶《つや》を出す物をやり取りしていたりしたことが判明したのです。中小領地がどれだけ驚き、慌てたことでしょう。

……あの時はお姉様が代表として出席したので、わたくしは存じませんが、ローゼマイン様が倒れて途中で終わったことも含めて大変なお茶会だったようです。

それから慌てて情報を得ようとしても、領地対抗戦が間近だったのでエーレンフェストの学生はつかまりませんでした。領地対抗戦で情報を集めれば良いかと気楽に考えていれば、ローゼマイン様は回復されずに欠席されました。そのうえ、例年は閑散《かんさん》としているはずのエーレンフェストの社交場には大領地の領主が頻繁に出入りして中小領地は碌に近付けない結果に終わったのです。

二年生でもローゼマイン様は初日合格をして講義の場からはあっという間に消え、社交シーズンはシャルロッテ様が全面的に対応していてローゼマイン様は姿を見せませんでした。

領地対抗戦でも中小領地の対応をしていたのはヴィルフリート様とシャルロッテ様で、ローゼマイン様はフェルディナンド様という後見人とダンケルフェルガーの対応に忙しくしていらっしゃいました。そして、襲撃があった後の表彰式は欠席、翌日の成人式も中座されました。洗礼式を終えたばかりのような外見でとても目立つにもかかわらず、全く姿をお見かけしない方なのです。

そんなローゼマイン様がやっと社交シーズンにも貴族院にいることになりました。初めてお話のできる機会が巡って来たのです。本の話題は楽しそうに微笑み、ご自身の恋のお話については恥ずかしそうに言葉を濁してしまったローゼマイン様ですが、アウブ・エーレンフェストの悪い噂になると、悲し気な顔になりました。

領主会議で得られた噂によると、実子とずいぶん扱いに差を付けられ、神殿へ押し込められているため、貴族院に居続けることもできないそうです。それはとてもお辛いでしょう。

ローゼマイン様は否定されますが、実子であるヴィルフリート様とシャルロッテ様が社交シーズンに領地へ戻っていないことは周知の事実です。本当に同じ扱いをされているのであれば、全員で戻っているはずではありませんか。

「ねぇ、ローゼマイン様。わたくし、神殿のお話よりも共同研究のお話をしたいですわ。どのように大領地と研究されていらっしゃるのですか？」

神殿の儀式について話をしているローゼマイン様を遮り、インメルディンクの領主候補生ムレンロイエ様がダンケルフェルガーとの共同研究に参加したいと不躾《ぶしつけ》なお願いをしました。

去年の領地対抗戦ではインメルディンクの上級貴族がローゼマイン様を図らずも攻撃し、お咎めを受けました。ムレンロイエ様は「ローゼマイン様からインメルディンクが受けた損害についてはどなたも同意してくださらないのです」と以前のお茶会でおっしゃっていましたけれど、なんと厚かましいことでしょう。

ターニスベファレンからの被害が大きかったことも、上級貴族がお咎めを受けたことで順位を下げたこともローゼマイン様に責任はございません。周囲がムレンロイエ様をお止めしようとした時、考え込まれていらっしゃったローゼマイン様が顔を上げてニコリと微笑みました。

「共同研究を行う過程で、エーレンフェストの神事を見せるというものがあります。ダンケルフェルガーの許可が取れたら、のお話になりますけれど、よろしければ参加されますか？」

「まぁ、ご一緒させてくださいますの？」

……甘すぎます、ローゼマイン様。

わたくしは呆れてしまいましたが、周囲は我も我もと群がっていきます。インメルディンクが参加を許されるならば自分達も、という無言の主張がわかり、わたくしも慌てて参戦しました。

「お姉様、ダンケルフェルガーとエーレンフェストの共同研究に参加できるかもしれません！」

「よくやりましたね、リュールラディ」

ヨースブレンナーはダンケルフェルガーへ共同研究に参加したいと早速申し入れました。

「ならば、ディッターだ！」

共同研究とディッターにどのような関係があるのか存じませんが、必須だそうです。けれど、他領とのディッターはわたくしの判断で決められません。アウブの判断を仰ぐと、ディッターを行って共同研究に参加するようにと言われ、騎士見習い達にディッターを行ってもらいました。

「リュールラディ様、ダンケルフェルガーが望んでいたのは宝盗りディッターでした」

「……宝盗りとは昔のディッターですよね？」

今は座学で少し習うだけの、実技で練習さえしていないディッターで勝負をすることになったそうです。中小領地が合同で戦ったものの、あえなく敗北。回復薬が大量に必要な事態になりました。速さを競うディッターならば、これほど回復薬も魔力も必要なかったため、ヨースブレンナーにとっては大変な誤算でした。

「今は採集地もずいぶんとやせ細ってきて、あまり良い素材が採れませんものね」

素材も良くないし、回復薬を作るにも魔力が大量に必要になります。文官見習い達が総出で作りましたが、回復薬の費用を騎士見習い達に払わせることもできません。アウブの命令で行った講義外の損害なのです。わたくしはアウブに裁可《さいか》をいただき、貴族院の費用から回復薬に必要な費用を出しましたが、そのために領地対抗戦に使える金額が一気に減りました。

けれど、騎士見習い達の頑張りのおかげでダンケルフェルガーから参加を許可する木札が申請した通り三人分届きました。持参しなければならない許可証だそうです。それをエーレンフェストの文官見習いのところへ持って行けば参加の注意事項が得られると言われ、わたくしはミュリエラ様と連絡を取りました。

「え？　共同研究に参加するために回復薬が必要なのですか？」

「えぇ。ローゼマイン様が行う儀式には魔力が必要ですから、持っていなければ困ると思います」

ミュリエラ様の言葉にわたくしは非常に悩みました。アウブに命じてもらい、騎士見習い達に頑張ってもらったのに、儀式に参加しないとは言いにくいです。けれど、これ以上講義以外で魔力を使ったり、回復薬が必要になったりする事態は回避したいと思いました。

……インメルディンクのようにディッターを申し込まれた時に辞退しておいた方が賢かったかもしれません。

去年の強襲でターニスベファレンの被害が最も大きかったインメルディンクには中領地に相応しい人数の騎士見習いがほとんどいなかったため、ディッターに参加することはできず、辞退したと聞いています。

「ヨースブレンナーにエーレンフェストのような余力はありません。これ以上魔力を使うような儀式に参加してまで、共同研究に名を連ねる価値があるのでしょうか？」

そう尋ねると、ミュリエラ様は少し首を傾げました。

「他領の余力に関しては存じませんが、ローゼマイン様の儀式は見る価値がございます。神々に祈りを捧げること、神々に愛されるというのがどういうことなのか、よくわかると思います」

普段は恋物語に輝くミュリエラ様の緑の目が予想外に真剣だったことに息を呑み、わたくしは共同研究への参加を決意したのです。

◆

講堂には二百人以上が集まっています。あまりの大人数に驚きました。自分と同じクリーム色のマントがたった三つしかないことがとても不安になり、わたくしはお姉様のマントを軽く引っ張りました。

「お姉様、これだけたくさんの方が研究に参加するのでしょうか？」

「大半が領主候補生のようですから、付いている側近が多いのでしょう。実際の参加者はそれほどいないと思いますよ」

わたくしが入学した時にはヨースブレンナーの領主候補生が卒業していなかったため、卒業した領主候補生の側近であるお姉様と違って、わたくしには常に領主候補生が側近と共に行動するという意識がどうにも薄いのです。

……城で仕事をする時も領主候補生と関わることはほとんどありませんし。

「あの、フェアツィーレ様。あれは中央騎士団ではございませんか？」

ルストラオネが講堂の奥の方、シュタープを得る時に入った最奥の間に繋がる扉の前を示しました。彼女が言った通り、何故か黒のマントをまとった中央騎士団がずらりと並んでいます。その中の数人はまるで先程まで戦いでもあったかのような恰好《かっこう》をしていました。回復薬などで傷を癒したけれど、服の傷みは隠せなかったような感じなのです。

「何があったのでしょう？」

「共同研究の責任者であるリュールラディが知らないことをわたくしが知るはずないでしょう？」

そう言うお姉様の顔にも緊張が見えました。ダンケルフェルガーとエーレンフェストの共同研究で何が起こるのか、全く予想できません。よく考えてみれば、共同研究を行うのに講堂に人を集めるということがおかしいのです。

「この扉の向こう、最奥の間で儀式を行います。参加者は必ず許可証を提示してください。許可証のない方はあちらに入れません。一人ずつ順番にお願いします」

エーレンフェストとダンケルフェルガーの学生が大きな声でそう呼びかけています。その中にフィリーネ様とミュリエラ様の姿を見つけました。

最初に入る一位のクラッセンブルクは領主候補生がいないので、上級文官見習い五名が参加するようです。何故か皆が奥に入る直前で足を止めるのが不思議でした。

二位のダンケルフェルガーの領主候補生は共同研究を行うため、すでに中に入っているようです。三位のドレヴァンヒェルがクラッセンブルクの後に続きます。

「何故私が入れないのですか⁉　私はオルトヴィーン様の護衛騎士です！」

「許可証がない方は入れません。それは護衛騎士も例外ではありません」

「そのようなことが許されると……」

「許可証のない者は入れぬ。下がれ」

護衛騎士が怒りを露わにした途端、中央騎士団がザッと動きました。険のある鋭い目で睨まれ、不機嫌そうな低い声で下がるように命じられた護衛騎士達は、きつく歯を食いしばりながらゆっくりと下がっていきます。まさか許可証がなければ側近も入れないとは思いませんでした。

「護衛騎士を引き離すなんて何を考えているのでしょう?」

不安になりながらわたくしは許可証をきつく握りしめます。

そんな時、扉の向こうへ行ったはずの学生が一人戻されて来ました。藤《ふじ》色のマントなのでアーレンスバッハの学生でしょう。エーレンフェストとダンケルフェルガーの騎士見習い達に「護衛騎士が入れない以上、危険な可能性がある方は儀式に参加できません」と追い出されています。

「違います、わたくしは害意など……! ローゼマイン様が! ローゼマイン様の陰謀です!」

「詳しい話を聞こう」

騎士見習い達から中央騎士団に引き渡され、顔を引きつらせた女子生徒が講堂から出されます。

「な、中で何が起こっているのでしょう?」

わたくしの言葉にルストラオネが静かに首を横に振りました。

「わかりません。けれど、彼女の言ったことから推測できることは、害意があるような危険な者を判別する何かがあるのだと思います」

「護衛騎士がいなくても安全を確保するための何かがあるのでしょうね。……敵意や害意がなければ何の問題もないはずです。クラッセンブルクとドレヴァンヒェルは出て来ていませんから」

お姉様は小声でそう言って、近くにいる小領地の人達をちらりと見ました。お茶会ではエーレンフェストを妬《ねた》み、悪い噂をたくさん口にしていた人達がいます。

……わたくし、回復薬が大量に必要だったことに不満を漏らしてしまいましたけれど、これは敵意ではありませんよね!?

ドキドキしながらわたくしは自分の順番を待ちます。五人いたアーレンスバッハの文官見習い達のうち二人が追い出された以外には一人ずつ中に入っていきました。やはり、入る直前で動きを一度止めながら。

「あの向こうに何があるのでしょう？　必ず皆が動きを止めますよね？」

扉は開いているのですが、最奥の間は複雑な色の魔力の膜がかかっていて、奥が見えないようになっています。わたくしの前に入ったお姉様も同じように動きを止めました。

「次の方」

フィリーネ様に声をかけられ、わたくしは許可証の木札を胸の前で握りしめて進みます。扉の左右に立っている中央の騎士団が非常に怖いのですけれど、なるべく俯かないように気を付けます。

スッと膜を通り過ぎようとした途端、奥の光景が見えて、わたくしは皆と同じように足を止めてしまいました。

……どういうことですか!?　王族がこれほど揃っているなんて聞いていません！

中に入った途端、目に入ったのは黄色く透き通った半球状の物の中にずらりと並んでいる王族でした。一番手前には神殿長の衣装をまとっているローゼマイン様のお姿があります。

心臓が止まってしまうのではないか、と思うほどの衝撃に動きを止めていると「許可証をお出しくださいませ」とすぐ横から声がかかりました。わたくしは呆然としたまま、ダンケルフェルガーのクラリッサ様に許可証を渡します。

「これはシュツェーリアの盾で、中にいる者に敵意や害意を持つ者を入れないための神具です。護衛騎士も入れない中で儀式を行うので、このように選別させていただいています。どうぞ中に入って、ご挨拶を」

ローゼマイン様は風の盾について説明すると、微笑みながら一歩脇に下がりました。左端からエグランティーヌ様、アナスタージウス王子、トラオクヴァール王、アドルフィーネ様、ジギスヴァルト王子、ナーエラッヒェ様が並んでいます。

まさか中位領地の上級貴族であるわたくしが直接王族にお目通りすることがあるとは夢にも思いませんでした。トラオクヴァール様はグルトリスハイトを持たぬため、ツェントに相応しくないと負け組領地では蔑まれていることが多いのですけれど、王族としての威厳がおありです。わたくしは足がガクガクと震えるのを堪え、ゆっくりと御前に跪きました。

「ヨースブレンナーのリュールラディと申します。命の神エーヴィリーベの厳しき選別を受けた類稀なる出会いに、祝福を祈ることをお許しください」

「許す」

王の声は予想以上に優しく響き、わたくしは少しだけ安心した心地になりながら祝福を贈り、挨拶しました。

「ツェント・トラオクヴァールにお目にかかれたこと、心より光栄に存じます」

「本日の協力に感謝する、リュールラディ」

王に名を呼ばれて感謝されることになるなんて、全く考えていませんでした。わたくしのような上級貴族には光栄すぎて言葉が出ず、ローゼマイン様に促されなければその場で感激の涙を流していたかもしれません。

「リュールラディ様、ハルトムートが案内いたします」

促されて立ち上がると、青色神官の服をまとったハルトムート様がいらっしゃいました。貴族院を卒業した貴族が何故青色神官の服を着ているのでしょうか。入った途端に王族がずらりと並んでいた衝撃を何とか乗り越えたかと思えば、新しい衝撃にわたくしは目眩《めまい》がするのを感じます。

「ハルトムート様、その衣装……」

「私は神殿長ローゼマイン様を支える神官長ですから。それに、私だけではありません。ヴィルフリート様もシャルロッテ様もお召しです。本日は特別ですが、本来、ローゼマイン様の行う奉納式は青色をまとう神官と巫女しか入れない儀式なのです」

皆に蔑まれている神殿の衣装を誇らしそうに見下ろしながらハルトムート様は去年と全く変わらない笑顔を浮かべました。ローゼマイン様の素晴らしさを語る時と同じ笑顔です。嬉々《きき》として神殿に向かっている姿が思い浮かんだのですが、貴族としてあり得ません。わたくしは首を横に振ってその考えを振り払いました。

「ここで待機してください」

ハルトムート様に案内されたのは赤い敷物が敷かれたお姉様の隣でした。中央を広めに円状に空けて、中心に近い方が上位領地、外になるほど下位領地になるように配置されています。完全な円ではなく、一部が真っ直ぐに開けられているところから考えると、挨拶を終えた王族が中央に移動するのではないでしょうか。

「本当にエーレンフェストの領主候補生は全員が神殿に出入りしていたのですね」

ハルトムート様が次に入って来たルストラオネを案内するために立ち去ると、お姉様が小さな声でそう言いました。わたくしは改めて部屋の中を見回し、ハルトムート様のお言葉通り、ヴィルフリート様とシャルロッテ様が青色の衣装を着ているのを見つけました。着ている衣装を見れば、今日のために急いで借りてきた物なのか、誂《あつら》えた物なのかすぐにわかります。成長途中のお二人の衣装はきちんと誂えられた物で、しかも、完全には新品ではなく、何度か袖を通していることがわかる物です。

「実子と扱いに格差があるという噂はともかく、エーレンフェストで領主候補生が神事を行っているのは間違いないようですね」

そう呟いた瞬間、ぶわっと突然風が吹いてきました。何事かと顔を上げれば、王族を守るシュツエーリアの盾に弾かれた者がいたようです。エーレンフェストとダンケルフェルガーの騎士見習い達に連れ出される様子が見えます。

「私は敵意など持っていませんっ！」

「王族ではなく、わたくしに対する敵意でしょうか？　けれど、今回の儀式はご遠慮くださいませ。護衛騎士を付けぬ儀式の場に敵意や害意のある方は困るのです」

ローゼマイン様はおっとりとそう言いながら連れ出される学生を見送りました。連れ出されている者はローゼマイン様か王族のどちらかに敵意を抱いているそうです。それが本当なのか確認する術《すべ》もないように思えるのですけれど、何故確信が持てるのでしょうか。

「大丈夫でしょうか？　本当でなければ大変ですよね？　敵意があるかもしれない、と王族に注視されるわけですから」

「けれど、明確に弾かれています。上位領地ではアーレンスバッハの二人だけでしたが、二人はローゼマイン様に明確に敵意があったことを本人が述べていました。けれど、先程の彼は政変に負けた領地の者です。これから先は何人も弾かれる可能性がございます」

ルストラオネの言葉通り、その後に入って来た者は何人も弾かれました。政変に負けたことで順位が下がったり、領地が荒れたりしたことに対する不満をお茶会で漏らしていた領地に偏っていたことから、王族に対する敵意があったのだと思います。

……それが明確になることでローゼマイン様に恨みが向かわなければ良いのですけれど。

何人かが追い出され、長い時間をかけた入室が終わりました。壁際に立っていたダンケルフェルガーの領主候補生の二人を残し、エーレンフェストとダンケルフェルガーの騎士見習い達が退室して行きます。そして、文官見習い達はぴったりと扉を閉ざし、わたくし達と同じように位置につきました。

「では、中央へお進みくださいませ」

ローゼマイン様のお言葉で王族が順番に歩いて真ん中の空いているところへ歩きます。ローゼマイン様は王族が移動するのを待って、シュツェーリアの盾を消しました。

「では、これから奉納式を行います」

ヴィルフリート様から奉納式の説明があり、これから行う儀式が全員から魔力を集めて王族に献上する儀式であることを初めて知りました。

……そんな儀式のどこが共同研究なのですか⁉　どの領地も魔力不足だというのに、わたくし、騙されてしまったのではありませんか⁉

わたくしの心の声は周囲の皆と同じだったようです。バッと顔を上げた皆を見回しながらシャルロッテ様が口を開きます。

「この共同研究はダンケルフェルガーやエーレンフェストの学生が神々の御加護を複数賜ったことから始まりました。神々に祈りを捧げる儀式を定期的に行っているという共通点から、祈りや儀式が大事なのではないかと仮説が立ったのです」

文句を言いかけた皆が口を閉ざしました。エーレンフェストの三年生に複数の御加護を得た者がいることは知っていましたが、儀式との関係は知りませんでした。実際に下級貴族の一人は適性ではない属性から御加護を得て、ある中級貴族は全属性になったというのです。

「エーレンフェストの神殿で神事を行っているお兄様とお姉様はそれぞれ十二と二十一の御加護を賜りました」

「私の体感ですが、これまでの七割ほどの魔力で調合などができるようになりました。魔力不足の時世では重要な研究になると思っています」

実際に十二の御加護を得たヴィルフリート様の言葉には力がありました。調合をするにも魔力の消費が少なくて済むのならば、それは魔力が増えたのと同じではありませんか。

壁際に立ったままのダンケルフェルガーのレスティラウト様も口を開きました。

「参加するにあたってディッターの儀式を行ったダンケルフェルガーが神々の祝福を得た光景を見た者は多かろう。儀式によって力や速さが大きく変化することが確認された。これはこの研究の成果である」

ダンケルフェルガーが恐ろしいほどにディッターが強かったのは儀式による神々の祝福もあったようです。

目を瞬いていると、ハルトムート様が手に鈴のような物を持って中央にゆっくりと進み始めました。歩みに合わせて朗々《ろうろう》とした声が部屋の中に響きます。

「初代王は神殿長でした。ツェントが、そして、アウブが神殿長として神々に祈りを捧げることが当然だった時代があったのです。今回の儀式に参加することで神々の力を身近に感じ、神殿の在り様を見直したり、神々の御加護を得る者が少しでも増えたりすることをローゼマイン様はお望みです」

わたくしは思わずローゼマイン様のお姿を探しました。シュツェーリアの盾を消したローゼマイン様は扉の前で静かに佇んでいます。知った情報を自分達だけで独占するのではなく、皆が神々の御加護を得られるように、という心映えがとても美しく思えました。ハルトムート様が「エーレンフェストの聖女」だと自慢するお気持ちが少しわかります。

「奉納式を行います。その場に跪き、赤い敷物に手を付けてください。そして、神殿長であるローゼマイン様のお祈りを復唱してください」

ハルトムート様の指示に従って、思い思いに座っていた皆が跪く体勢を取り、床に手を付けました。王族も同じ体勢を取っています。ヴィルフリート様とシャルロッテ様が中央から端の方へ移動して跪くのが見えました。

立っているのが壁際のダンケルフェルガーの領主候補生二人と中央のハルトムート様、そして、扉の前のローゼマイン様だけになったところで、シャン！　と大きく鈴の音が鳴りました。

「神殿長、入場！」

ハルトムート様の声に合わせ、ゆったりとした優雅《ゆうが》な足運びでローゼマイン様が歩き始めます。祭壇に向かうように歩くため、わたくしの位置からはローゼマイン様を正面から見ることができます。色とりどりの領地のマントの中、お一人だけ白をまとったローゼマイン様は非常に目立ちました。静謐《せいひつ》という言葉が非常によく似合う雰囲気で、跪く皆の間をゆっくりと進んできます。その視線は祭壇を見つめていて、他の何も目に入っていないように見えました。

衣装の白を更に引き立てるのは、さらりと揺れる夜空の色の髪。そして、そこには婚約者からの愛の証しとも言える虹色魔石の髪飾りが星のように輝き、揺れています。あれほど素晴らしい魔石の連なった髪飾りを見たことはございません。

……わたくしもいつかあのように素敵な魔石を贈ってくださる殿方に巡り合いたいものです。お姉様にはふわふわした夢を見ていないで現実を見なさい、と言われますが、最終的に親の意向による相手と結婚することくらいはわかっています。夢を見ていられるのが今だけなのですから、今くらいは夢に浸っていても良いではありませんか。

……そんなわたくしの言葉に同調してくださるのがミュリエラ様くらいなのですけれど。

二人で恋物語について語り合う楽しい時間に思いを馳《は》せている間に、ローゼマイン様は中央の少し空けられた場所の前に到着していました。そして、わたくしの背後にある祭壇を見上げながら、神々に祈りを捧げるようにふわりと天に向かって両手を上げていきます。

神に祈りを捧げるために両手を上げ、左足を上げるのは、少しでも高く亭亭《ていてい》たる大空を司る最高神に近付くため、感謝を捧げる時に地面に手を付けるのは広く浩浩《こうこう》たる大地を司る五柱の大神に近付くためだと聞いたことがあります。聞いてもよく理解できなかった祈りの形でしたが、ローゼマイン様のお姿を見ると少しだけ理解できる気がいたしました。

「エールデグラール」

高く上がっている右手にシュタープを出したローゼマイン様が金色の瞳でじっと祭壇を見つめながら幼く高い声で唱えると、シュタープが大きな聖杯に変化しました。祭壇でゲドゥルリーヒが抱えている神具と複雑な彫刻までそっくりそのまま同じです。皆が息を呑みました。

「ゲドゥルリーヒの聖杯……」

部屋が静寂《せいじゃく》に満ちていたため、誰かの小さな呟きが殊の外大きく聞こえます。わたくしはローゼマイン様と同学年で実技を共にしていたため、ローゼマイン様が神殿育ち故に、武器や防具は神具以外に作れないとおっしゃるのを耳にしましたが、まさか武器だけではなく、聖杯まで作れるとは考えもしませんでした。

……聖杯は武器でも防具でもありませんよね？　一体どこで変化させるための呪文を知ったのでしょう？　神殿では知ることができるのでしょうか？

不思議に首を傾げるわたくしの隣で、お姉様が息を呑んでいるのがわかります。わたくしはローゼマイン様が円形の盾を出したり、音楽の実技でフェシュピールを弾きながら祝福を行ったりしているところも見ているので、少し慣れているのかもしれません。

……わたくしの報告を「大袈裟ですこと」とお姉様はいつもおっしゃいますが、大袈裟でも何でもないということをわかっていただけそうですね。

ローゼマイン様には持てそうもない大きな聖杯をハルトムート様が手伝って、丁寧に下へ置きました。それから、お二人も跪きます。わたくしの視界からローゼマイン様のお姿が消えてしまいました。その代わりに、歌うような祈りの声が響き始めます。

「我は世界を創り給いし神々に祈りと感謝を捧げる者なり」

ローゼマイン様に続いて復唱するように、と言われたことを思い出し、わたくしは慌てて口を開きました。

「我は世界を創り給いし神々に祈りと感謝を捧げる者なり」

復唱する速さや始まりがバラバラだったため、復唱する皆の声が不揃いで少し耳障りにも思えます。全員の声が消え、シンとした静寂が戻ってからローゼマイン様が続きを口にします。

「高く亭亭たる大空を司る最高神は闇と光の夫婦神」

「広く浩浩たる大地を司る五柱の大神」

同じ調子、同じ速度で響くローゼマイン様の声に合わせる形で、次第に復唱する皆の声が合い始めました。部屋の中に響く声がまとまるのと同じように、気持ちがまとまってくる感じがします。全員で同じことをしているという時間や行動の共有感に少し胸が熱くなってきました。

「水の女神フリュートレーネ」

「火の神ライデンシャフト」

「風の女神シュツェーリア」

「土の女神ゲドゥルリーヒ」

「命の神エーヴィリーベ」

一柱、一柱の神の名を唱え終える頃には、綺麗に声が合わさり、祭壇へ響いていきます。何とも言えない一体感を覚えていると、皆の身体から何かが出てきて揺らめいているように見え始めました。

……え？

直後、突然自分の中の魔力が引き出されました。勝手に魔力が吸い出されるような感覚は初めてのものですが、どうしてよいのかわかりません。手から魔力が吸い出されていくので、手を離すのは簡単ですが、これが儀式なのだとすれば勝手に中断することはできないでしょう。

赤い敷物にぴたりと付けている自分の手から魔力が流れています。動くに動けず、じっと見つめていると、赤い敷物がキラキラとした小さな光を放ち始めました。

そして、皆の中心に据えられた聖杯へ向かって、光の波となった魔力が流れていきます。後ろから流れてきた魔力が自分を通り過ぎて前へ、前へと流れるのが感じられ、その流れに合わせて自分の魔力も引き出されます。どんどんと光の流れる速度が上がっているようで、自分の中から引き出される魔力も多くなってきました。

「息づく全ての生命に恩恵《おんけい》を与えし神々に敬意を表し　その尊い神力の恩恵に報《むく》い奉《たてまつ》らんことを」

祈りの言葉を終えた途端、突然周囲が明るくなりました。光の流れを見ていた視界に別の光が入ったことに驚いて顔を上げると、皆の中心にある聖杯が光っているのが見えました。

「わっ⁉　光っている⁉」

周囲から驚きの声があがった次の瞬間、聖杯から赤の光が柱のようになって立ち上がり、天井へ真っ直ぐに伸びていきます。それは暖かい炉《ろ》の色を思わせるゲドゥルリーヒの貴色でした。

「な、何事だ？」

上擦った王の声が聞こえました。皆の気持ちを代弁してくださったような声に、ローゼマイン様は静かな声で返事をします。

「おそらく貴族院のどこかへ魔力の一部が飛んで行くのでしょう。貴族院で儀式を行うといつもなるのです。エーレンフェストではなりませんから、貴族院特有の現象でしょうね」

ダンケルフェルガーの儀式でも同じようになりました、と壁際に立っていたレスティラウト様からも肯定の声が響きました。

「我等の儀式では青の光が多いが、今回は赤か……」

「聖杯に魔力を込める奉納式ですから。この赤の光は神々に捧げられる皆様の魔力なのです。……美しいと思いませんか？」

ローゼマイン様の言葉にわたくしは何度も頷きます。本当に美しいのです。純粋に魔力だけで立ち上がった赤い光が。

……これが本物の貴色なのですね。

わたくしにとって季節の貴色は衣装や部屋の装いを考える時くらいしか思い浮かべないものでした。成人式で着る衣装の色さえ生まれ季節で決まり、自分で選ぶことができないことを不満に思うほどだったのです。このように美しい貴色を見たのは初めてです。赤の属性を持つ魔石でもこれほど美しいと思ったことはございません。

「ここまでです、お姉様！」

突然シャルロッテ様の悲鳴のような声が響きました。皆がハッとして視線を向けると、シャルロッテ様が立ち上がったのが見えました。同じようにローゼマイン様も立ち上がります。

「儀式は終わりです。皆様、床から手を離してくださいませ。そろそろ魔力の厳しい方がいらっしゃるでしょう」

ローゼマイン様の声にわたくしは床に付いていた手を離しました。儀式の時に感じていた一体感がなくなり、夢から覚めて一気に現実に戻って来たような気分です。

同時に、ものすごい疲労感と魔力の枯渇《こかつ》を感じました。身体がいきなり重くなって、目眩がして動けません。跪いたままの体勢を維持するのがやっとです。後ろの方では何人かが体勢を崩して倒れた音もしました。

「奉納式、お疲れ様でした。礎の魔術に魔力供給をし慣れている王族の方々や領主候補生はまだしも、上級貴族には大変な儀式だったと思います。貴重な魔力を提供してくださった皆様に奉納式への参加賞として魔力の回復薬を準備しています。……ハルトムート、回復薬を」

ローゼマイン様の言葉に軽く頷いたハルトムート様が動き始めました。ヴィルフリート様とシャルロッテ様もゆっくりとした動きではありますが、同じように動き始めました。どうやらあまり疲労を感じていないようです。

王族や領主候補生は体勢を崩していませんが、上級貴族は跪くこともできない状態の者が何人もいます。

……王族も領主候補生もこんなに大変なことを日常的にしているのですね。初めて知りました。

領主一族が礎の魔術に魔力を注がなければならないことは知識として知っています。けれど、それがどのようなものなのか、どれほど魔力を使う大変なことなのかは知りませんでした。

「貴族院で習うお薬よりは魔力が回復しやすいはずです。もちろん毒等をお疑いの方には申し出てくだされば最初から配りません。ご自分で準備された回復薬を使ってくださいませ」

ヴィルフリート様とシャルロッテ様がそれぞれ小瓶を箱から取って、毒見のようにグイッと飲みました。その後、ハルトムート様はローゼマイン様に回復薬を差し出した後、ご自分も同じように箱から小瓶を取って飲み、空になった瓶を別の箱に入れました。

「こちらの回復薬のレシピは他の方に教えていただいた物で、勝手に流出させて良いものかどうかわかりません。ですから、この場で飲むだけにしてくださいませ。勝手に皆様にお薬を配ったことでわたくしが叱られるかもしれません。小瓶は後で回収いたしますね」

ここだけの秘密ですよ、とローゼマイン様が空になった小瓶をハルトムート様に渡しながら悪戯っぽく微笑んでそうおっしゃいます。わたくしが貴族院で教わる回復薬より魔力が回復しやすいという言葉に心惹かれてお姉様を見ると、お姉様は厳しい顔をしていらっしゃいました。

「あの、お姉様？　どうかなさいました？」

「何が混入されているのかわからない物を口にできますか？　何かの罠《わな》かもしれません」

領主候補生の側近をしているお姉様は神経を尖らせています。異物混入の可能性を考えていなかった自分の甘さを指摘され、わたくしは少し項垂れました。わたくしはお姉様と違って側近として気を張って生活することがないので、ふわふわしていると言われてしまうのでしょう。

ハルトムート様は小瓶の入った箱を抱え、エーレンフェストの回復薬が必要かどうか、中心から尋ねていきます。つまり、王が最初です。けれど、側仕えや護衛騎士もいない状態で、王族が他領の者の回復薬に手を付けるわけがありません。断られることを前提にした形式的な質問に違いありません。王に尋ねずに他の者へ配ることはできないのですから。

ところが、驚いたことに王は「……もらおう」と言って、小瓶の入っている箱に手を伸ばしたのです。当然のことながら、周囲にどよめきが起こりました。常に襲撃や毒を警戒している上に、ヨースブレンナーのような魔力不足に喘《あえ》ぐ中小領地と違って中央には余裕があるはずです。エーレンフェストの回復薬を飲む必要などありません。それなのに敢えて手を伸ばすということは、王が信用している、と行動で表していることに他ならないのです。

……エーレンフェストがここまでツェント・トラオクヴァールの信用を得ているなんて。

わたくし達も驚きましたが、エーレンフェストの者達も驚いているようでした。ヴィルフリート様とシャルロッテ様が「え？」と言ったまま、目を見開いて王を凝視しています。

ローゼマイン様は特に動じた様子も見せず、「ツェント・トラオクヴァール。そのお薬は魔力が大幅に回復するのですけれど、体調はそれほど回復するわけではありません。ですから、疲労感は残ると思います」とおっしゃいました。ハルトムート様がその言葉に「ローゼマイン様が作られた回復薬だと思えば、疲労など吹き飛びます」と真面目な顔で頷いています。この場で普段通りなのはローゼマイン様とハルトムート様だけではないでしょうか。

王が率先して手に取ったせいか、王族が次々と瓶を手にしていきます。少し躊躇う姿を見せた後、ジギスヴァルト王子が飲み干すのが見えました。

王族が飲んだ物を断れないと思ったのか、クラッセンブルクの文官見習い達は小瓶の詰まった箱を睨みながら考え込んでいます。異物混入を疑えば、手を伸ばさないのが自分の身を守るためには正解でしょう。

「今回の儀式に参加するためにディッターで回復薬をたくさん使用した領地もあるでしょう？　そ

れなのに、儀式でも魔力をたくさんいただくことになるのです。その埋め合わせという形で準備させていただきました。毒等を警戒しているのでしたら自分で準備した物を飲めばよいので、早く選んでくださいませ。わたくしは体勢を崩してしまっている中小領地の上級貴族にこそ、この回復薬を届けたいのです」

ローゼマイン様はクラッセンブルクの上級貴族達ではなく、円の外側の方で何とか跪いた体勢を取ろうとしている上級貴族をひどく心配そうに見ています。

……上位領地ではなく、下位領地の心配をするなんて……。

ローゼマイン様の心配そうな顔に急《せ》かされたクラッセンブルクの上級貴族達は急いで小瓶を手に取りました。それから先はとても早く薬が配られて行きます。ダンケルフェルガーの文官見習い達は手にすると同時に躊躇いもなく一気に飲みました。

「お手伝いいたします、ローゼマイン様」

やっと動くことを許されたと言わんばかりの顔で、クラリッサ様が空の小瓶を回収するための箱に手を伸ばしました。そして、飲み終わった人達の瓶の回収を始めます。

ハルトムート様はドレヴァンヒェルに配られ、ギレッセンマイアー、ハウフレッツェへ移動していきます。

「……エーレンフェスト、この回復薬はずいぶんと魔力が回復するのが速いのではないか?」

アナスタージウス王子の質問にまだ回復薬を飲んでいない者もそろってローゼマイン様へ視線を向けました。

「エーレンフェストの騎士見習い達もそう言っていました」

「其方が準備した物ではなかったのか？」

アナスタージウス王子の声が少し尖ったように聞こえ、わたくしは他人事ながら震えあがりましたが、ローゼマイン様は困ったように微笑んだだけでした。

「わたくしが日常的に使っている回復薬とは別物なので効力がよくわからないのです。兄妹《きょうだい》や側近達と話し合った結果、寮の採集場所で素材が採れ、わたくしが作れる回復薬の中で今回の儀式に最も適当だと言われた回復薬を作っただけなのです」

……それはつまりローゼマイン様は領主候補生でありながら、何種類も回復薬を作れるということではありませんか⁉

調合に慣れていることは講義でわかっていましたが、まさか何種類も作れるほど薬学に精通しているとは思いませんでした。

「オルトヴィーン様」

不意にヴィルフリート様の声が響き、ドレヴァンヒェルの領主候補生がビクッとしたのが見えました。

「こちらは今回の儀式のために使った魔力を回復させるための物で、研究素材ではありません」

どうやらドレヴァンヒェルの領主候補生がこっそりと持ち帰ろうとしたようです。ヴィルフリート様がからかうように笑いながら止め、バツの悪そうな顔を見せた後、オルトヴィーン様は回復薬を一気に飲みました。

王族や上位領地のやり取りを見て、たとえお姉様に止められたとしても、わたくしは回復薬をいただくことにしました。ヨースブレンナーの回復薬はディッターでかなり使ってしまったのです。もらえる回復薬はもらっておきたいと思います。

……エーレンフェストのために魔力を使ったのですもの。いいですよね？

視線だけでお姉様に伺うと、お姉様は諦めたような顔で軽く頷きました。そして、ヨースブレンナーの順番になった時にはお姉様もハルトムート様からお薬を受け取りました。ルストラオネも回復薬をもらっています。

わたくしはハルトムート様が持っている箱を見て息を呑みました。薬の入っている箱は何箱もあり、すでに三箱目になっているのですが、たくさん入っている回復薬に目眩がしました。

これだけたくさん準備しようと思えば、素材の量、作製に必要な魔力量、そして作製時間は膨大なものになります。

「……これだけたくさんご準備してくださるなんて、ローゼマイン様の慈悲深さにエーレンフェストが潰れてしまう可能性はないのでしょうか？」

わたくしの呟きに、ハルトムート様は少しだけ片方の眉を上げた後、ローゼマイン様に一度視線を向け、得意そうに笑いました。

「エーレンフェストは聖女の慈悲に満たされ、繁栄していくのです。潰れることなどあり得ません」

領主の養女でありながら神殿長として儀式を行って領地を魔力で満たし、他領の者も御加護を得られるように儀式について教え、こうして他人の減った魔力を心配して回復薬を準備するなど、とても普通の者にできることではありません。

……本当にローゼマイン様は聖女なのでしょう。

ハルトムート様のこれまでの情報もきっと大袈裟なものではなく、本当のことが詰まっていたはずです。身を入れてもっとよく聞いておくべきでした。

そんなことを考えながらグッとわたくしはローゼマイン様の回復薬を飲み干しました。

……本当に回復が速いではありませんか。何ですか、これは？

飲んだ直後から魔力が回復していくのがわかります。講義で教えられた回復薬とは比べ物になりません。

「これが……採集場所で採れる素材で作れるのですか？」

「エーレンフェストが魔力に困らない秘密はこの回復薬に違いありません。これだけ回復できるのであれば、領地を魔力で満たすこともできるでしょう」

お姉様の言葉にわたくしは深く頷きました。これほど回復できるならば、回復薬を作るのも、領地を魔力で満たすのも、ずっと容易になります。

「でも、この回復薬、魔力は回復しますけれど、疲労感はさほど抜けませんね」

ルストラオネの呟きにわたしは少しだけ手を動かしてみました。回復薬を飲んだのに、疲れが取れていません。

「魔力だけ回復しても疲れて動けないのであれば、普通の回復薬の方が使い勝手は良いかもしれませんね」

「戦っている最中の騎士には重宝するでしょうし、魔力が足りなくて見合わせていた調合を行いながら飲むには最適ですよ」

お姉様の言葉に、何となくこの薬を開発した方が重視したものが見えてくるような気がしました。きっととんでもなく魔力を必要とするような変わった研究をしている研究者でしょう。

回復薬を飲んだ王族や領主候補生はすぐに動き始めました。けれど、中小領地の上級貴族はまだ満足に動けません。それを見ていたローゼマイン様が手を握ったり開いたりし、首の辺りを触り、何かを確認した後、ゆっくりと手を上げました。

「魔力は回復するけれど、疲労は抜けませんよね？　なかなか動けないようでは困るでしょうし、わたくしも魔力が回復しましたから」

そう言いながらローゼマイン様はシュタープを出しました。そして、今度は「シュトレイトコルベン」と唱えて、フリュートレーネの杖を手にします。先程の聖杯と違って、今度は最初から魔石が緑に輝いています。

「今度はフリュートレーネの杖？」

次から次へと神具が出てくる様子に皆が唖然としていると、ローゼマイン様は恥ずかしそうに目を伏せました。

「未熟で恥ずかしいのですけれど、大勢に癒しを与えるにはフリュートレーネの杖を使わなければ、指輪だけでは難しいのです」

……恥ずかしがるところが違う気がいたします。

当たり前のように大勢に癒しを与えようとするローゼマイン様に、何も言う気力がなくなりました。普通はこの程度の疲労で他人のために魔力を使ったりしませんし、大勢に一度に癒しをかけようとは考えません。ましてや、そのために神具を持ち出すような方はユルゲンシュミット中を探してもローゼマイン様以外にいないでしょう。

「ルングシュメールの癒しを」

ローゼマイン様の祈りと共に杖の魔石から緑の光が噴き出しました。先程の儀式と同じように一部の光が柱となって屹立し、それ以外が部屋にいる皆に降り注ぎます。温かさを感じる光を浴びていると、すぅっと疲労感が抜けていくような気がしました。

軽く目を閉じて静かにローゼマイン様の魔力を浴びていると、「メスティオノーラ……」という呟きがどこからか聞こえました。それほど大きな声ではなかったのですが、静かにローゼマイン様の祝福を浴びていた部屋の中にはよく通ります。

……メスティオノーラ?……確か風の眷属だったかしら?

全ての神々の名前を覚えている途中のわたくしはひとまずメスティオノーラが風の眷属であることを思い出しました。記憶が確かならば英知の女神だったと思います。そのメスティオノーラがどうしたのだろうか、と思っていると、「わかります、ハンネローレ様!」という元気な声が響いてきました。

……わたくしにはわかりません。

思わず目を開けると、ダンケルフェルガーのクラリッサ様が拳を握って力説を始めるところでした。あまりにも驚いたためか、ローゼマイン様の祝福も止まっています。

「わたくしも同じことを思いました！　あらゆる神具を自在に扱うローゼマイン様は、神々から神具を使うことを許されたメスティオノーラではないか、と」

わたくしは神学の講義の範囲内しか神々については存じませんが、メスティオノーラにはそのような話があるのでしょうか。同じように疑問を感じた方は多いようです。ハルトムート様が訝しそうにクラリッサ様を見ました。

「神殿の聖典にもそのような話はなかったと思うのですが……」

「ダンケルフェルガーの古い本にはあるのです」

クラリッサ様の言葉に同意したのはダンケルフェルガーの方ではなく、エグランティーヌ様でした。メスティオノーラが命の神と土の女神の娘であるというお話をしてくださいます。

「ローゼマイン様にピッタリですね」

確かにそうかもしれません。豊富な魔力であらゆる神具を使いこなし、連続最優秀を取れる賢さに加えて、ヴィルフリート様のお言葉を信じるならばエーレンフェストの流行を全て考え出されているのですから。

そう思っていると、クスッと小さな笑い声が響きました。

「冗談です、ローゼマイン様。そのような困ったお顔をしないでくださいませ」

「……女神にたとえられて困らない者はいないと思います、エグランティーヌ様」

ローゼマイン様は困り果てたお顔でそうおっしゃいました。ローゼマイン様のお気持ちは痛いほどによくわかります。王族から「まるで女神」と言われて、一体どのような反応をすれば良いのでしょうか。

ハルトムート様が困り果てているローゼマイン様を庇うように前へ出て、エグランティーヌ様にニコリと微笑みながらお礼を述べます。円満にその場を収める手腕に、わたくしは感嘆の息を吐きました。領主候補生の側近たる者かくあるべし、という理想的な姿ではありませんか。

……素晴らしい主の元には素晴らしい側近が集まるのですね。

自分の常識が次々と壊されるような衝撃的な儀式でしたが、魔力も疲労も回復したわたくしはとても満足して寮に戻ることができました。

注意すべき存在

「アナスタージウス王子、ジギスヴァルト王子がいらっしゃいました」

「兄上、時の女神ドレッファングーアの……」

内密の話をするために離宮へ招待された私の前にアナスタージウスが跪く。弟がこうして殊更に臣下としての態度を取るようになったのは、エグランティーヌを娶《めと》ると決めた時からだ。己の立場を周囲に見せるためだと知っているので、私は受け入れている。

「今日は兄弟だけだ。堅苦しい挨拶は良いよ、アナスタージウス。それよりも話を聞きたい。エーレンフェストの領主候補生ローゼマインと何を話したんだい？　父上より先に私に話さなければならないことなのだろう？」

挨拶をしようとしたアナスタージウスを制し、私は案内された席に着くとすぐに本題を促した。先日、この離宮で図書館関係者を招いたお茶会が開催され、弟はエーレンフェストのローゼマインと個人的に話をしたらしい。その内容が私にも関係のあることなので報告をしたいと言われてやってきたのだ。重要な報告は父上の王宮で夕食を摂りながら行うことが多いが、今日は個人的に招かれた。何を聞かされるのか、少し身構えてしまう。

「兄上は我々の卒業式でエグランティーヌに祝福の光が降り注いだことを覚えていますか？」

「もちろん覚えているとも。忘れるはずがないだろう」

弟の側近達が「次期王に相応しいのはアナスタージウス様だ」と盛り上がり、私の側近達が「エグランティーヌ様はやはり次期王の妃《きさき》になるべきだ」と息巻き、中央神殿が「祝福の光があったエグランティーヌ様が女王となるべきだ」と言い出して大騒ぎになった。

「あの祝福を行ったのは、エーレンフェストの領主候補生ローゼマインでした」

「まさかそれもフェルディナンドの指示か？」

中央騎士団長ラオブルートが疑っていたが、本当にローゼマインを操る男が仕組んだようだ。エグランティーヌとアナスタージウスを結びつけた後で祝福を行うことで王族の関係に亀裂《きれつ》を入れ、中央神殿を引っかき回すことが目的だったに違いない。

「いや、それが、エグランティーヌの幸せを思いながら奉納舞の歌を口ずさんで祈っただけだと……」

「……意味がわからないが……」

「安心してください、兄上。私もわかりません」

全く安心できる要素がない。考えれば考えるほどローゼマインは怪しい存在なのだ。

恐ろしいほどの速さで課題をこなし、さっさと領地へ帰るため、同学年の者でも姿を見ることが極稀。最優秀の成績で初日に全ての講義を終わらせる。帰還までの短い期間に図書館へ日参するくせに、最優秀にもかかわらず二年連続で表彰式に出なかった。未知の生物である。

一年生の時には図書館にある王族の魔術具をわけがわからない手段で乗っ取り、ダンケルフェルガーとの間に諍《いさか》いを起こした。それに、卒業式でエグランティーヌを祝福した。翌年の彼女のエスコートをしたアドルフィーネと次期王である私にはなかったにもかかわらず。

二年生の時には許可無く騎士見習い達に黒の武器を与え、表彰式に起こった襲撃では不思議な盾で自領の者だけをしっかりと守っていた。

そこにラオブルートがフェルディナンドの出生の秘密を探り当て、危険性について進言してきたのである。フェルディナンドはローゼマインを操り、貴族院の図書館で王族しか入れない書庫を探していると……。

「それで、ローゼマインやフェルディナンドの目的がわかったとでも……？」

「いいえ、兄上の星結びの儀式でローゼマインに神殿長をしてもらい、祝福を与えてくれるように依頼しました。条件付きですが、了承を得ています」

アナスタージウスが指折り挙げていく条件に、私は思わず眉をひそめた。王族に対して条件を付けることが信じられない。政変で貢献した領地ならばまだしも、日和見《ひよりみ》で中立だったエーレンフェストの領主候補生がそれほど多くの条件を並べるとは少々厚かましいのではないだろうか。

「彼女はエーレンフェストの立場をわかっているのかな？」

今までのように何の影響もなく王族の目に触れない田舎領地ならば放置でよかったが、目立ちすぎて影響力が大きくなりすぎている。自分達の立場を弁《わきま》え、もう少し王族に阿る姿を見せるなり、勝ち組の領地に寄るために融通を利かせるなりしてほしいものだ。

「……ですが、目に見える祝福があれば、兄上に対する批判的な声は少なくなるでしょう」

それは間違いないだろう。アナスタージウスとエグランティーヌに降り注いだ祝福が神々によるものではなく、人為的なものだったと示せるだけでも世論にかなり変化が起こるはずだ。得意そうな顔で「神々からの祝福」だとエグランティーヌを次期王に推していた中央神殿長がどのような反応をするのか。聖典検証会議の報告を聞いた時には胸が空く思いをしたものだ。ここ最近、態度の大きくなってきた中央神殿を封じ込められると考えれば、利は大きい。

「世論を動かすには良い手だと思うよ。其方の提案だ。中央神殿との折衝《せっしょう》は任せよう」

「承知しております。それから、三本の鍵が必要になる地下書庫の話ですが……」

オルタンシアが上級司書として就任したことで、今まで開けられなかった司書の部屋を開けることができたそうだ。そこから地下書庫の鍵を持ち出すことができたらしい。

「それが王族しか入れない書庫ということかい？」

「今のところは定かではありません。何しろ、政変以前から残っている司書はソランジュだけです。彼女は中級文官のため立ち入れない場所がいくつかあり、中の詳細がわからないようですから」

入って確認するしか手段はないようだ。だが、それほど厳重に守られているならばグルトリスハイトがあると考えても良いだろう。

「オルタンシアはできるだけ早く書庫を確認したいようです。そのため、三本の鍵の管理者として彼女自身、ダンケルフェルガーのハンネローレ、エーレンフェストのローゼマインを指定しました」

アナスタージウスの言葉に私は腕を組んだ。何故怪しいと言われているエーレンフェストの領主候補生を管理者にするのだろうか。

「アナスタージウス、おかしいだろう。ローゼマインではなく、司書であるソランジュを管理者の一人にすべきでは？」

「中級貴族のソランジュは書庫へたどり着けません。先程も言ったように、上級貴族以上の身分の者が必要なのです。兄上がご自分の側近から上級貴族を二人派遣しますか？」

オルタンシアからは「貴族院の図書館が王族にとって重要な施設だと推測できるので、できれば王族が信用できる者を送ってほしい」と言われたそうだ。だが、そのような人材的余裕はないとアナスタージウスは突っぱねたらしい。

「それほど厳重に守られている書庫ならば、おそらく重要な資料があるはずだ。出入りする者は限られている。私が入りたい時に鍵の開け閉めをするだけならば、鍵の管理者を私の側近に任せることも吝《やぶさ》かではないよ」

王族にとって重要な施設に他領の領主候補生を関わらせる必要はない。おそらくその書庫は秘匿すべき場所だ。次期王である私の管理下に置くのが最良だと思われる。

「兄上、その書庫にグルトリスハイトがあるとは限りません」

「何故そう言えるんだい？　本来は王族が入るための場所なのに、先の上級司書達が私達を入れないようにした書庫だろう？」

最初に書庫の情報を仕入れてきたラオブルートによると、政変で処刑された司書達が後の王を入れないように画策したらしい。調査をする騎士達も入れないようにされていたと聞いている。

「ソランジュが言うには、王になった後にも領主会議の時に図書館を訪れていたそうです。それに、オルタンシアはワルディフリード王子が次期王としてお披露目をした後で図書館を訪れる予定があったことを思い出したと報告がありました」

「なるほど。お披露目の後か……。そこから考えると、グルトリスハイトを手に入れるために出入りする書庫ではないね。次期王のお披露目は継承したグルトリスハイトをアウブ達に見せる儀式だから」

私はふむと頷いた。政変以前の王族が貴族院の図書館に出入りしたことと、その地下書庫が重要であることは間違いないようだが、その書庫が今の私達にとってどのくらい重要かわからない。

「それに、オルタンシアが求めているのは鍵を開閉するだけの人材ではありません。魔術具の魔力の枯渇が大変なことになっているため、司書でなくても図書館のために魔力供給や魔術具の調査に協力できる者を欲しています。書庫を開閉する一時的なものではなく、恒久的に貴族院の図書館へ側近を二人も派遣すると兄上は困りませんか？」

さすがに重要性が定かではないところへ側近を二人も長期間差し出すことは難しい。私の執務や生活に差し支える。グルトリスハイトがあるとは限らない書庫ならば、私の側近を差し向ける必要はない。他の王族の側近に中を確認させれば十分だ。

「其方とヒルデブラントの側近から一人ずつ出すのはどうだい？　貴族院に滞在している者に当たるのでは？」

「兄上も知っての通り、私は王宮でこなすべき執務の他に、貴族院の管理者補佐をしています。側近を一人でも多く抱え込みたいくらいに忙しいのに、図書館へ放出はできません」

去年は成人王族が忙しく、貴族院に滞在させるより王宮で執務をさせたかったので、洗礼式直後の幼いヒルデブラントを管理者にした。本当にそれまでは王族の管理者など、睨みを利かせるだけのお飾りだった。

だが、去年はターニスベファレンの出現、学生による黒の武器の使用、聖典検証会議、表彰式での強襲とヒルデブラントでは手に負えない厄介事が立て続けに起こった。そのため、父上の側近の間で今年の貴族院の管理者としてヒルデブラントではなくアナスタージウスを派遣しようという意見が出たのである。エグランティーヌが教師に就任するので、夫婦間で連絡を取り、事が起こった時だけアナスタージウスは王宮から貴族院へ移動して対処するのはどうか、と。

それに反発したのはヒルデブラントだった。自分の仕事を取り上げられると感じたのだろう。また、彼の側近達も「周囲から瑕疵《かし》があったように見える」と難色を示した。その意見も理解できるので、ヒルデブラントを去年同様に正規の管理者とし、彼の手に負えないことが起こった時にはアナスタージウスに連絡するように頼んでおいた。おそらく去年と同じようにエーレンフェストとダンケルフェルガーが騒動を起こすのではないかと思ったのだ。

「オルタンシアは中央騎士団長の妻です。これ以上司書を派遣する余裕が中央にないことをよく知っているから、図書委員として魔力供給をしてくれていた者達を鍵の管理者に推薦したのでしょう。講義で忙しい今の時期に図書館へ魔力を融通してくれる学生など図書委員以外にいません」

図書委員は地下に書庫があることを知る前から図書館の魔術具に魔力供給をしていた。その姿を他の学生も見ているので、図書委員が司書と一緒に行動していても不思議には見えない。ヒルデブラントが外された理由もわかる。気が向いた時にフラッとやってきた王子が図書館の魔術具に魔力を注ぐのは構わないけれど、司書の都合で王子を呼びつけることはできない。オルタンシア達から見れば、ローゼマインとハンネローレしかいないのだろう。

「事情はわかるが、今からでもエーレンフェストの領主候補生は外すべきではないか。魔力供給するだけならばまだしも、鍵の管理者にするべきではないと私は思うよ。ラオブルートの忠告を忘れたのかい？　エーレンフェストは危険だ」

そこへオルドナンツが飛んできた。エグランティーヌとヒルデブラントとオルタンシアから時間差で。ちょうど話題に上がっていたローゼマインから重大な情報提供があったらしい。三本の鍵が必要になる書庫に入れる者の条件が詳しく述べられ、その中には王族が読んでおくべき資料があると言われたそうだ。

「一部の領主候補生も入れる？　一部とはどういう条件だい？　ソランジュより詳しいようだが、何故そのようなことを彼女が知っているのだ？」

「もし、ローゼマインが最初から知っていれば、鍵の管理者の話が出た時に言っているはずです。あれは隠し事が上手くありません。フェルディナンドからの情報ではないでしょうか？」

鍵の管理者になったことを報告したら教えられたのではないかとアナスタージウスは言う。確かに手紙などで連絡を取っているならば、ちょうどこれくらいの時間がかかるだろう。

「政変当時は最下位に近かった底辺領地のエーレンフェストにそのような情報があるとは……。やはりラオブルートの言う通りフェルディナンドは怪しいな。でも、得られる情報があるならば、得るべきだろうね。早急に他のアウブにも尋ねてみよう。その書庫に入った者がいるかもしれない」

王族だけの書庫ではなく領主一族も入れる書庫ならば、もっと情報が集まるかもしれない。私はクラッセンブルクやダンケルフェルガーの領主に尋ねることにする。

「王族が読んでおくべき資料があるならば、今後は次期王である兄上が前に出た方が良いと思います。今はローゼマインとエグランティーヌの仲が良かった関係で私が前面に出ていますが、もし、そこにある資料が王になるために必要な知識ならば兄上が手にするべきでしょう」

情報を提供して謀反を疑われては堪らないという弟の心の内が透けて見えた。何となくラオブルートに疑われているフェルディナンドに同情しているようにも聞こえて少し考える。私と弟ではエーレンフェストに対する情報量が違う。同じようにラオブルートの疑惑を聞いているはずなのに、アナスタージウスはあまりローゼマインを疑っていないようだ。

「フェルディナンドは領主の母親と折り合いが悪く、神殿に押し込められていたと聞いた。大領地の婿としてエーレンフェストを離れたことへの感謝で、新たな情報がもたらされた可能性もあるね。王族に対する心証に変化があったのかもしれない」

アナスタージウスの心証を考えてそう言ったが、私の中でフェルディナンドに対する怪しさは増しただけだ。ラオブルートはフェルディナンドをアダルジーザという離宮で生まれた傍系王族ではないかと疑っていた。他領へ行かされたことを恨み、グルトリスハイトを狙っている可能性がある、と。王宮で離宮の記録を調べてみたら、先代のアウブ・エーレンフェストが一人の男児を実子として引き取ったと載っていた。名前などは書かれていないが、その日付を考えればフェルディナンドで間違いない。

再び政変を起こす可能性が高いフェルディナンドをアーレンスバッハの婿とすることで、王座簒奪は不可能になった。ラオブルートは更に詳しく調べるためにその離宮の鍵を欲していたが、父上はもう終わったこととして取り合わなかったと記憶している。

……ラオブルートに離宮の鍵を与え、更なる調査をさせるべきだろうか。

フェルディナンドの調査も必要だが、私はまずローゼマインに会うところから始めた方が良さそうだ。直接会ったこともないが、会ってみればオルタンシアとアナスタージウスが鍵の管理者から彼女を外さない理由がわかるかもしれない。

「其方の言う通り、ローゼマインと会い、地下書庫へ行ってみようか。三日後ならば時間を作れるだろう。それから、ヒルデブラントにも話を通しておいてくれ。一応正式に王から貴族院の代表を任されているのは彼だからね」

幼い子供の手に負える案件ではないが、貴族院に滞在するくらいはできるだろうと役目を押しつけたのは我々だ。自分の仕事に責任を持ちたいと訴える彼を邪険に扱うことはできない。それに、幼いヒルデブラントがいれば、少しはローゼマインの警戒心も緩むかもしれない。

……さて、一体何を知っているのやら。

ローゼマインではない。フェルディナンドが何を知っていて、何を伝えるつもりだろうか。私が気になるのはそちらだ。

父上は王の証であるグルトリスハイトを欲しがっているし、あれば世論を動かすことが容易なので、情報があれば探す。だが、正直なところ面倒だし、グルトリスハイトに繋がらないならば時間の無駄だと思う。

私はグルトリスハイトがあった時代のユルゲンシュミットを知らないのでこだわりはない。なくても何とかやっていけると思っている。現に、今は何とかなっているのだから。この平和を守るためならば多少の犠牲は厭わない。

もちろんグルトリスハイトがあるに越したことはないだろう。だが、なくても王族はユルゲンシュミットを統治していかなければならないのだ。グルトリスハイトのない王となった父上の息子として、私はグルトリスハイトがなくともやっていけることを証明する必要がある。

それが次期王である私の役目だ。

頭の痛い報告書（三年）

「アウブ・エーレンフェスト。こちらは捕らえられた側仕えの内、罰金で済ませても問題のない軽犯罪者の一覧表です」

「そこへ置いてくれ」

マティアスからの情報により、姉であるゲオルギーネに名捧げをしていた貴族を捕らえることができた。先頭に立って突っ込んでいったボニファティウスによると、騎士団の到着に気付いた途端、何人もが記憶を読まれないように頭を吹き飛ばして自殺したり、館に火を放っていたり、凄まじい様子だったそうだ。

「何を企んでいたのか知らぬが、冬の社交界が始まったことを祝う会食やお茶会という雰囲気ではなかったな。十数人で証拠を消すのに必死という様子だった。……マティアスの密告に助けられたぞ」

当初は冬の主の討伐が終わってから粛清を行う予定だった。それでは間に合わなかった可能性があるとボニファティウスは言う。碌な証拠が残っておらず、自死した者がほとんどだった。ゲルラッハの冬の館以外にも、旧ヴェローニカ派の犯罪者はいる。彼等を一斉に捕らえたのだ。後処理が膨大なのに人手が足りない。

「……カルステッド、冬の主の討伐は大丈夫そうか？」

先に粛清を行ったことにより、攻撃用の魔術具や回復薬が消費され、騎士の人数も減った。その状態で冬の主の討伐を行わなければならないのだ。粛清の後始末に加えて、討伐の計画を立て直さなければならないカルステッドの顔には疲労が濃く浮き出ている。

「ローゼマインから届いた魔石と、捕らえた文官に強制労働をさせたおかげで何とか目処《めど》が付いた」

　魔力が溢れて困っていたローゼマインに空の魔石を大量に送ったところ、即座に魔力を満たしてもらえたことでかなり楽になったそうだ。また、捕らえた軽犯罪者の内、文官には冬の主の討伐に必要な攻撃用の魔術具の作製を命じた。魔力と労力を懲罰としたのである。

「貴族院から良い素材が届いたことも追い風となったようだ。余裕はないが、何とか今年も冬の主の討伐をこなせそうだ」

「それは一安心だな。神殿の奉納式はどうだ？　コルネリウスや訓練に参加する護衛騎士達から何か聞いていないか？」

　神殿の神事は来年の収穫量に直結する。今まではローゼマインとフェルディナンドに任せていたが、今年は二人とも神殿にいない。残っている青色神官の魔力は元々多くないし、人数も少なくなっている。そのうえ、奉納式より先に粛清が起こったため、洗礼式前の子供が神殿の孤児院へ身を寄せることになった。

「ローゼマインに留守を任されたハルトムートが張り切っているようだ。巻き込まれて迷惑しているとコルネリウスがぼやいていたな」

　カルステッドがローゼマインの護衛騎士達から聞いた神殿の様子を教えてくれる。何でも、青色神官の真似事をさせられるそうだ。すでに儀式用の衣装まで準備されているらしい。

「騎士団の訓練に来たダームエルの報告によると、アンゲリカに奉納式の祝詞を教えるのも大変らしい。そのアンゲリカとコルネリウスが冬の主の討伐では主力の一部だからな。奉納式はなるべく早く終わらせたいようだ」

フェルディナンドやエックハルトがいなくなったため、ローゼマインの護衛騎士達は貴重な戦力である。神事と討伐の兼ね合いを考えることは大事だろう。

「アウブ・エーレンフェスト、少しよろしいでしょうか？」

フロレンツィアの文官レーベレヒトが木札をいくつも抱えて入室してきた。きっちりと撫でつけられた赤い髪はライゼガング系の特徴だろうか。カルステッドと似た色合いだ。濃い茶色の瞳はいつも冷静沈着で、彼が感情的になるところを私は見たことがない。

「あぁ、レーベレヒトか。貴族院からの報告書の処理が終わったのか？」

今年は粛清の前倒しやそれに伴う事後処理が忙しいため、貴族院から届く子供達の報告書に返答する仕事はフロレンツィアに頼んでいる。いつも通りその回答が届いたのだろうと判断して、私は顔を上げた。

「いえ、報告書を読んでいたフロレンツィア様が目を回してしまわれました。アウブに処理をお願いしてよろしいでしょうか？」

「は⁉　フロレンツィアの容態はどうなのだ？」

淡々とした報告に思わず私は席を立った。貴族院の報告書を読んでいる場合ではないだろう。フロレンツィアの体調の方がよほど心配だ。だが、レーベレヒトは動揺の欠片も見せない態度で座り直せと言う。

「フロレンツィア様は執務を中断し、お部屋へ戻られました。医師は手配していますが、診断はこれからでしょう。この先は医師と側仕えの領分です。アウブ・エーレンフェストが向かったところでできることは何もございません。こちらでフロレンツィア様の分も執務をお願いいたします」

「うぐ……」

「不調のフロレンツィア様に対して何もできないのは、文官の私も同じです。ですから、我々はアウブのお手伝いをしたいと思うのですが、許可をいただけますか？」

粛清によって領主執務室の人数も減っている。正直なところ、レーベレヒトの申し出は非常にありがたい。私はフロレンツィアの文官達に仕事を振り分けていく。

「では、こちらを。貴族院の報告書です」

「昨日の段階ではお茶会で立腹したローゼマインが暴走し、貴族院で奉納式を行うと決めたのだったか。今日は確か王族から呼び出しを受け、祭壇の使用許可を得る予定だったと記憶している。……なるほど。読む前から頭の痛くなる気配が濃厚だな」

気持ちの面では読みたくないが、王族と接触した報告書だ。読まずに済ませられるわけがない。

私はレーベレヒトに差し出された木札を受け取る。

「……王族が祭壇の使用を禁止してくだされば良かったのだが、フロレンツィアの様子を考えると許可されてしまったのだな」

「はい。想定外の事態となりました」

私は仕方なく木札に目を通していく。ダンケルフェルガーでは訓練により自分達で祝福を得ることができるようになってきたとか、あちらの申し入れにより、共同研究者と協力者に明確な差を付けることになったとか、最初は普通の報告だった。

「エーレンフェストから神具や道具を取り寄せれば、祭壇の間を使用してもよいそうです。神殿の奉納式が終わったら、わたくし、ヴィルフリート兄様、シャルロッテの儀式用衣装を始め、敷物や供物など奉納式に必要な物を送ってくださいい。ハルトムートに頼めば過不足無く準備してくれます（ローゼマイン）」

私は何度か木札を読み返す。

「何だ、思ったより大した内容ではなかったな」

そう呟くと、カルステッドも興味を持ったようで木札を読み始めた。

「神具や衣装を揃えて送るのは手間がかかるし、それなりに大変だろう。だが、場所を借りるだけで何の条件もない。許容範囲だな」

「うむ。王族の干渉や中央神殿とのやり取りが特にないならば、当初の予想よりずっと良い。別に頭を抱えるほどのことではないな。珍しい」

私達が気を抜いた瞬間、レーベレヒトが「油断禁物です、アウブ」と言いながら木札をひっくり返した。裏側にも文字が並んでいる。

「追伸。王族を奉納式にお招きしました。他の参加者達の抑止力《よくしりょく》として、それから、王族には神事を経験してほしいと思ったので。王族が御加護を得て少しでも楽になれば良いと思いました。アナスタージウス王子は考慮してくださるそうです（ローゼマイン）」

……待て待て待て！　王族には関わるなと言っただろう⁉

私は片手で頭を押さえた。許可を得ようとしたら王族から面倒な条件を付けられるなどの接触は予想していたが、ローゼマインから積極的に関わっていくとは全く予想していなかった。

「……これは善意の申し出か」

「王族が楽になれば良い……と書かれていますからね。犯罪者の子供を救うために領地の将来を引き合いに出してきたのと同じで、ローゼマイン様にとっては自分達の利益を見据えたつもりの完全なる善意だと思います」

レーベレヒトの言葉に、私は小さく呻く。物言いとしては辛辣《しんらつ》だが、間違いではない。粛清による貴族の減少と領地の将来を理由に、子供達を救いたいという意見を受け入れた。だが、それは旧ヴェローニカ派によって煮え湯を飲まされ続けてきたライゼガング系貴族にとっては受け入れ難《がた》い案だったのだ。

「ローゼマイン様は自分と相手の利益については考えているようですが、周囲の損害についてはあまり思考が向かないようですね。今回の提案も、自分達や王族は助かるでしょうが、他領の学生達がどう思うか……」

「正直なところ、王族がどうなろうとエーレンフェストには特に関係ない。どちらかというと、面倒ばかり押しつけたがるからな」

深く関わると、ローゼマインは相手の利益を見てしまうとフェルディナンドが言っていたことを思い出す。どうやらすでに王族とは相手の利を考える関係になっているらしい。深く関わらせすぎたようだ。

「さて、どうするか……」

「王族が関わる共同研究をこちらの都合で禁じることもできません。ひとまずハルトムートを呼びましょう。奉納式の道具を貴族院へ送ることが可能か否か、どのくらいの時期になるのかなどがわからなければ、返答できませんから」

レーベレヒトの言葉に頷き、ハルトムートを呼ぶように命じる。オルドナンツが飛び立つのを見て、私は他の子供達から届いた報告書に目を通し始めた。

「グンドルフ先生からエーレンフェストは面白い着眼点が少ないとお叱りを受けました。ローゼマイン様を連れてくるように、と遠回しに言われています（マリアンネ）」

「いくつかの提案をしましたが、ドレヴァンヒェルの改良に取り入れられました。研究成果を横取りされている気分です（イグナーツ）」

ローゼマインからの報告書ではダンケルフェルガーとの共同研究ばかりだが、ヴィルフリートとシャルロッテの文官見習いから届いた報告書はドレヴァンヒェルとの共同研究のことしか書かれていない。それぞれにとって関心の高い事柄がよくわかる。

「ドレヴァンヒェルとの共同研究は難航しているらしいな」

「発想力、実現の早さ、相手に流す情報の取捨選択、情報の秘匿など、座学だけでは測れない能力が重要になりますから仕方がありません。ようやく座学で点数が取れるようになった程度の文官見習いには荷が重いでしょう」

レーベレヒトは「能力が足りないので仕方ない」と軽く受け流したが、カルステッドは気の毒そうな顔になって腕を組んだ。

「荷が重いならば、尚更助言が必要ではないか？　元々ドレヴァンヒェルから誘われたのはローゼマインだ。良い提案がないか尋ねさせればどうだ？　何かしら出てくるだろう」

「いや、助言は必要かもしれぬが、あまりアレを前に出したくない。ダンケルフェルガーだけではなくドレヴァンヒェルとも何か起こしそうだ。しばらくは自分達で考えさせよう。これも経験だろう」

文面からは「ローゼマインに頼りたくない」「自分達の手で研究を進めたい」という思いが見える。譲られた共同研究だからこそ、自分達で功績を挙げたいと考えているに違いない。

「おや、ドレヴァンヒェルとの共同研究は失敗しても良いとお考えですか？」

「断りたくても断れなかったとローゼマインは言っていた。学生同士の共同研究でドレヴァンヒェルに提案を奪われて失敗したところで領地に大した損害はない。大いに失敗しながら学べる貴重な機会だ。試行錯誤《しこうさくご》すれば良かろう」

レーベレヒトは少し考えた後、「では、そのように回答しておきましょう」と答えた。子供達へ返答する作業は彼に任せたところで、木札ではなく手紙が届いていることに気付いた。

「これは何だ？」

「ハルトムートへダンケルフェルガーの婚約者からの手紙です。一緒に届きました。他領からの手紙なので、一応目を通しておいた方が良いかと思い、持参しました」

例年ならば個人的な手紙はそのまま届けられていたが、今年は粛清の関係で貴族院から届く手紙や報告には全て目を通すことになっている。個人的な手紙を読むのは少し気が引けるが、これも仕事だ。ハルトムートの婚約者がアーレンスバッハと通じているとは思えないが、一応中を確認する。

「わたくし、今日ほど厳しき選別による類稀なる出会いをエーヴィリーベに感謝したことはございません。闇の神の祝福を受けし夜空色の髪が溢れ出る力と共に舞い、敵を見据える金色の瞳は光の女神の祝福を受けて輝いています。最高神の寵愛《ちょうあい》を一身に受けた我が主の手に現れたのは、青い稲妻をまとう鍛冶《かじ》の神ヴァルカニフトの最高傑作だったのです。夏の神々の威光が輝きを増したその勇姿、武勇の神アングリーフの昂ぶりがこの目に焼きつけられていきました。いいえ、ちょっとお待ちになって。アングリーフだけではございません」

……ちょっと待つのは其方だ。わけがわからぬ。

婚約者への手紙なので装飾的な恋文かと思ったが、何か違う。何となく恋物語を読んでいるような気分に一瞬なったが、ローゼマインを称《たた》える文章ばかりだった。恋心を伝える文面が見当たらない。正確には目が滑ってこれ以上読めなかった。

「あ～、レーベレヒト。これはハルトムートの婚約者からの手紙で間違いないのか？」

「こちらにクラリッサと名前が記されているので間違いありません」

レーベレヒトは文面には目を通していないらしい。差出人の名前だけを見て軽く頷く。彼の冷静さと、クラリッサの手紙に大きな隔たりを感じるのは私だけだろうか。

「どういう人物だ？　その、害などはなさそうか？」

「去年の領地対抗戦で顔合わせをしました。どうしてもエーレンフェストに嫁ぎ、ローゼマイン様に仕えたいダンケルフェルガーの上級貴族です。領地の将来を考えると、良い縁だと思います。個人的には冷めた印象の強い息子が貴族院で恋愛結婚をするとは思いませんでしたが……」

レーベレヒトの言葉に私は少し首を傾げた。ハルトムートに冷めた印象などあっただろうか。報告書からも感情の昂ぶっている様子がわかるローゼマインの忠実な側近というのが私の印象だ。

「失礼いたします、アウブ・エーレンフェスト。お召しに従い、参りました」

手紙の確認をしている内に、ハルトムートが入室してきた。どうやらオルドナンツを受け取って即座にやって来たようだ。吹雪の中、騎獣を飛ばしてきたのだろう。髪に払いきれなかった雪が残っている。

「忙しい時期にすまぬ。ローゼマインが気にしていたが、孤児院の受け入れはどのような様子だ？冬の主の討伐と同じように様々な計画が狂っている可能性は高いと思うのだが……」

貴族の子として育っていた者が神殿へ入れられるのだ。子供とはいえ、反発は大きいだろう。あまりにも幼いと親を求めて泣きじゃくるに違いない。私が問うと、ハルトムートはニコリと微笑んだ。

「ご安心ください。私が目を光らせている以上、孤児院で問題は起こさせません。今のところは誰一人として欠けることなく、穏やかに過ごしているようですよ」

「……なるほど。それは心強い。洗礼式前の子供は貴族として数えられないとはいえ、生き延びられる者は多い方が良いからな」

領地内はどこもかしこも大変なことになっている。ハルトムートの厳しい管理下とはいえ、少しでも平和な場所があることにホッとした。

「ハルトムート、これが今日の本題だ。ローゼマインから届いた。其方に神事の準備を頼みたい。それから、これは其方の婚約者クラリッサから届いた手紙だ」

私が木札と手紙を渡すと、ハルトムートはその場で木札に目を通していく。段々と橙のような明るい瞳が見開かれていき、木札を握る手が震え始めた。

「これはどういうことでしょうか。ローゼマイン様が貴族院で奉納式を行う……と？　何ということだ。どうして私は卒業してしまったのでしょう！　ローゼマイン様の神事をこの目で見ることができないなんて……。側近失格ではありませんか！」

そういえば、ハルトムートに報告書を見せるのは三日振りだ。たった三日の内に状況が大きく変わっている。慌てもするだろう。

「神事の準備ができない方が側近失格ではないか？　それよりも神殿の奉納式はどのくらいで終わる？　返事を書かねばならぬ。神具を持ち出すことはできそうか？」

「ローゼマイン様のお願いですから、早急に神殿の奉納式を終わらせましょう。道具類は全て準備して、私が貴族院へお持ちいたします」

相変わらず優秀というか、ローゼマイン至上主義だと私がハルトムートを見ながら考えていると、レーベレヒトの呆気に取られている様子が目に入った。

「ハルトムート、でしゃばるな。必要とされているのは神具や衣装だけだ。其方は呼ばれておらぬ。それよりも何だ、その態度は。とても領主一族の側近とは思えぬ。其方はここをどこだと思っている？　下がって一旦頭を冷やせ」

レーベレヒトはハルトムートを叱り飛ばすと、苦り切った顔で私に謝罪する。

「申し訳ございません。末息子なので甘やかして育ててしまったようです」

「……甘やかした結果というよりは忠誠心の暴走であろう。其方は驚いたようだが、ローゼマインが絡むとハルトムートは大体あんな感じだぞ。知らなかったのか？」

「妻からずいぶんと変化があったとは聞いていましたが、これほど愚かになっているとは思いませんでした。主に思い入れがあることは悪いことではございませんが、あのように取り乱すなど嘆かわしい」

憤懣《ふんまん》やるかたない表情を溜息一つで消し去ったレーベレヒトは、ハルトムートから視線を逸らした。それ以後は息子を視界に入れないようにしている。ハルトムートの方も父親を視界に入れようとはしておらず、木札とクラリッサの手紙を見比べながら何やら真剣な顔で考え込んでいる。お互いのことを全く目に入れる気がないという点でよく似た親子だが、執務室の雰囲気が何だか険悪になった。

「ハルトムート、こちらの用件はそれで終了だ。奉納式に必要な一式は準備できるとローゼマインへこちらから返事をしておく」

ハルトムートを下がらせると、私はレーベレヒトに向き直った。

「これは私からローゼマイン宛ての返事だ。それ以外の返事は其方に頼む。私はフロレンツィアの様子を見てこよう」

「かしこまりました」

ハルトムートは本当に優秀なのだろう。あっという間に神殿の奉納式を終えたようだ。その後は領主執務室へ日参するようになった。奉納式に必要な道具をどれだけ城へ運んできたのか進捗《しんちょく》報告を行い、ヴィルフリートやシャルロッテの側近達に神事で使用する儀式服の冬の飾りについて助言している。だが、それはただの口実だ。

「去年の聖典検証会議に聖典を持ち込むようにと命令があった時は、神殿の物を管理するために神官長であるフェルディナンド様が貴族院へいらっしゃいました。今回も同様に、奉納式で使用する道具を運ぶためには管理者が必要ではございませんか。それは神官長である私の役目だと思います」

成人したハルトムートが貴族院へ赴くとなれば、王族に許可を得る必要がある。面倒なので却下したいが、フェルディナンドの前例を出されるとそれも難しい。

「今年の実技でローゼマイン様が多くの神々から御加護を得たことで神事が見直されようとしています。ダンケルフェルガーの儀式を真似たローゼマイン様がライデンシャフトの槍によって光の柱を立てたことからも神具や儀式の重要性が周知されたことでしょう。神具を持ち出すならば、領地が責任を持つべきではありませんか。私は神官長として全責任を持つつもりです」

攻めどころを考えてきているハルトムートの主張が鬱陶しい。よくローゼマインはこれに付き合えるものだ。感心する。

「それに、貴族院での報告書だけではわからないことも多々ございます。貴族院へ赴き、情報収集できる機会をできるだけ得るべきではないでしょうか。神具を運び、神官長として奉納式に同席することが叶えば、王族と接触することも可能です」

……王族がハルトムートを貴族院に入れてくれるならば、それに越したことはないな。

ハルトムートが貴族院へ行ったところで、私が困ることはない。むしろ、ここで滔々と語られる方が困る。毎日ハルトムートの意見を聞かされるのが面倒になってきて、私は「一応王族に許可を得るように言ってみよう」と答えて追い払った。後は王族に丸投げだ。

「いくつか条件はありますが、ハルトムートの出入りに許可が出たようです」

レーベレヒトが貴族院から届いた木札を持ってきた。だが、許可よりもっと気になることが書かれている。

「ちょっと待て！　王が奉納式に参加するだと⁉　どうしてそうなった⁉　アナスタージウス王子だけではなかったのか⁉」

王族も儀式を経験した方が良いとローゼマインが言ったにしても、まさか王も参加すると誰が想像しただろうか。勘弁してくれ。

「貴族院の共同研究にツェントが参加するなど前代未聞ですね」

「私は知りたくなかった。いっそ共同研究を中止にできぬものか……」

「予想外の事態ですが、今更中止にはできませんね」

レーベレヒトは相変わらず淡々とした様子で答える。普段ならば一緒に頭を抱えてくれるはずのカルステッドがいないせいか、感情がどうにも収まらない。

「くそぉ……。冬の主を討伐しているカルステッドを羨ましく思う日が来るとは……」

今、この場で報告書を読まなくても良いカルステッドが羨ましい。こんなに頭が痛い思いをするならば、私も冬の主の討伐に行きたかった。

「ツェントが参加することになったのだぞ。貴族院の奉納式が何事もなく終わるとは思えぬ」

「……そうですね」

貴族院に手を出せないのが歯痒《はがゆ》い。本来ならば大人は手を出せないのに、何故これほど成人王族が関わってくる事態になっているのか。王族との接触を禁じた意味とは……。

いくら考えたところでエーレンフェストからできることなど何もないのだ。ハルトムートにくれぐれも無事に終わらせるように、と言葉を重ねて送り出すことしかできない。


「奉納式後の報告が届きました。こちらはハルトムートからです。明日、アウブに直接報告したいので時間をいただきたいとのことでした」

ハルトムートは六の鐘が鳴る寸前に戻ってきたと聞いている。今日は奉納式に使用した道具一式を神殿へ戻すそうだ。神官長として神具の管理に責任を持っているようなので、報告自体は後でも構わない。戻ってきて直接報告しなかったのだから、それほどの混乱はなく終わったのだろう。私はそう思いながらハルトムートの報告書を手に取った。

奉納式を行うローゼマインの神々しさと、それを多くの領地に広められたことが報告書の八割を占めている。一割はシュツェーリアの盾で弾かれた領地名と今後の危険性について。残りの一割は王族からお礼を言われたことと、図書館へ同行できなかった悔しさについてである。

「……レーベレヒト、他の報告書はないか？　貴族院の祭壇前でシュツェーリアの盾を張ったと書いてある。ちょっと理解が難しいのだ」

渡された木札に目を通していく。これはヴィルフリートの文官見習いイグナーツの物だ。

「奉納式自体は成功しました。ローゼマイン様が中央騎士団や領主候補生の護衛騎士見習いも排除した状態で奉納式をしました。シュツェーリアの盾のおかげで、何とか了承を得られてよかったです（イグナーツ）」

……中央騎士団や護衛騎士見習い達を排除するためにシュツェーリアの盾を使っただと!?

了承を得られてよかったと書かれているのだから無事に終わったようだが、本当に無事だったのかわからなくて胃が痛くなってきた。

「お姉様はシュタープから神具を二つ作り出しました。自分の目で見なければ、とても信じられなかったでしょう。叔父様はできるそうですが、これは当たり前にできることなのですか？　何となくお姉様が何か勘違いしているように思えます。それから、貴族院で神事を行うと光の柱が立ちます。ダンケルフェルガーでも同じ現象が起こるようです。これが普通になれば、少しはお姉様の特異さを和らげることができるかもしれません（シャルロッテ）」

……何をしたのだ、ローゼマイン!?

神具を二つも使ったなどハルトムートの報告にもなかった。もしかすると、シャルロッテしか知らないことなのか。それとも、ローゼマインの周囲では普通のことなのか。すぐには判断できない。私は次の木札を手に取った。シャルロッテの文官見習いからだ。

「ツェントに感謝されたのです。ダンケルフェルガーとの共同研究は全領地から注目されることは確実です。ドレヴァンヒェルとの共同研究が見劣りしないように努力したいです。アーレンスバッハとの共同研究がどのようになっているかご存じでしたら教えてください。あまり情報が得られないので……（マリアンネ）」

対抗意識を燃やしていることがよくわかる。ダンケルフェルガーとの共同研究では到底敵わないので、アーレンスバッハとの共同研究の内容を知りたいようだ。だが、残念なことに私はアーレンスバッハとの共同研究にあまり詳しくない。

「答えてやりたいが、魔術具の省魔力化に関する研究であること。設計をアーレンスバッハの文官見習いが、実際の調合をローゼマインが担当していることしか知らぬ」

領地同士ではなく、ライムントとローゼマインの個人的な共同研究なので、領地へ報告されることは多くない。設計図も現物も領地対抗戦で展示する物だ。もしかすると、フェルディナンドには送られているかもしれない。

「ローゼマイン様の共同研究なのに、アウブが把握していなくて良いのですか？」

「アーレンスバッハとの共同研究の責任者は私ではなく、フェルディナンドだ。あれが睨みを利かせているならば、それほど大事にはならぬ。私の管轄ではない」

今までローゼマインを抑えようと頭を悩ませていた異母弟を思い出した。今もきっと私達と同じように頭を抱えているに違いない。そう考えると、いい気味だと思うし、まだまだ繋がっているような気分にもなってちょっと楽しい。

「では、マリアンネにはそのように返事をしておきましょう。こちらがローゼマイン様からの報告書です」

私はローゼマインの報告書を手に取った。

「奉納式で余った魔力を貴族院の図書館のために使えるようになりました。図書館の礎とも言える魔術具がもうじき魔力の尽きるところだったようです。間一髪。魔力をたっぷり注いでおきました。これでしばらく図書館は安泰《あんたい》です（ローゼマイン）」

少し遠い目になってしまった。私は冬の主討伐を終えて戻って来ているカルステッドに木札を見せる。

「……なぁ、カルステッド。これは奉納式の報告か？」

「奉納式で余った魔力とあるし、まぁ、そうだろうな」

私の背後に立つカルステッドが木札を覗き込み、苦しそうにそう言った。やはりローゼマインは一人だけ別世界に生きている。奉納式の報告書なのに何故図書館のことが八割を占めているのだろうか。

「もっと他に書くことがたくさんあるだろう、ローゼマイン！」

「アウブの言い分には賛同いたしますが、皆が共通して王族からのお叱りもなく奉納式を終えられたと認識しています。この後は領地対抗戦まで大きな事はないでしょう」

レーベレヒトの言葉に、私はカルステッドと視線を交わし合った。カルステッドが軽く肩を竦めて首を横に振る。私も軽く頷いた。貴族院の奉納式は特に何事もなく終わったかもしれない。

……だが……。

一つ息を吐くと、私は真面目な顔でレーベレヒトに向き直る。

「レーベレヒト、其方はまだローゼマインをわかっておらぬ。領地対抗戦までに何も起こらぬはずがなかろう」

何も起こらぬはずがないとは言ったが、まさか貴族院で婚約済みのローゼマインを賭けたディッターが行われることになると誰が想像するだろうか。ローゼマインが貴族院にいる間、今年も頭の痛い報告書が途切れることはなかった。

あとがき

お久しぶりですね、香月美夜です。
この度は『本好きの下剋上　～司書になるためには手段を選んでいられません～　第五部　女神の化身Ⅱ』をお手に取っていただき、ありがとうございます。

プロローグはリクエストが多かったフェルディナンド視点。アーレンスバッハにおけるフェルディナンドの様子と、送られてくるローゼマインの手紙がどんなふうに扱われているのかを中心に描いてみました。……とはいえ、まだディートリンデが貴族院にいるので、普通に執務ができています。

本編は王族の呼び出しから始まり、図書館の地下書庫、ダンケルフェルガーの神事、イライラのお茶会を経て、貴族院の奉納式、レスティラウトの挑発から嫁取りディッター、中央騎士団の乱入と次から次へ事が起こります。実は、最初にプロットを作っていた時は、もっとヒルシュールの研究室でライムントと魔術具作製をする時間があったのです。けれど、ダンケルフェルガーとディッターにどんどん削られていきました。

王族に対する敬意や畏《おそ》れが足りないローゼマイン視点では、学生の共同研究のために王が参加する異常性が伝わりにくいです。そのため、web 版ではリューールラディから見た貴族院の奉納式を閑話として挿入したのですが、書籍では短編として独立させました。他領の上級貴族から見た王族や初めての神事がどのようなものだったのか、楽しんでいただけると嬉しいです。

エピローグはハンネローレ視点。嫁取りディッターの勝負の決着と、ローゼマインが退場した後のアナスタージウスとの会話、それから、彼女の行動をダンケルフェルガーがどのように受け止めたのか……。ローゼマイン視点では見えない部分を書いてみました。


今回の書き下ろし短編は、第一王子のジギスヴァルト視点とジルヴェスター視点です。

ジギスヴァルト視点では表に出てこないローゼマインや急成長しているエーレンフェストが中央からはどのように見られているのか。ジギスヴァルトとアナスタージウスの関係などを書いてみました。これが今後どのように変化していくのか、お楽しみに。

ジルヴェスター視点は人気のある「頭の痛い報告書」です。とうとう報告書を読むフロレンツィアが目を回し、報告書を読む係がジルヴェスターになったところから始めました。フェルディナンドの不在の穴を埋めるのはレーベレヒト。フロレンツィアの文官で、ハルトムートの父親です。領主の前で苦悩する姿を見せない上級貴族ですが、虎視眈々《こしたんたん》と貴族院へ行く機会を狙う息子の暴走に頭を痛める父親が増えました。（笑）

この巻で椎名様に新しくキャラデザしていただいたのは、ジギスヴァルト、トラオクヴァール、リュールラディの三人です。

ジギスヴァルトはアナスタージウスとも似た感じのある正統派王子、トラオクヴァールは髪の長さがフェルディナンドと同じくらいで薬の臭いが漂ってきそうな疲労を感じさせる王様、リュールラディはミュリエラとのコンビ感を大事に、ふわふわ夢見る乙女のイメージで描いていただきました。お見事ですよね。

さて、お知らせです。

四月から第二部のアニメが始まりました。このあとがきはちょうど始まったばかりの時期に書いているわけですが、フランやギル、デリアの初期が懐かしくも新鮮で、ヴィルマやロジーナが出てくるのが楽しみで仕方ありません。放送局やネット配信についてはアニメの公式サイトをご覧ください。http://booklove-anime.jp/

第二部の Blu-rayBox は六月十七日発売予定です。TOブックスオンラインストアの購入特典は、私と椎名優先生と担当さんの対談、デリア視点のSSが収録された小冊子です。気になる方はぜひぜひ。https://tobooks.shop-pro.jp/

六月刊行の「本好きの下剋上関連作品」はいっぱいあります。六月一日にTOジュニア文庫より『第一部　兵士の娘4』が発売されました。十五日には『コミックス第三部3巻』、『公式アンソロジー5巻』が発売されます。こちらもぜひ手に取ってみてください。

次巻、第五部Ⅲにはドラマ CD 付きもあります。ドラマ CD 付きはTOブックスオンラインストアのみの取り扱いとなります。ご注意ください。

今回の表紙は、嫁取りディッター。ライデンシャフトの槍を構えたローゼマイン、ダンケルフェルガーの秘宝を手にしたレスティラウト。それから、全身鎧のヴィルフリートと憂い顔のハンネローレです。緊迫感のある表紙にドキドキですね。

カラー口絵は地下書庫をお願いしました。こちらもまたユルゲンシュミットにとって大事な場所です。普通は大人が鍵の管理者なので、ローゼマインにとっては高い位置にある鍵穴が良いなと思いました。

椎名優様、ありがとうございます。

最後に、この本をお手に取ってくださった皆様に最上級の感謝を捧げます。

第五部Ⅲは九月の予定です。そちらでまたお会いいたしましょう。

二〇二〇年四月　香月美夜

毎度おなじみ
巻末おまけ
ゆるっとふわっと日常家族
作：しいなゆう
『アーレンスバッハの城に乗りつけたい』を実行した図
レッサーパンダ宅配便です
…
ダンケルフェルガー語尾
ローゼマイン様
ようこそお越し下さりました ディ・ッ・ター
調査結果の集計とやらは
其方にまかせるぞ ローゼ・マイン ディ・ッ・ター
共同研究の儀式の説明ですね ディ・ッ・ター
早速はじめてすぐに終わらせましょう ディ・ッ・ター
……ハンネローレ様
すいません本当にすみません…………… ディ・ッ・ター

乙女心(誤)

ハルトムート様が神殿に入られ
婚約者であるわたくしに皆憐れみのような態度
ローゼマイン様をお支えになるために
意にそぐわぬ職だとしても誠心誠意お仕えしていらっしゃる素晴らしいお方なのに
そんなハルトムート様と別れるなど何をおいても耐えがたいこと
ぱああああ
ならばわたくしはローゼマイン様の狂信者となりこの婚約を誰にも止めさせません！
だと思うのですよ
いやいやいやいや
ぶんぶん

恋人たち

そろそろお別れしなくてはならないのですね
ハルトムート様
私もその時が訪れてしまうことが
狂おしくて仕方がないよクラリッサ
だってこんなにローゼマイン様の偉業に共感して下さる方は他にはいません
そう!! 私も同じことを感じていた
がし
わたくしローゼマイン様のことでしたら一晩中でも話せます!!
私なら三日三晩でも構わないほどだ！
時間なので引き離しましょう
三日三晩待てませんものね

広がる
第三部
領地に本を広げよう！Ⅷ
漫画：波野涼
好評発売中
新刊、続々発売決定！
好評発売中
第二部
本のためなら巫女になる！Ⅺ
漫画：鈴華

（通巻第23巻）
本好きの下剋上
～司書になるためには手段を選んでいられません～
第五部　女神の化身Ⅱ

2020年7月　1日　第1刷発行
2024年8月20日　第8刷発行

著　者　香月美夜

発行者　本田武市

発行所　TOブックス
〒150-0002
東京都渋谷区渋谷三丁目1番1号　PMO渋谷Ⅱ　11階
TEL 0120-933-772（営業フリーダイヤル）
FAX 050-3156-0508

印刷・製本　中央精版印刷株式会社

ISBN978-4-86699-001-9